KB247233

三國志

＊

박상률 완역 삼국지 1

＊

1
완역

三國志

✳

삼국지

✳

복숭아밭에서 다짐하다

나관중 지음
박상률 옮김
백남원 그림

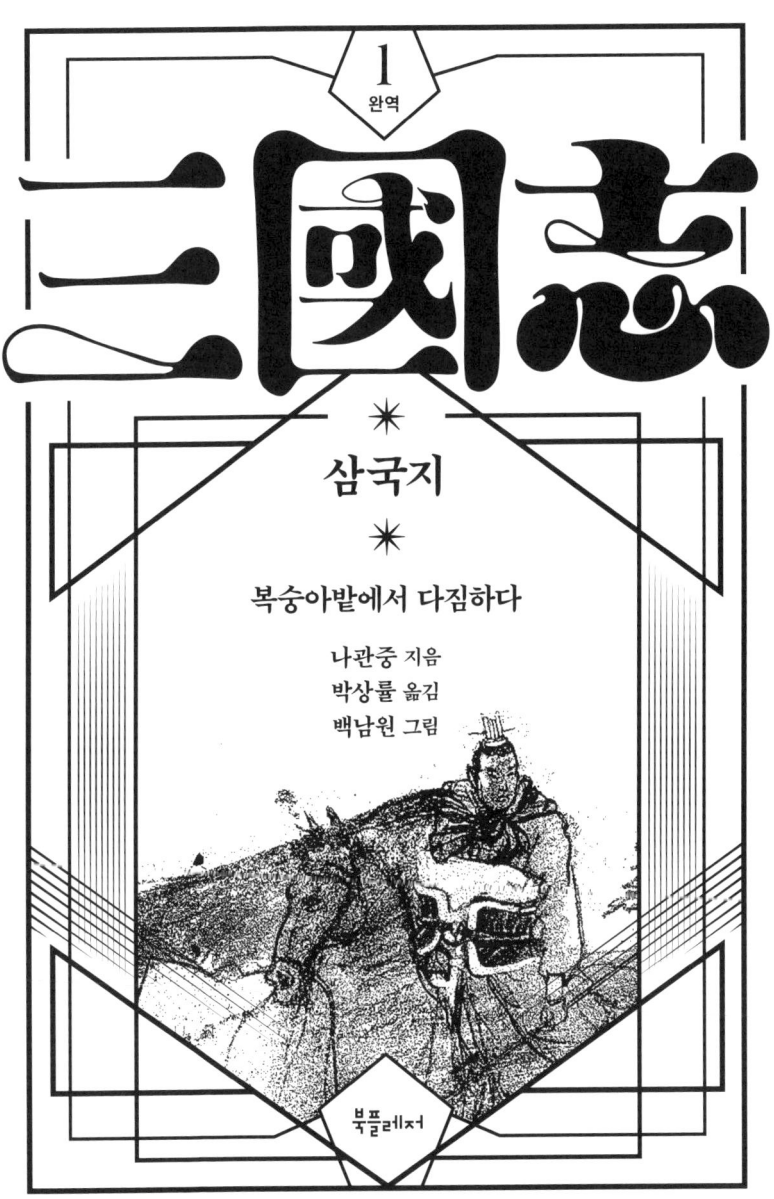

북플레저

나와 삼국지의 만남

삼국지와 만나다

어려서 내 살던 시골에선 기나긴 겨울밤이면 마을에서 입담 좋은 이가 아이들을 모아놓고 재미있는 이야기를 들려주곤 했다. 특히 삼국지 이야기를 자주 들려주었는데, 제갈공명이 바람을 부르는 이야기나, 조자룡이 헌 칼 쓰듯 한다는 이야기나, 조조가 의심이 많아 자기를 대접할 돼지를 잡기 위해 칼을 가는 소리를 자기를 죽이기 위해 칼을 가는 걸로 알고 모질게 사람을 죽이는 이야기 등은 몇 번을 들어도 질리지 않는 대목이었다. 나는 글로 읽기 전에 그렇게 남에게 들어서 삼국지의 줄거리를 대강 알게 되었다.

우리나라 사람들이 어려서부터 가장 많이 듣게 되는 중국 사람 이름은 아마도 유비·제갈량·관우·장비·조조·조운

등이리라. 모두 실제로 살았던 사람들 이름이다. 그들의 이름이 우리나라에서 유명해진 건 바로 삼국지 때문이다.

삼국지는 우리나라에서 가장 많이, 또 가장 오래 읽히고 있는 다른 나라 이야기책이다. 우리나라를 배경으로 한 이야기도 아닌데 왜 그토록 독자들의 사랑을 많이 받았을까? 그건 이야기 속에 나오는 인물 하나하나의 성격이 뚜렷한 데다, 펄펄 살아 움직이고, 이야기의 변화 또한 건잡을 수 없기 때문이다.

알려진 바로는 중국 진나라 때 사람인 진수陳壽가 위·오·촉 세 나라의 역사를 역사책《삼국지三國志》로 묶었다. 그런 뒤 원나라 끝 무렵과 명나라 첫 무렵을 산 나관중羅貫中이 이야기책《삼국지통속연의三國志通俗演義》로 꾸몄다고 한다.

나관중이 자기 시대의 정신을 잘 꿰뚫어보고 지나간 역사적 사실을 바탕으로 하여 새로《삼국지통속연의》를 펴내긴 했지만, 나관중 혼자서 이야기를 모두 다시 짠 것으로 보이지는 않는다. 이미 그 전에 낳은 사람들의 말과 글을 통해 이야기에 살이 붙고 다듬어져 내려오던 것을 나관중이 이런저런 극적 장치를 깔고 갈무리하지 않았을까.

《삼국지통속연의》는 줄여서《삼국지연의》또는《삼국연의》라고 불리다가 차츰《삼국지》로 줄여 부르게 되었다. 그래서 지금은 《삼국지》라고 하면 아예 나관중의 이야기책인 《삼국지통속연의》를 뜻하게 되었다.

역사책인 《삼국지》를 이야기책인 《삼국지통속연의》로 바꾸지 않았다면 흥미를 많이 불러일으키지는 않았으리라. 여기서 '통속通俗'이라는 말은 '세상에 널리 통하는 일반적인 풍속'을 뜻하며, '연의演義'라는 말은 '뜻을 알기 쉽고 재미있게 풀이'한다는 뜻으로, 특히 '역사적 사실을 재미있고 쉽게 다시 짠 소설'이라는 뜻이다. 나관중이 '삼국지' 뒤에 굳이 '통속연의'라는 말을 붙인 까닭을 알 수 있는 대목이다.

나관중의 《삼국지통속연의》는 그 뒤로 여러 사람의 손을 거치며 이야기가 보태지거나 빼지면서 많은 부분이 고쳐지고 다듬어졌다. 그 가운데에서 청나라 때 사람인 모륜毛綸·모종강毛宗崗 부자가 고치고 다듬은 모종강본毛宗崗本이 오늘날까지 가장 사랑받는 《삼국지》로 남아 있다. 모종강 부자가 손을 많이 대기는 했지만 어디까지나 나관중의 《삼국지통속연의》를 바탕으로 했기 때문에 지은이는 그대로 나관중으로 여기고 있다.

실패한 사람들의 꿈과 삶을 통해 발전하는 역사

진수의 역사책 《삼국지》는 위나라의 조조를 중심에 놓고 있다. 이는 현실적으로 위나라가 세 나라 가운데에서 힘이 가장 셌기 때문이다. 역사는 늘 이긴 쪽의 손을 들어주게 마련이다. 그러나 나관중의 이야기책 《삼국지통속연의》는 촉나라의 유비를 중심에 두고 있다. 이는 나관중이 볼 때 유비와 유비를 중심으로 모인 무리가 다른 무리보다 도덕적으로 더 위에 있다고 여겼기 때문이다. 그 시대가 바랐던 충성심이나 의로움·어짊 등이 다른 무리보다 유비 무리에 더 있었기에 작가도 그쪽에 무게를 더 둔 듯하다.

촉나라는 비록 세 나라 가운데 힘이 가장 약해 역사의 무대에선 맨 먼저 사라졌지만, 그때를 살았던 사람들은 자신들의 바람을 유비나 제갈량 등을 통해 대신 이뤄보고 싶어 했는지 모른다. 이러한 바람은 시대가 지날수록 더욱 굳어져갔다. 그래서 모종강 부자는 자기 시대에 맞게 삼국지를 고치고 다듬었다. 그러다 보니 촉나라 사람들이 소설 속에서 더욱 중요하게 다뤄지는 모종강본이 태어났으리라.

역사는 실패한 사람들의 꿈과 삶을 통해 더 많은 발전을 이룬다고 볼 때, 나관중은 자기 시대 민중들의 바람을 잘 꿰뚫어본 듯하다. 나아가 모종강 부자는 그러한 바람을 더욱 단단하게 여며 나름대로 바람직한 세상을 꿈꾸었는지 모른다.

요즘 들어 현실 승리자라고 할 수 있는 조조를 중심에 두고 이야기를 다시 쓰거나 제멋대로 해석을 붙여 '○○삼국지'라는 이름을 붙인 책들이 쏟아져나오는데, 나는 결코 바람직하다고 생각하지 않는다. 국제사회에서든 개인 생활에서든, 힘의 논리가 지배하는 시대일수록 오히려 원칙으로 돌아가 세상을 다시 바라보는 슬기가 필요하다. 무턱대고 이긴 쪽의 논리만 치켜세워서는 안 된다.

이러한 점에서 볼 때 삼국지는 오랜 시간 동안 내려온 본디 모습 그대로 먼저 읽어야 한다. 그러고 나서 그걸 바탕으로 한 '다른' 삼국지가 필요한지 어떤지 생각해보아야 한다. 따라서 나는 내 개인적인 해석은 하나도 붙이지 않고 있는 그대로만 옮기려 애썼다. 자잘한 해석은 독자나 연구자의 몫으로 여기기 때문이다.

한 번 읽고 말 책이 아닌 삼국지

"삼국지를 세 번 이상 읽지 않은 사람과는 세상 이야기를 하지 말라"는 말이 있다. 이 말은 삼국지에는 세상을 사는 온갖 지혜와 용기와 의리 등이 들어 있다는 뜻이다. 그런데 이 말을 비틀어 삼국지를 세 번 이상 읽은 사람은 속임수와 임기응변에만 능한 사기꾼일 가능성이 크므로 아예 상종을 하면 안 된다는 뜻으로 받아들이는 이들도 있다.

삼국지에 등장하는 수많은 인물들은 저마다 살아남기 위해 몸부림친다. 그 과정에서 인물들은 사람이 보여줄 수 있는 온갖 것들을 다 드러낸다. 독자들은 그렇게 드러나는 것들을 따라가면서 때로는 고개를 끄덕이고 때로는 한숨을 내쉰다. 그러면서 사람에 대해, 그 사람들이 모여 이루는 사회에 대해 깊이 생각하게 된다.

중국 사람들, 특히 정치가들이나 큰 장사꾼들은 적게는 대여섯 번에서 많게는 열 번 넘어 몇십 번에 이르도록 삼국지를 읽는다고 한다. 그들은 삼국지를 통해 정치나 경영 문제에 있어서 자기만의 실마리를 끄집어내는지도 모른다.

삼국지를 읽다 보면 '이런 상황에서 나 같으면 어떻게 해야 할까'라는 문제를 늘 만나게 된다. 공동체 전체를 위해야 할지, 내 개인적인 욕심을 따라야 할지, 양심을 지켜야 할지 버려야 할지 등 계속 선택해야 하는 경우가 많다. 독자는 그러한 과정을 통해 나름대로 자기를 다스리고 세상을 사는 슬기로움을 익히게 되리라.

내가 자랄 때도 그랬지만, 요즘 사람들도 삼국지를 좋아한다. 그런데 지금 책방에 나와 있는 삼국지는 거의 한자말에 토씨만 우리말로 달아놓은 듯해 읽어도 무슨 뜻인지 잘 모르게 되어 있다. 게다가 줄거리를 바싹 줄이거나 얼토당토않게 짜깁기를 해 겨우 세 권 내지 다섯 권 정도의 책으로 만들어놓기도 했다. 이래서는 삼국지 전체를 통해 보여주고 있는 우람하고도 아슬아슬한 재미의 깊이를 다 느껴볼 수 없다.

'한자말 토씨 삼국지'를 넘어선 '우리말 삼국지'

웬만한 독서력이 있는 사람이라 해도 책방에 나와 있는 '한자말 토씨 삼국지'를 제대로 읽기는 힘들다. 그래서 이 책은 그런 책들과 다른 점을 뚜렷하게 갖도록 했다. 다른 책들과 견주어 이 책이 지니고 있는 특징은 다음과 같다.

첫째, 한글 세대 독자를 위하여 될 수 있으면 한자말을 쓰지 않았다. 사람 이름과 땅 이름, 그리고 벼슬 이름 말고는 거의 우리말로 바꾸려고 애썼다. 무기 이름도 이미 잘 알려져서 굳어진 것 말고는 우리말로 모두 바꾸었다.

지금까지 나와 있는 삼국지들을 보면, 과연 우리말을 알고 옮겼는지 고개가 갸우뚱거려지는 삼국지가 대부분이다. 뜻도 알 수 없는 한자말을 소리 나는 대로 적은 뒤 토씨만 우리말로 달아놓고 '번역'이라고 우긴다. 그건 번역을 왜 하는지 조금도 생각해보지 않은 사람들의 어설픈 솜씨이다. 엄격한 잣대로 잴 때, 이 책은 이 땅의 보통 사람이 쓰는 순

우리말로 옮긴 첫 삼국지라고 할 수 있을 터이다.

　둘째, 역사적 사실과 다른 부분이라도 《삼국지연의》에 나오는 대로 했다. 《삼국지연의》가 역사적 사실을 바탕으로 해서 쓰였지만 작품의 극적 재미를 높이기 위해 나름대로 새로 넣거나 뺀 것을 그대로 살렸다. 삼국지는 어차피 소설이기에 역사적 사실을 곧이곧대로 바로잡을 필요가 없으리라는 판단을 했기 때문이다.

　역사적 사실과 비교하여 시대가 맞지 않네 어쩌네, 이런 사람이 있었네 없었네, 사실 관계가 틀렸네 어쩌네 하는 연구가 많이 이루어져 있다. 하지만 그건 어디까지나 연구가들 몫이지 일반 독서가들이 애써 따져가며 읽을 필요는 없다. 그런 쪽에 관심을 두고 있는 독자라면 그런 연구 결과물을 담아낸 연구서들이 많이 나와 있으므로 따로 살펴보면 된다.

　흔히 "삼국지 이야기의 7할은 사실이나 3할은 꾸며낸 것이다"라고 한다. 그러나 그렇다고 해서 삼국지가 소설로서 잘못된 건 없다. 오히려 그렇게 짜여 있기에 삼국지의 인물들은 실제 살았던 인물보다 훨씬 더 살아 움직이는 인물이 되었다. 나아가 작가가 꾸며 넣은 이야기가 있기에 소설로서 완성도가 더 높아지고 빼어난 작품이 되었다고 본다. 삼국지는 어디까지나 소설이라는 문학 작품이지 역사책이 아니다.

셋째, 독서의 흐름을 거스르지 않기 위해 괄호 안 설명을 피했으며, 어쩔 수 없는 경우가 아니면 한자도 달지 않았다. 꼭 필요한 설명은 따로 모았다. 한자가 들어간 경우는 원문에서 한자 풀이를 통해 상황이나 사건을 설명할 때뿐이다.

좋은 번역은 이 말 저 말을 겹쳐서 여러 번 설명을 따로 하지 않아도 독자가 바로 알아볼 수 있게 되어 있어야 한다. 또 한 언어권의 말이 다른 언어권의 말로 본디 뜻 그대로 고스란히 바뀌어 있어야 한다. 자기가 쓰는 모국어를 마음껏 부리지 못하면 원문을 또 따다 쓰거나 군더더기 설명을 덧붙일 수밖에 없다.

우리말은 거대한 서사시인 삼국지를 옮겨 쓰는 데 조금도 모자람이 없었다. 삼국지가 오래된 옛이야기이고 남의 나라 이야기이지만 웬만한 건 21세기 한국말로 다 녹여 쓸 수가 있었다. 굳이 한자말을 그대로 쓸 필요가 그다지 없었다.

넷째, 원문에 나오는 시나 노래를 하나도 빼지 않고 다 옮겼다. 그동안 나온 삼국지를 보면 시나 노래는 이야기 흐름에 방해가 된다고 여겨 소개하지 않은 책이 많다.

삼국지에 들어 있는 시나 노래는 사건의 알갱이를 딱 몇 줄로 압축해서 보여주기도 하지만, 무엇보다도 숨 가쁘게 이어진 사건 뒤의 분위기를 모아놓은 경우가 많다. 그래서 빼버리면 추녀 끝에 매달려 있던 풍경을 떼어낸 꼴이 되고 만다. 풍경 소리는 모든 사물이 깨어 있는 낮에는 소란스런 소리에 묻혀 잘 들리지 않는다. 하지만 모든 게 잠든 깊은 밤이 되면 풍경 소리만이 깨어 있으며, 그 소리는 밤의 그윽함을 더해준다. 나는 그 그윽함을 놓치기 싫었다. 더불어 옛일을 알아야 이해되는 시는 시행 앞뒤에 '고사'를 티 나지 않게 살짝 덧붙여놓았다.

이야기 머리에 있는 제목 시와 이야기 끝에 달린 마무리 시는 물론, 본문 안에 있는 것들 가운데 어느 것 하나도 빼지 않았다.

나는 시와 노래를 옮길 때 특히 정성을 더 기울였다. 독자들이 시나 노래의 뜻을 쉽게 받아들일 수 있고 바로 느낌을 가질 수 있도록 해주고 싶어서였다. 시나 노래를 우리말로 옮겨놓았다는 삼국지가 있기는 하나, 가만히 들여다보면 한글 시가 원문인 한문 시를 보는 것보다 더 어렵고, 우리말을 통해 시의 가락이나 멋을 살리지 못해서 시만이 줄 수 있는 느낌은커녕 기본적인 뜻도 알 수 없게 만들어놓아 아쉬움이 컸다.

다섯째, 이야기꾼이 나서서 이야기를 들려주던 전통에서 남은 흔적인, 작가가 끼어드는 말투는 책에서는 굳이 필요하지 않아 넣지 않았다. 예를 들면 "무슨 무슨 얘기는 그만하기로 하고~", "이야기는 두 갈래로 나뉘는데~", "그럼, 다음 회를 보라" 등이다. 이처럼 기계적으로 되풀이해서 쓰는 말 말고는 한 글자도 빼지 않고 옮겼다.

그런데 기계적으로 되풀이되는 말이기는 하지만, 한 회의 이야기를 마무리하는 마지막 문장으로 나오는 "과연 ~은 ~……"은 남겨두었다. 다음 꼭지 이야기를 미리 귀띔해주는 효과가 있어서이다.

나관중이 삼국지를 묶어 낼 때 이미 사람들 사이에선 전문 이야기꾼이 돌아다니거나, 한자리에 사람들을 모아놓고 우리의 판소리꾼처럼 이야기보따리를 풀었던 걸로 여겨진다. 그래서 그런 말투가 남았을 터이다.

여섯째, 이름과 자의 쓰임을 제대로 살펴가며 옮겼다. 옛날 중국에서는 사람을 소개할 때 반드시 이름과 자를 같이 밝혔다. 따라서 원문과 마찬가지로 이름과 자의 쓰임을 중요하게 여겨, 대화문 안에서 상대를 부를 때는 되도록 자로 하고 지문에는 이름을 쓰는 걸 원칙으로 했다. 대화문에서 이름이나 자 대신 그 사람의 성 뒤에 벼슬 이름이나 직업 이름 따위를 붙여 부르는 경우가 있는데, 이때는 그대로 따랐다.

중국에서든 우리나라에서든 옛날에는 이름을 함부로 부르지 않고 이름 대신 자나 호를 부르는 게 관습이었다. 그래서 삼국지에서도 눈앞에 있는 사람을 들먹일 땐 반드시 이름 대신 자를 부르는 걸 원칙으로 삼았다. 눈앞에 없더라도 그 사람을 낮추어보는 경우가 아니라면 이름 부르는 걸 삼가고 자를 불렀다. 이름을 바로 부르는 건 예의를 갖추지 않은 일로 여겼기 때문이다. 또 윗사람 앞에서 스스로를 낮추어 말할 땐 자 대신 이름을 대는 게 예의에 맞는 거였다. 물론 이런 것 저런 것 따지지 않고 등장인물에 대해 처음부터 끝까지 이름이나 자나 호 가운데에 하나로 통일해서 쓸 수도 있다. 그러나 그 시대의 풍습을 아주 모른 체할 수 없어 그대로 살렸다.

시에서는 이름이든 자든 별명이든 가리지 않고 시의 느낌과 시가 태어난 배경에 가장 알맞은 걸 골라 썼다.

일곱째, 대화에서 말꼬리 부분을 처리할 때 될 수 있으면 너무 옛날 말투가 되지 않도록 했다. 예를 들면 역사소설에서 흔히 쓰는 말투인 "~시옵소서", "~올시다", "~옵니다" 등을 기계적으로 쓰지 않고, 어쩔 수 없는 경우에만 그렇게 옮기고 될 수 있으면 요즘 독자들한테 낯설지 않은 말투로 했다. 옛날 이야기책이라도 어차피 현대 독자가 읽어야 하므로 책이 읽히는 시대의 말투로 해야 한다고 생각했기 때문이다.

여덟째, 대화문 시작할 때 나오는 "~ 말했다"는 여러 가지 표현으로 바꿔 썼다. 원문에는 대화문이 시작할 때 거의 "~ 말했다"로 되어 있다. 그러나 이 책에서는 등장인물의 표정이나 움직임 또는 심리 상태 등을 살펴 그때그때 알맞은 표현을 두루 썼으며, 달리 나타낼 수 없을 때만 원문대로 썼다. 현대소설을 읽을 때처럼 인물의 상태가 자연스레 드러나게 하기 위해서였다. 이렇게 하고 보니 문장의 단조로움도 피할 수 있었다.

아홉째, 옛일이나 옛 책의 내용을 따다 꾸며진 대목에서는 앞뒤에 설명을 자연스레 넣어 독서의 흐름이 끊기지 않도록 했다. 삼국지에는 중국의 옛 역사적 사건 및 고전에서 비롯된 일이 자주 나오기 때문에 그런 사실을 알지 못하면 등장인물의 대화가 이해되지 않는 경우가 많다. 그래서 이

책에서는 등장인물이 따다 쓰는 말이나 일의 앞뒤 내용에 대해 한 군데도 얼버무리며 넘어가지 않고 본문 속에 잘 버무려 넣음으로써 독자의 이해를 도왔다. 삼국지 등장인물들의 행위에서 생겨난 말도 많다. 이 또한 우리말로 풀어 알기 쉽게 했다.

끝으로, 우리말로 옮기는 작업은 그동안 나라 안에 많이 알려진 대만의 삼민서국三民書局에서 낸《삼국연의三國演義》대신 중국의 강소고적출판사江蘇古籍出版社에서 1999년에 낸《수상삼국연의繡像三國演義》를 바탕으로 삼아서 했다. 강소고적출판사의《수상삼국연의》는 그때까지 나왔던 삼국지의 잘못된 부분을 많이 바로잡은 걸로 알려져 있다. 아울러 지금까지 나온 삼국지 연구 서적은 물론 영어권과 일본에서 나온 참고서적들까지 두루 살펴가며 잘못이 없도록 했다.

소중한 만남

아무쪼록 이 삼국지가 독자들한테서 두루 사랑받는 책이 되었으면 하는 마음이다.

어차피 삼국지를 읽을 거라면 순우리말을 제대로 써서 옮긴 걸 읽으라 권하고 싶고, 이어 한 대목도 빼먹거나 얼버

무리거나 비틀지 않은 걸 읽으라 권하고 싶다. 나는 바로 이 삼국지가 내가 권하는 그러한 조건을 모두 갖출 수 있도록 정성을 다했다. 소중한 만남이 되리라 믿는다.

삼국지를 옮기는 동안 어린 시절이 자꾸만 떠올랐다. 시골집 안방이며 마루에 한적들이 굴러다니고 쌓여 있는 예스러운 분위기 속에서 뒹군 거 하며, 겨울이면 할아버지가 시조창을 하시거나 글을 읽으시는 소리에 겹쳐 할머니가 물레로 실을 잣는 소리를 들으며 잠자리에 든 거 하며, 아버지의 서재에서 우리나라 첫 백과사전과 조선어학회에서 펴낸 《조선말 큰 사전》 등을 심심할 때마다 들추다 언어의 바다에 빠져 해가 지는 줄도 모른 거 하며, 시오 리 산길 너머에 있는 초·중등학교를 오갈 때 고갯마루에 하염없이 앉아 끝없이 드넓은 세계를 꿈꾸며 때로는 절망하고 때로는 들뜨던 기억들이 시나브로 떠올랐다. 어쩌면 그러한 내 삶의 바탕이 있어 오늘 삼국지 옮기는 일을 하게 되었는지도 모른다.

그간 몇 해 동안 만났던 그 많던 사람들은 지금 다 어디로 갔는가? 내겐 참으로 소중한 만남이었다. 어수선한 시대에 태어났지만 저마다 자기 몫의 삶을 애써 살다 간 그들의 평안함을 빌며 마침내 붓을 놓는다.

옷을 새로 해 입히다

·····································

《박상률 완역 삼국지》가 세상에 얼굴을 처음 내민 지 20년이 넘었다. 흔히 10년이면 강산도 변한다고 한다. 그래서 '강산이 변하는 10년마다' 옷을 새로 해 입히려고 했으나 이런저런 일로 바쁘고 게을러서 미루고 미루다 20년이 되어서야 겨우 다시 들여다보고 새 옷을 입혔다.

삼국지의 기본 줄거리는 변하지 않았지만, 그동안 언어의 풍경은 많이 변했다. 그래서 미묘한 언어의 변화를 반영하여 문장을 다듬어서 지금의 독자들이 더 친밀감을 느끼게 했다.

역사소설은 역사를 바탕으로 해서 이야기를 엮기는 하지만, 두루 알다시피 역사와 소설은 다르다. 역사조차도 역사 기록자의 주관이 개입하여 넣고 싶은 사실은 넣고 빼고 싶은 사실은 뺀다. 소설은 그런 역사적 기록물에 소설가의 상상력을 더 얹어 '소설적 흥미'가 묻어나게 이야기를 꾸민다.

동양과 서양의 역사소설 창작 방식은 사뭇 다르다. 동양에서 역사소설은 역사적 사실을 바탕으로 하되 군데군데 작가의 상상력이 끼어들어 역사적 사실과는 조금(혹은 많이) 다른 이야기를 탄생시킨다. 서양의 역사소설은 처음부터 작가의 상상력이 더 중요하다. 그러기에 서양의 역사소설은 거의 '판타지'에 가까운 게 많다. 역사적 사실을 실마리만 삼되 구체적인 '사건'은 작가의 머리에서 나온 경우가 많기 때문이다.

삼국지는 애초에 역사서인 진수의 《삼국지》에서 출발했지만, 소설적 흥미를 높이고 재미를 섞어 《삼국지연의》가 되었다. 《삼국지연의》에 작가의 소설적 상상력이 얹히다 보니, 작가가 꾸민 이야기가 역사로 취급되는 일이 자주 있다. 《삼국지연의》는 어디까지나 소설이다. 소설의 허구를 역사와 혼동하는 일은 없어야 한다. 하지만 소설이 더 재미있다 보니 소설에 들어간 부분을 역사적 사실로 받아들이는 사람이 많다. 그래서 지금은 《삼국지연의》를 아예 《삼국지》로 부르는 게 어색하지 않다.

어릴 때 우리 집엔 거의 매달 제사가 있었다. 제삿날에 할아버지는 족보를 뒤적인 뒤 붓으로 축문을 쓰고 지방을 썼다. 나는 할아버지 곁에 앉아 먹을 갈았다. 일찌감치 족보 읽는 법을 익히고 집안의 내력을 알 수 있었던 건 내가 유독 먹 냄새와 할아버지 냄새와 제사 음식 냄새와 향 내음을 좋아해서이다. 그런 손자가 기특했는지 할아버지는 당송팔대가 시문이 수록된 책을 읽으라 하셨고, 사서삼경의 구절들을 들려주셨다. 그런 과정을 거치면서 나는 차츰 한문 읽는 방법을 자연스레 터득해나갔다. 할아버지가 그립다.

2025년 가을
無山書齋에서 박상률

원소
자는 본초. 여남군 여양 사람이다. 원소의 집안은 사대가 계속해서 삼공을 지냈다. 동탁을 치기 위한 제후 연합군의 맹주가 되어 힘을 키운다.

유비
자는 현덕. 관우·장비와 함께 복숭아밭에서 의형제를 맺고, 황건적의 난을 막는 데 뛰어든다. 여러 제후를 돌며 떠돌다 제갈량을 만나고 나서야 힘을 펼치게 된다.

관우
자는 운장. 유비·장비와 함께 복숭아밭에서 의형제를 맺고, 죽을 때까지 의리를 지킨다. 뛰어난 무예와 학식을 함께 지닌 명장으로 손꼽힌다.

장비
자는 익덕. 연나라 사람이다. 유비·관우와 함께 복숭아밭에서 의형제를 맺고, 죽을 때까지 의리를 지킨다.

여포
자는 봉선. 형주 자사 정원 밑에 있었으나 동탁의 부하가 된다. 초선을 이용해 동탁을 죽인다.

동탁
자는 중영. 농서 임조 사람으로, 하동 태수를 맡을 때 군사를 일으켜 황제를 내세워 권력을 얻는다. 힘을 이용해 온갖 나쁜 짓을 하다 초선의 연환계에 빠진 여포한테 죽음을 당한다.

손견
자는 문대. 황건적의 난을 막는 데 큰 공을 세우고, 동탁을 치기 위해 제후 연합군에 앞장선다.

초선 사도 왕윤의 집에서 노래 부르는 가기(歌妓)로, 아름답다고 전해진다. 왕윤이 동탁을 죽이기 위해 초선을 이용해 연환계를 쓴다. 동탁과 여포 사이를 오가며 여포가 동탁을 죽이게 한다.

조조 자는 맹덕. 패국 초군 사람으로, 황건적의 난 때 공을 세우며 힘을 키운다. 동탁이 죽은 뒤 헌제를 보호하며 그를 내세워 나라의 실권을 잡는다.

마등

양주(서량)

한수

옹주

동틱

유언

익주

동탁을 치러 모여든 제후들

본문 참고 : 제5회 제후들 모이다

상사

업

한복

산조

원소·왕광

장막·유대
교모·원유

하내

함곡관

동탁

낙양

호뢰관

사수관

조조

진류

양천

공주

손견

노양

원술

남양

사수관 싸움 (190년)

동탁의 폭정을 막기 위해 조조가 반동탁 연합군
을 조직해 낙양 탈환에 나섰다. 연합군은 사수
관에서 동탁군과 첫 싸움을 벌이게 되는데….
이후 동탁은 황제를 데리고 장안으로 천도했다.

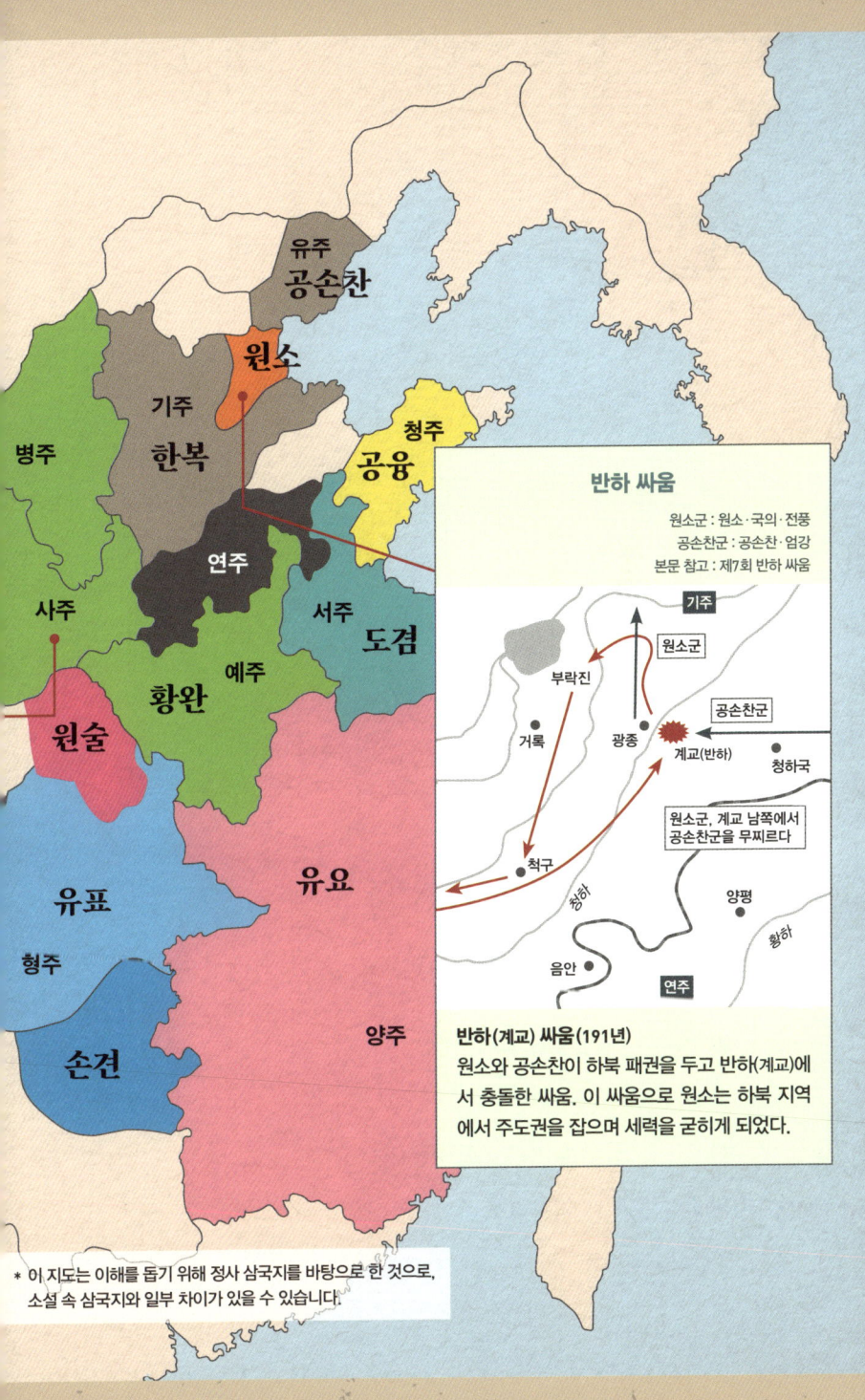

유주
공손찬

원소

기주
한복

병주

청주
공융

연주

서주
도겸

사주

예주
황완

원술

유표

형주

유요

손견

양주

반하 싸움

원소군 : 원소·국의·전풍
공손찬군 : 공손찬·엄강
본문 참고 : 제7회 반하 싸움

기주

원소군

공손찬군

부락진

거록

광종

계교(반하)

청하국

원소군, 계교 남쪽에서
공손찬군을 무찌르다

척구

청하

양평

황하

음안

연주

반하(계교) 싸움(191년)
원소와 공손찬이 하북 패권을 두고 반하(계교)에
서 충돌한 싸움. 이 싸움으로 원소는 하북 지역
에서 주도권을 잡으며 세력을 굳히게 되었다.

* 이 지도는 이해를 돕기 위해 정사 삼국지를 바탕으로 한 것으로,
소설 속 삼국지와 일부 차이가 있을 수 있습니다.

차례

일러두기

1. 옮길 때 바탕으로 삼은 책은 중국의 강소고적출판사江蘇古籍出版社에서 1999년에 펴낸 《수상삼국연의繡像三國演義》이다.

2. 각 권 및 각 회의 제목은 원문에 없어 옮긴이가 달았다.

3. 본문에 나오는 열두 달의 월은 원문 그대로 따랐다.

4. 황제·왕·임금 따위의 부르거나 가리키는 말은 될 수 있으면 객관적으로 썼다. 특별히 유비를 선주, 유선을 후주 하는 식으로 따로 대우하지 않았다.

5. 짐朕/고孤·신臣·경卿 등은 나·저·그대 등 우리 시대에 맞는 말투로 바꾸었다. 굳이 봉건시대에 쓰던 그대로 할 까닭이 없어서였다.

6. 사람 이름은 대화문에서는 자, 호, 벼슬 이름, 고향 이름 등 부르는 사람의 처지에서 쓰는 대로 했으나, 지문에서는 본디 이름으로 통일하여 썼다.

7. 숫자는 대화문 속에서는 우리말로 소리 나는 그대로 적고, 지문에서는 아라비아숫자로 적는 것을 기준으로 했다.

복숭아밭에서
다짐하다

박상률 완역 삼국지 1

三國志

서시

강물은 멀리멀리 동으로 흘러가고
영웅은 그 강물 거품에 실려 갔다네
잘났느니 못났느니 이겼느니 졌느니
돌아보면 모두 다 부질없어라
예나 지금이나 산은 푸른 그대로인데
지는 해는 날마다 같은 빛이 아니구나
강기슭의 머리 허연 늙은이들 고기 잡고 나무하는데
가을 달이 떠오른들 봄바람이 불어온들
무에 그립고 무엇이 아쉽겠는가
술 한 병 차고 서로 만나니 반가울 뿐이라
어제의 큰일이든 오늘의 작은 일이든
허허 웃음 속에 흘려보내면 그만이지

복숭아밭에서 한 다짐

세 호걸이 복숭아밭에서 의형제를 맺는 제사를 지내고
영웅은 황건적을 쳐서 첫 번째 공을 세우다

세상의 힘은 오래 나뉘어 있으면 언젠가는 다시 합쳐지고, 합친 지 오래면 반드시 또 나뉘게 마련이다. 주나라도 끝 무렵에는 무려 7개의 나라로 나뉘었는데 진나라가 하나로 통일시켰다. 그러나 진나라는 초나라와 한나라로 다시 나뉘었다. 그다음에는 한나라로 합쳐졌다.

한고조 유방은 진나라를 뜻하는 흰 뱀이 길을 막자 그 뱀을 칼로 죽인 다음 군사를 일으켜 천하를 통일하여 한나라를 세웠다. 이어 광무제가 나라를 중간에 다시 일으킨 뒤 헌제까지 이어졌다. 그러나 한나라는 끝내 세 나라로 갈라지고 말았다. 이처럼 나라가 삼국으로 나뉜 원인은 환제와 영제 두 황제에게 있었다.

환제는 환관들의 말만 들으며 어진 신하는 오히려 멀리 했다. 환제가 세상을 뜨자 영제가 뒤를 이었다. 영제는 대장군 두무와 태부 진번을 곁에 두고 나랏일을 보았다. 이때도 환관인 조절이 자기 무리들과 함께 나랏일을 마음대로 쥐락펴락했다. 두무와 진번은 그들을 없애려 했으나 들통이 나 도리어 목숨을 빼앗기고 말았다. 그러고 나자 환관들은 더욱 설치기 시작했다. 게다가 어찌 된 일인지 전에 없던 이상야릇한 일까지 일어나기 시작했다.

건녕 2년 4월 보름날, 영제가 온덕전에 가서 자리에 앉으려 하는 순간 한쪽 구석에서 갑작스레 바람이 일더니 시퍼런 구렁이가 들보에서 내려와 임금이 앉는 자리를 차지했다. 영제는 놀라 자지러졌다. 곁에 있던 신하들이 급히 그를 궁 안으로 떠메고 들어갔다. 나머지 사람들은 이리 뛰고 저리 뛰느라 정신이 없었다. 그러는 사이 구렁이는 온데간데없이 사라지고, 땅을 울리는 천둥소리와 함께 우박과 비가 엄청나게 쏟아졌다. 우박과 비는 한밤중에야 멈췄다. 그새 무너져내린 집이 셀 수 없을 정도였다.

건녕 4년 2월에는 낙양에서 지진이 나고, 바닷물이 넘쳐 바닷가 사람들의 피해가 잇따랐다. 광화 첫해에는 암탉이 수탉으로 변하는 일이 있었으며, 그해 6월 초하룻날엔 10길 정도나 뻗친 검은 기운 줄기가 온덕전 안으로 날아들었다. 7월에는 옥당에 난데없이 무지개가 서고 오원산 기슭이 온통 무너져내리는 일이 일어났다.

좋지 않은 일이 자주 일어나자 영제는 신하들에게 왜 이런 일이 일어나는지를 묻는 조서를 내렸다. 이에 의랑 채옹이 입바른 소리가 담긴 상소를 올렸다.

"난데없는 무지개가 서고 암탉이 수탉으로 변하는 일이 일어나는 건 여자와 환관들이 나랏일에 멋대로 끼어들기 때문입니다."

영제는 상소문을 한참 동안 물끄러미 바라보다 한숨을 길게 내쉰 뒤 자리를 떴다. 그 틈을 타 뒤에 있던 조절이 상소문을 훔쳐보았다. 조절은 곧바로 자기 무리에게 상소문의 내용을 알렸다. 환관들은 채옹을 얼토당토않은 일로 윽박질렀다. 마침내 채옹은 고향으로 쫓겨가는 신세가 되고 말았다.

그 뒤 환관들은 더욱 날뛰었다. 특히 장양·조충·봉서·단규·조절·후람·건석·정광·하운·곽승 등 열 사람은 스스로를 십상시라 일컬으며 떼를 지어 나쁜 짓을 일삼았다.

영제는 특히 장양을 믿고 따라서 그를 '아버지'라고 부를 정도였다. 이런 꼴이다 보니 나랏일이 제대로 될 리가 없었다. 백성들의 불만은 커지고, 곳곳에서 도적들도 날뛰기 시작했다.

이 무렵, 거록군에 장각·장보·장량이라는 장씨 3형제가 살고 있었다. 맏이인 장각은 과거엔 급제하지 못했으나 머리가 뛰어났다. 하루는 깊은 산으로 약초를 캐러 갔다가 노인 하나를 만났다. 눈빛이 푸르고 젊은이 얼굴빛을 한 노인이었다. 노인은 지팡이를 짚고 앞장을 서더니 장각을 어떤 동굴로 데려갔다.

"이건《태평요술》이라는 책인데 하늘의 뜻이 담겨 있다. 너에게 줄 테니 하늘을 대신해서 시름에 빠진 백성을 건지고 도와주어라. 네가 이 책을 읽고 혹시라도 딴마음을 품고 엉뚱한 일에 힘을 쓰면 반드시 하늘의 보복이 있다. 마음에 깊이 새기도록!"

장각은 엎드려 공손히 절을 한 뒤 노인의 이름을 물었다.

"남화로선이라고 하노라."

말을 마치자마자 노인은 한 가닥 맑은 바람으로 변하여 어디론가 사라져버렸다.

집에 돌아온 뒤 장각은 그 책을 밤낮으로 읽고 또 읽었다. 마침내 책에 쓰인 대로 바람을 일으키고 비를 부르는 재주를 얻게 되자 스스로를 태평도인이라 일컬었다.

중평 첫해 정월에 까닭 모를 전염병이 돌았다. 장각은 부적을 탄 물과 주문을 이용해 전염병을 물리친 뒤 스스로를 대현량사라 일컬었다.

장각의 제자 5백여 명이 각 지방을 돌아다녔는데, 그들 또한 부적을 쓸 줄 알고 주문도 외울 수 있었다. 그러자 장각을 따르는 이가 구름처럼 많아졌다. 그래서 장각은 36방을 세워 이들을 알맞게 나누었다. 큰 방은 무려 1만여 명이 속했고, 작은 방은 6, 7천여 명씩 되었다. 방마다 우두머리를 두고 장군이라 불렀다. 장각은 그들을 통해 자신의 뜻을 펼치기 위해 여러 말을 만들어 퍼뜨렸다.

"푸른 하늘 창천의 시대는 이미 끝났다.

이젠 누런 하늘 황천의 시대가 온다.

갑자년에 아주 좋은 일이 있을 것이다."

장각의 무리는 이런 말을 잽싸게 퍼뜨리며 집집마다 대문 위에 하얀 흙으로 '갑자' 두 글자를 써놓게 하였다. 마침내 정주·유주·시주·기주·형주·양주·여주·예주 등 8개 주 백성들은 '대현량사 장각'이라는 이름을 받들어 모시게 되었다.

장각은 자신의 무리 가운데 한 사람인 마원의를 시켜 십상시인 환관 봉서에게 황금과 비단 등의 뇌물로 비위를 맞취 마음을 사게 했다. 그런 다음 두 아우와 이마를 맞댔다.

"가장 얻기 어려운 일이 백성들의 마음인데, 지금 나는 백성들의 마음은 얻었다. 이런 기회에 천하를 손안에 넣지 못하면 두고두고 후회할지 모른다."

마침내 그들은 노란 깃발을 만들고 날을 잡았다. 그리고 제자 당주를 시켜 비밀 편지를 봉서에게 갖다주라고 했다. 그러나 당주는 궁으로 가서 장각 무리의 비밀을 일러바쳐 버렸다.

영제는 대장군 하진에게 영을 내렸다. 하진은 군사를 풀어 먼저 마원의를 잡아 죽이고, 봉서를 비롯해 관련자 모두를 옥에 가두었다.

일이 들통나자 장각은 곧바로 군사를 일으킨 뒤 자신을 스스로 천공장군이라고 했다. 바로 아랫아우 장보는 지공장군, 막내아우 장량은 인공장군이라고 불렀다.

무리들을 모아놓은 뒤 장각이 떨리는 목소리로 외쳤다.

"이제 한나라의 기운이 다했기에 성인이 나타난 거다. 너희들은 모두 하늘의 뜻에 따라 행동하라! 그러면 머지않아 좋은 세상에서 살게 된다."

장각을 따르는 이들은 모두 머리에 노란 수건을 둘러맸다. 사람들 수는 무려 4, 50만 명이나 되게 불어났다. 장각의 무리를 본 관군은 우선 그 숫자에 놀라 지레 도망가기에 바빴다.

대장군 하진이 급히 영제에게 아뢰었다.

"도적들을 막을 준비를 하도록 속히 영을 내리십시오. 특히 중랑장 노식·황보숭·주준더러 씩씩한 군사들을 이끌고 세 곳을 나눠 맡아 책임지고 적을 치도록 하십시오."

한편 장각의 무리 일부는 유주 가까이까지 쳐들어갔다. 유주 태수 유언은 강하의 경릉 사람으로 한나라 노공왕의 후손이다. 그는 머리에 노란 수건을 둘러맨 황건적이 쳐들어온다는 보고를 받자 곧장 교위인 추정을 불러들여 의견을 들었다.

"적의 무리는 많으나 우리 군사는 얼마 되지 않습니다. 한시바삐 방을 내걸어 군사를 모집해서 도적 떼를 물리치도록 하십시오."

유언이 그 말을 바로 받아들여 즉시 방을 내걸고 의로운 군사를 모았다. 이 방은 탁현 땅에도 나붙어서 마침내 한 사람이 그 방을 보게 되었다.

"음, 도적 떼를 물리칠 군사를 모집한다고? 도적 떼가 생길 만도 하지. 하지만……."

방문을 유심히 읽고 있는 이는 중산정왕 유승의 후손이며 한 경제 손자의 손자뻘로 이름은 유비, 자는 현덕이었다.

유비는 나라의 꼴이 말이 아니어서 언젠가는 무슨 일이 일어나리라는 걸 진즉부터 알고 있었다. 그러나 그렇다고 해서 4백 년이나 된 한나라가 휘청거리는 걸 보고만 있을 수도 없었다. 더구나 자신은 황실의 후손이 아니던가. 그러니 더욱 황건적 무리가 나라를 뒤흔드는 걸 참을 수 없었다.

유비는 원래 책읽기는 그다지 좋아하지 않았으나 성격은 너그럽고 말수도 적었다. 화를 내거나 즐거움을 밖으로 드러내는 일도 좀체 없었지만 속으로는 큰 뜻을 품고 있어 천하의 호걸들과 사귀기를 좋아했다. 유비의 키는 7자 반이고, 귀는 어깨까지 내려올 정도로 길어서 자기 눈으로 자기 귀를 볼 수 있었다. 두 팔도 길어 내리뻗으면 무릎 밑까지 내려왔다. 얼굴은 관옥처럼 단정하고 고왔으며, 입술은 연지처럼 불그스름했다.

옛날 한 무제 때 유승의 아들 유정은 탁록정후가 되었는데, 황제에게 매년 제사 비용으로 바쳐야 하는 주금을 제대로 내지 못했다. 그래서 그만 탁록정후의 자리를 내놓아야 했다. 하지만 후손들은 탁현 땅에 그냥 눌러살았다.

유비의 할아버지는 유웅이고 아버지는 유홍이다. 유홍은 효도하는 마음이 깊고 재물을 탐내지 않는 사람에게 내리는 벼슬자리인 효렴이 되었으나 일찍 죽고 말았다. 유비는 어린 나이에 아버지를 여의었지만, 짚신을 삼고 돗자리를 짜 장에 내다 팔아서 홀어머니를 정성스레 모셨다.

유비의 집은 탁현 누상촌에 있었다. 집 동남쪽으로는 커다란 뽕나무 한 그루가 있었는데 높이가 다섯 길쯤 되어 보였다. 멀리서 보면 마치 고급 수레의 덮개 모양을 하고 있는 뽕나무였다. 그래서 일찍이 어떤 관상쟁이가 그 뽕나무와 집의 관계를 대며 "이 집안에서 반드시 귀한 사람이 나올 것이오"라고 말한 적도 있었다.

유비는 어릴 때 그 뽕나무 아래에서 동네 아이들과 곧잘 어울려 놀며 늘 이렇게 말했다.

"내가 황제가 되면 우리 집 뽕나무 잎처럼 근사한 덮개가 있는 수레를 탈 거야."

작은아버지 유원기가 이 말을 듣고서 허허 웃었다.

"고 녀석 참. 아무래도 이 아이는 보통 아이가 아니야."

그래서 그는 가난하기 짝이 없는 유비의 집을 여러모로 도와주었다.

유비가 열다섯 살이 되자 어머니는 아들을 공부시키기 위해 객지로 보냈다. 유비는 정현과 노식을 스승으로 섬기며, 공손찬 같은 벗을 사귀었다.

유언이 방문을 내걸고 의로운 군사를 모을 때 유비의 나이는 벌써 28살이었다. 유비가 방문을 읽으며 한숨을 길게 내쉬자 등 뒤에서 누군가가 큰소리로 중얼거렸다.

"사내대장부로 태어났으면 나라를 위해 무슨 일을 할 건 가를 생각해야지 한숨은 웬 한숨이오."

유비가 뒤를 돌아보았다. 키가 8자나 되어 보이는 사내 하나가 떡 버티고 있었다. 표범 머리통에 고리눈을 하고 제 비턱에 호랑이 수염을 휘날리는데, 목소리는 천둥 같으며, 씩씩하고 거침없는 자세는 마치 내달리는 말과 같은 사내 였다. 그의 생김이 보통이 아니어서 유비는 자신도 모르게 말을 걸었다. 곧바로 그의 대꾸가 돌아왔다.

"내 이름은 장비에 자는 익덕이오. 조상 대대로 여기 탁군 에서 살고 있소. 농사지을 땅도 있지만 술 팔고 돼지 잡는 일에 더 이골이 나 있소. 천하의 호걸들을 사귀는 게 유일한 즐거움인데, 마침 당신이 방문을 보며 한숨을 내쉬기에 한 마디 해보았소."

장비의 말이 끝나자 유비가 자기소개를 했다.

"나는 원래 한나라 황실의 후손으로 유비라 하오. 황건적 이 설친다는 걸 이제야 알았소. 도적 떼를 쳐부수고 백성들 을 편안하게 해주고 싶은 마음 굴뚝 같으나 지금 당장 내게 힘이 없어 한숨이 절로 나왔소."

"허허, 그거 잘되었소. 내가 가지고 있는 재산으로 사람들 을 모아 큰일 한번 해봅시다."

유비는 더할 나위 없이 좋았다. 뜻이 맞은 두 사람은 곧장 가까운 주막으로 가서 술을 마시기 시작했다. 두 사람이 즐거운 마음으로 술잔을 기울이고 있을 때 짐수레를 끌고 온 사내 하나가 주막 안으로 들어서더니 심부름꾼에게 곧장 술을 달라고 했다.

"이봐요, 술 좀 빨리 내와요. 성 안에 들어가서 의로운 군사 모집하는 데 빨리 가봐야 해요."

유비가 보니 그 사내의 키는 9자나 되게 크고, 수염 길이만 해도 두 자나 되어 보였다. 얼굴은 잘 익은 대춧빛이고, 입술은 연지를 바른 것처럼 붉었다. 게다가 봉황의 눈에 누에 눈썹이니, 한마디로 당당하고 묵직해 보이는 모습이었다.

유비는 그를 자기들 자리로 부른 뒤 이름을 물었다.

"내 이름은 관우요. 자는 처음엔 장생이었는데 지금은 운장으로 바꿨소. 고향은 하동 해량인데, 거기서 힘깨나 쓰며 사는 인간 하나가 사람들을 못살게 굴어 내가 그만 그이를 죽이고 말았소. 그래서 몸을 피해 세상을 떠돈 지 대여섯 해기 되었소. 마침 도적 떼를 칠 의로운 군사를 모은다는 소식이 있어 달려가는 중이오."

그 말이 끝나자마자 유비가 자신들의 속내를 털어놓았다. 관우가 무척 좋아라 했다. 마침내 세 사람은 장비의 집으로 자리를 옮겨 앞으로의 일을 의논하기 시작했다.

장비가 뜻밖의 말을 했다.

"우리 집 뒤에 복숭아밭이 있는데 지금 복숭아꽃이 흐드러지게 피었습니다. 거기서 하늘과 땅에 제사를 지냅시다. 우리 셋이 의형제를 맺어 마음을 단단히 하나로 묶는 제사 말입니다. 그래야만 뭘 해도 할 만하게 됩니다."

유비와 관우가 아주 좋은 생각이라며 반겼다.

다음 날 세 사람은 장비의 집 뒤에 있는 복숭아밭에서 검은 소와 흰 말, 그 밖의 제물들을 차려놓은 뒤 향을 사르고 두 번씩 절을 했다.

"……유비·관우·장비 세 사람은 비록 성은 다르나 마음을 합쳐 한 형제가 되기로 했사옵니다. 앞으로 괴로운 일, 위험한 일을 같이 이겨나가겠으며, 위로는 나라의 은혜를 기리고 아래로는 백성들을 편안케 하겠나이다. 같은 해, 같은 달, 같은 날, 같은 시간에 태어나지 못한 건 어찌할 수 없는 일이나, 한날한시에 죽기를 바라니 천지신명께서는 굽어살피소서. 만일 우리 세 사람 가운데 의리를 저버리거나 은혜를 잊는 이가 있으면 하늘의 이름으로, 세상의 이름으로 죽음을 내리시옵소서……."

굳게 다짐을 하고 나자 세 사람은 나이순대로 형과 아우를 정하고 절을 했으니, 유비가 맏형이 되고 관우는 둘째,

유비·관우·장비가
복숭아밭에서 의형제를 맺다.

장비는 막내가 되었다.

제사를 마친 뒤 소를 잡고 술을 풀어 고을 안의 장정들을 모으니 순식간에 3백 명 넘게 모여들었다. 그들 모두 복숭아나무 꽃그늘에서 마음껏 취하도록 마셨다.

이튿날 무기는 어느 정도 갖추었으나 쓸 만한 말이 없어 어찌해야 하나 하고 있는데, 한 사람이 들어와 웬 나그네 둘이 여러 사람을 거느리고 말 떼를 몰고 온다고 했다.

유비가 말했다.

"하늘이 우리를 도우시는 바요!"

세 사람은 집 밖으로 나가 그들을 맞았다.

두 나그네는 중산 땅의 큰 장사꾼으로 각각 장세평과 소쌍이라고 했다. 그들은 해마다 북쪽 지역에 가서 말을 팔았는데 이번에는 황건적 때문에 길이 막혀 되돌아오는 참이었다.

유비는 두 사람을 맞이하여 술을 대접한 뒤, 도적 떼를 무찔러서 백성들을 편안케 하려는 뜻을 말했다. 그러자 두 사람은 크게 좋아하며 좋은 말 50필과 금은 5백 냥 및 철근 1천 근을 기꺼이 내놓았다.

유비는 두 사람에게 고마운 마음을 정성스레 전한 뒤 곧바로 솜씨 좋은 대장장이를 불러들였다. 대장장이는 유비가 쓸 칼 쌍고검을 만든 뒤 관우의 청룡언월도를 만들었다.

청룡언월도는 무게가 82근이나 되며 냉염거라는 별명을 붙였다. 장비 몫으론 한 길 8자의 점강모가 만들어졌다. 점강모는 구불구불하고 기다란 뱀 모양을 한 창이어서 말 그대로 장팔사모라 일렀다.

세 사람 모두 투구와 갑옷까지 갖춘 뒤 고을의 씩씩한 젊은이 5백여 명을 이끌고 추정을 만났다. 추정은 그들을 태수 유언에게 안내했다. 세 사람은 유언과 인사를 나누었다. 인사를 나눈 뒤 유비가 자신의 집안 내력을 이르자 유언은 촌수를 헤아려본 뒤 유비가 조카뻘이 된다며 좋아했다.

며칠 뒤, 황건적의 장수 정원지가 군사 5만 명을 이끌고 탁군으로 쳐들어온다는 보고가 들어왔다. 유언은 추정에게 유비 등 세 사람과 함께 군사 5백 명을 거느리고 가서 적을 치도록 하였다.

유비 일행은 기꺼이 군사를 이끌고 나가 대흥산 아래에서 적군을 만났다. 적군은 모두 머리를 풀어헤치고 누런 수선으로 이마를 씨매고 있었다.

양쪽 군사가 서로 싸울 자세를 갖추자 유비가 말을 타고 앞으로 나아갔다. 유비의 왼쪽은 관우가, 오른쪽은 장비가 맡았다.

유비가 말채찍을 높이 들고 큰소리로 꾸짖었다.

"나라를 배반한 역적들아! 빨리 항복하지 못하겠느냐?"

이에 정원지가 잔뜩 흥분하여 부장 등무에게 나가서 싸우도록 명령했다.

장비가 장팔사모를 들고 말을 달려 등무를 겨누어 손 한 번 쓰니 등무가 그대로 말 아래로 고꾸라졌다. 다시 정원지가 장비를 향해 말을 거세게 내몰며 칼을 휘둘렀다. 관우가 이걸 보고 큰 칼을 휘두르며 말을 날 듯이 몰아 정원지를 맞았다. 정원지는 관우를 보자마자 소스라치게 놀랐다. 정원지는 미처 손 한 번 놀려볼 새도 없이 관우의 칼에 맞아 몸이 두 동강 나고 말았다.

훗날 어떤 사람이 장비와 관우의 씩씩함을 기리는 시를 읊었다.

바로 오늘 영웅들의 모습이 드러나는 걸 보았는가
한 사람은 창을 쓰고 또 한 사람은 칼을 썼다네
첫 싸움인데도 이 정도 힘을 떨쳐 보였기에
세 나라 나뉜 세상에 그 이름 뚜렷이 새겨졌다네

정원지가 단칼에 고꾸라지자 적들은 창을 질질 끌거나 버리고 달아나기에 바빴다. 유비가 그들을 몰아붙이자 너도나도 항복을 했다. 유비가 크게 이기고 돌아오자 유언이 직접 나와 맞이했으며, 군사들에게도 위로의 상을 주었다.

그다음 날 청주 태수 공경이 다급한 연락을 해왔다. 황건적이 청주성을 둘러싸고 있어 언제 무너질지 모르니 빨리 도와달라는 내용이었다. 유언이 유비에게 뜻을 구하자 유비가 선선히 나섰다. 유언은 추정에게 군사 5천 명을 거느리고 유비·관우·장비와 더불어 청주로 가도록 했다.

도와주러 온 군사가 나타나자 황건적은 군사를 몇 갈래로 나누어 덤벼들었다. 유비는 군사의 수가 적어 어찌해볼 수가 없어 일단 30리 밖으로 물러나 진을 쳤다.

유비가 관우와 장비를 불러 의논했다.

"적은 많고 우리는 적어서 수로는 당할 수가 없다. 꾀를 내서 적을 혼란에 빠뜨리는 기이한 병법을 써야 이길 수 있겠다."

관우는 군사 1천 명과 함께 산 왼쪽에 숨고, 장비는 군사 1천 명과 함께 산 오른쪽에 숨었다. 징 소리가 울리면 일제히 공격하기로 했다.

이튿날 유비는 추정과 함께 군사를 거느리고 요란한 북소리에 아우성을 치며 들이치기 시작했다. 적군이 무리를 이뤄 싸우러 나왔다. 유비는 짐짓 허둥대는 척하다가 군사를 돌려세워 도망치기 시작했다. 적군은 이긴 기운을 몰아 아주 끝장을 내기 위해 유비군을 뒤쫓았다.

적군이 막 산고개를 넘을 때쯤이었다. 유비군 속에서 갑자기 징 소리가 요란하게 울려퍼지기 시작했다. 이와 때를 맞춰 산 양쪽에서 관우와 장비의 군사들이 일제히 쏟아져나왔다. 달아나던 유비군도 다시 되돌아서서 공격하기 시작했다. 세 방향에서 몰아세우자 적군은 그대로 무너져서 달아나기에 바빴다. 도망가는 적을 쫓아 청주성 아래에 이르자 태수 공경이 민병부대를 이끌고 성에서 나와 마구 무찔러댔다. 이에 적군은 죽고 다친 사람을 셀 수 없을 정도로 남기고 물러갔다. 마침내 청주성은 위기에서 벗어났다.

나중에 어떤 이가 유비를 기리는 시를 읊었다.

이리저리 꾀를 내 싸우자 신도 도왔는지
범이 둘이어도 용 하나가 더 뛰어나다
첫 싸움에 나서 막바로 공을 세우니
천하를 나눠 세우는 뜻이 그에게 있었구나

공경이 군사들을 배불리 먹이고 나자 추정이 돌아갈 채비를 했다.

유비가 추정을 보고 말했다.

"들자니 중랑장 노식 선생이 황건적 우두머리 장각과 광종에서 싸운다는 소식이 있소. 노식 선생은 일찍이 내가 스승으로 섬겼던 분이오. 이참에 찾아가 도와드려야겠소."

추정은 군사를 이끌고 돌아가고, 유비는 관우·장비와 함께 본부 군사 5백 명을 거느리고 광종으로 향했다.

노식의 진영에 이르자 유비는 막사로 들어가 노식을 만나 인사를 하고 자기가 온 뜻을 자세히 털어놓았다. 노식이 매우 반가워하며 본부에서 명령을 기다리라고 했다.

이때 장각의 군사는 15만 명이고, 노식의 군사는 5만 명이었다. 양쪽이 광종에서 진을 치고 있으나 아직 이기고 짐을 가르지 못하고 있는 판이었다.

노식이 유비를 불렀다.

"우리는 여기서 장각을 꽁꽁 에워싸고 있는데, 장각의 두아우 장량과 장보는 지금 영천에서 황보숭·주준과 겨루고 있네. 자네가 데려온 본부 군사에다 관군 천 명을 보태줄 테니 함께 거느리고 가서 어찌 돌아가나 잘 살펴보고 날을 잘잡아 적을 무찌르도록 하게."

유비는 명령을 받자마자 별빛 총총한 밤에 영천으로 달려갔다.

이때 황보숭과 주준의 군사들은 적군을 잘 막아내고 있었다. 적들은 싸움이 자신들에게 좋지 않게 돌아가자 장사 땅으로 물러가서 풀밭에다 영채를 세웠다.

황보숭과 주준이 머리를 맞댔다.

"적들이 풀밭에 머물고 있으니 불로 공격을 하는 게 어떻겠소?"

곧장 군사들에게 마른 풀 한 묶음씩을 들고 으슥한 곳에 숨어 있도록 했다. 그날 밤 갑자기 바람이 거세게 일었다. 밤이 제법 깊어지자 숨어 있던 군사들이 일제히 불을 지르기 시작했다. 그 틈을 타 황보숭과 주준은 군사들을 거느리고 적의 영채를 들이쳤다.

적의 영채 여기저기서 불길이 하늘 높이 치솟아올랐다. 적들은 놀라 미처 말안장도 못 얹고 갑옷도 입지 못한 채 사방으로 흩어져 도망을 쳤다. 쫓고 쫓기는 일은 날이 샐 때까지 이어졌다. 장량과 장보는 남은 군사를 겨우 추슬러서 가까스로 길을 트고 도망쳤다. 그런데 갑자기 말 탄 군사 한 떼가 붉은 기를 휘날리며 나타나 앞을 가로막았다. 앞에 나선 장수를 보니 키는 7자요, 눈은 가느다랗고 수염을 길렀다. 바로 기도위 벼슬을 살고 있는 조조였다.

조조는 패국 초군 사람으로 자는 맹덕이다. 조조의 아버지 조숭의 성은 원래 하후씨였다. 그러나 환관의 우두머리인 중상시 조등의 양자로 들어가는 바람에 성이 조씨로 바뀌게 된 것이다. 조숭은 아들을 낳자 처음엔 아만이라는 이름을 붙였다. 더불어 길리라고도 불렀다.

조조는 어릴 때부터 사냥과 노래와 춤을 무척 즐겼으며, 잔꾀와 그때그때 둘러대는 능력이 뛰어났다. 조조의 작은 아버지는 어린 조카가 너무 되바라져 보여 그때마다 꾸짖으며 형인 조숭에게 일러바쳤다. 그 탓에 조조는 아버지한테 늘 꾸지람을 들었다. 그래서 조조는 작은아버지를 골탕 먹일 꾀 하나를 짜냈다. 어느 날 작은아버지가 찾아오는 게 보였다. 조조는 그 즉시 땅바닥에 드러누워 온몸이 굳어지는 시늉을 하며 중풍 든 사람처럼 굴었다. 작은아버지는 깜짝 놀라 곧장 아버지에게 알렸다. 조숭이 급히 뛰어왔다. 그런데 아들은 멀쩡했다.

"아니, 온몸이 중풍 든 사람처럼 굳어졌다고 들었는데 지금은 괜찮은 게냐?"

"저한테 그런 병이 어디 있습니까? 작은아버지가 저를 미워해서 가끔 이상한 소리를 하는 겁니다."

조조가 조금도 아무렇지 않게 대답을 하는지라 조숭은 아들의 말을 곧이곧대로 받아들였다. 그때부터 조숭은 아우가 조조에 대해 어떤 말을 하든 믿지 않으려 했다. 이후로 조조는 더욱 자기 하고 싶은 대로 하며 지낼 수 있었다.

이런 조조를 교현이라는 사람은 한눈에 알아보았다.

"머지않아 세상은 걷잡을 수 없이 어지러워져 하늘이 내린 재주를 가진 자가 아니면 바로잡을 수가 없네. 음, 내 생각엔 조조 자네가 그런 재주를 가진 사람이 아닌가 싶네."

남양의 하옹이라는 사람도 조조를 보고 이런 말을 한 적이 있다.

"한나라는 곧 망할 게 뻔하다. 천하를 다시 건질 이는 바로 조조네."

이때 여남의 허소는 사람을 잘 알아보기로 소문이 났다. 그래서 조조는 허소를 찾아가 물었다.

"나는 앞으로 어떻게 될까요?"

그러나 허소는 대답하지 않았다. 조조는 계속 졸라댔다. 허소가 마지못해 대답했다.

"자네는 세상이 평안할 때는 능력이 뛰어나고 훌륭한 신하로 능신이 될 테지만, 세상이 어지러울 때는 아주 꾀바르고 간사스러운 영웅으로 간웅이 될 상이네."

조조는 그 말을 듣자 무척 기뻤다.

20살 때 조조는 효렴에 뽑혀 낭관으로 있다가 낙양북부위로 임명되었다. 근무지에 닿자마자 오색 몽둥이 여남은 개를 만들어 사방 성 문에 매달아두었다. 그런 다음 법을 어기는 이가 있으면 제아무리 신분이 높고 귀하더라도 어김없이 그 몽둥이로 쳐서 죄를 다스렸다.

한번은 중상시 건석의 작은아버지뻘 되는 이가 밤에 칼을 들고 돌아다니다가 순찰 중인 조조에게 붙들려 그 자리에서 몽둥이찜질을 당했다. 이런 일이 알려지면서 성 안은 물론 밖에서도 함부로 법을 어기려는 사람이 없게 되었고, 날이 갈수록 조조의 이름은 높아갔다.

그다음에 조조는 돈구의 현령이 되었다. 그러다 황건적의 난이 일어나자 기도위로 임명받아 말 탄 군사와 일반 군사 5천 명을 이끌고 황건적을 치러 영천으로 가다가 달아나는 장량·장보와 맞닥뜨렸다.

조조는 적이 도망을 못 가게 길을 단단히 막고 한바탕 싸움을 벌였다. 그 싸움에서 1만 명 넘게 적군의 목을 치고 깃발·징·북·말 등을 헤아릴 수 없을 정도로 많이 빼앗았다. 장량과 장보는 죽을힘을 다해 겨우 도망쳤다. 조조는 황보숭과 주준을 잠깐 만난 뒤 다시 장량과 장보를 뒤쫓았다.

한편 유비는 관우·장비와 함께 군사를 거느리고 영천에 이르렀다. 외침 소리가 들끓고 불길이 하늘 높이 피어올랐다. 급히 군사들을 이끌고 내달았으나 적군은 이미 다 흩어진 뒤였다.

유비는 황보숭과 주준을 만나 노식의 말을 전했다.

황보숭이 말했다.

"장량과 장보는 이제 기가 꺾인데다 지쳐서 아마도 장각이 있는 광종으로 갔을 성싶소. 현덕은 곧장 밤을 도와 그리

가서 노중랑을 도우시지요."

유비는 군사를 다시 이끌고 왔던 길을 되돌아갔다. 절반쯤 갔을 때였다. 말 탄 군사 한 떼가 죄인을 태운 수레인 함거를 끌고 오고 있었다. 수레 속에 갇혀 있는 이는 뜻밖에도 노식이었다. 유비는 깜짝 놀라 말에서 굴러떨어지듯 뛰어내려 어찌 된 일인지 그 까닭을 물었다.

"장각을 에워싸고 곧 이기고 짐을 가르려 하는데, 장각이 요술을 부리는 바람에 잠시 주춤하고 있었네. 조정에서 싸움이 어떻게 돌아가는지 알아보려고 환관인 황문 좌풍을 보냈는데, 그 사람이 나를 보자마자 뇌물부터 달라고 하더구만. 그래서 이렇게 말했네. '지금 군사들 먹을거리도 달랑달랑하는 판인데 어디 돈이 있단 말이오? 황제께서 직접 보내신 사람이 그런 말을 하면 안 되오.' 그랬더니 좌풍이 나를 괘씸하게 여겨 조정에 가서 엉뚱한 소리를 지껄였다네. 내가 성만 높이 쌓아놓고 정작 싸움은 하지 않아서 군사들의 기운이 떨어졌다고 말이야. 황제께서 그 말을 듣고 몹시 화를 내시며 중랑장 동탁을 내려보내서 나 대신 군사를 거느리게 하셨다네. 나는 잡아올려 죄를 묻는다 하시네."

사정을 알게 되자 장비가 흥분하여 끌고 가는 군사들을 죽여 노식을 구하려 했다. 그러자 유비가 급히 말렸다.

"조정에서도 뭔가 얘기가 있을 테니까 너는 함부로 덤벙

대지 말거라."

그 사이 군사들은 노식을 앞뒤로 에워싸고 멀어져갔다.

관우가 투덜댔다.

"노중랑은 잡혀가고 다른 사람이 와서 군사를 거느린다 하니 우리가 기댈 데가 어디오? 더 갈 필요가 없겠소. 차라리 탁군으로 돌아갑시다."

유비가 그 말을 받아들여 군사들을 북쪽으로 이끌게 했다. 길을 떠난 지 채 이틀이 못 되었을 때였다. 갑자기 산 너머에서 아우성치는 소리가 요란했다. 유비가 관우·장비와 함께 말을 달려 높은 언덕으로 올라가 보니 관군이 패해 이리저리 달아나기 바빴다. 그 뒤론 황건적이 온 산과 들을 가득 메운 채 덮쳐오고 있었다. 그들의 깃발에는 '천공장군'이라는 네 글자가 큼직하게 쓰여 있었다.

유비가 외쳤다.

"장각이다! 빨리 싸울 준비를 하라!"

세 사람이 군사들을 이끌고 나는 듯이 말을 달렸다.

장각은 동탁을 무찌른 기세를 타고 내닫는 참이었다. 그런데 갑자기 세 사람이 나타나 공격을 해대니 어찌할 바를 모르고 갈팡질팡하다가 50리 넘게 달아났다.

세 사람은 동탁을 구한 뒤 영채로 함께 돌아왔다. 동탁이 유비를 보고 고갯짓을 했다.

"세 사람은 지금 무슨 벼슬을 살고 있소?"

"아무 벼슬도 살고 있지 않소."

그러자 동탁은 코웃음을 치며 고맙다는 말조차 하지 않았다. 유비가 밖으로 나오자 장비가 화가 나서 붉으락푸르락했다.

"우리가 직접 나서서 다 죽게 된 걸 구해주었는데, 저놈 하는 짓을 눈 뜨고 볼 수가 없구만. 이런 놈을 그냥 두었다가는 내가 명대로 못 살겠소."

장비는 칼을 빼들고 동탁에게 달려들려 했다.

예나 지금이나 힘 있고 돈 있는 이만 우러르니

그 뉘라서 벼슬자리 없는 영웅을 알아주랴

장비처럼 배짱 좋고 시원스런 사람 나타나

좀스런 인간들 다른 세상으로 쓸어버렸으면……

과연 동탁의 목숨은 어찌 될까…….

제2회

십상시가 설치다

장비는 화가 나서 독우에게 매질을 하고,
국구 하진은 환관들을 죽이기로 마음먹다

동탁은 자가 중영이고, 농서의 임조 사람이다. 벼슬은 하동 태수였는데 잘난 체하며 사람을 얕잡아보기 일쑤였다. 이날도 현덕에게 함부로 대한 까닭에 장비가 길길이 날뛰었다.

유비와 관우가 장비를 계속 말렸다.

"미우나 고우나 동탁은 나라에서 보낸 벼슬아치인데 함부로 죽여서야 되겠느냐."

"그렇다면 이런 놈을 살려놓고 그 밑에서 부하 노릇이나 하자는 말씀이오? 전 그 짓은 못 합니다. 형님들이나 여기 있고 싶으면 남아 계세요. 전 다른 데로 가볼 테니까."

유비가 조용히 말했다.

"우리 셋은 한날한시에 같이 죽기로 다짐한 사람들이다. 어찌 따로 떨어진단 말이냐. 가려면 모두 같이 가야지."

"그럼 그렇게 합시다. 그렇게라도 해야 화가 좀 풀리겠습니다."

세 사람은 밤을 도와 군사를 거느리고 주준을 찾아나섰다. 주준은 그들을 정성껏 대접한 뒤 군사를 합쳐 장보를 치자고 했다.

한편 조조는 황보숭과 함께 곡양에서 장량의 군사와 한판 싸움을 크게 벌이는 중이었다.

주준이 공격해가자 장보는 8~9만 명의 무리를 이끌고 산 뒤쪽에 머물고 있었다. 주준은 유비를 앞장세워 적과 맞서게 했다.

장보가 부장 고승더러 말을 타고 나가 싸움을 걸게 하자 유비는 장비를 내보내 싸우게 했다. 장비는 창을 치켜들고 말을 내몰았다. 몇 차례 겨루지도 않고 고승을 창으로 찔러 말 아래로 고꾸라뜨렸다. 그 틈을 타 유비가 이끄는 군사들이 적진을 향해 내달았다. 그러자 장보가 말 위에서 머리를 풀어헤친 뒤 칼을 반듯이 들어올리더니 요술을 부리기 시작했다. 갑자기 거센 바람이 휘몰아치며 천둥소리가 크게 났다. 이어 한 줄기 검은 안개 같은 게 하늘에서 뻗쳐 내리는가 싶었는데 그 속에서 헤아릴 수 없을 정도로 많은 사람과 말이 쏟아졌다. 유비의 군사들은 순식간에 혼란에 빠져들었다. 유비는 급히 후퇴 명령을 내리지 않을 수 없었다.

제대로 싸워보지도 못하고 물러난 유비는 주준과 이마를 맞댔다. 주준이 대책을 내놓았다.

"장보가 요술을 부리므로 우리도 그에 맞는 방법을 써야겠습니다. 군사들한테 돼지든 염소든 개든 가리지 말고 있는 대로 잡도록 하시오. 그런 다음 그 피를 가지고 산 위에 숨어 있다가 적이 쫓아오면 그 피를 뿌리도록 하시오. 그러면 요술은 풀립니다."

유비는 그 말대로 하기 위해 관우와 장비에게 각각 군사 1천 명씩을 끌고 산 위쪽 뒤에 숨어 있도록 했다. 그리고 돼지와 염소와 개를 잡아서 피를 모았다. 그 밖에도 더러워서 부정 탈 만한 것들을 한껏 모았다.

이튿날 장보는 떠들썩한 북소리와 함께 깃발을 휘날리며 군사를 놓고 나와 싸움을 걸었다. 유비가 그에 맞춰 나서자 장보가 또 요술을 부리기 시작했다. 마른하늘에서 갑자기 큰 바람이 일고 천둥소리가 또한 크게 울리더니 모래가 앞을 가릴 정도로 날리고 돌덩이들이 사방으로 굴러다녔다. 게다가 한 줄기 검은 안개 속에선 사람과 말이 마치 우박 쏟아지듯 엄청나게 쏟아지기 시작했다.

　유비는 곧장 말 머리를 돌려 달아나기 시작했다. 장보가 군사를 몰고 뒤쫓아왔다. 장보 군사들이 막 산허리를 지날 때쯤 쾅 소리가 한 번 났다. 그 소리에 맞춰 숨어 있던 관우와 장비의 군사들이 미리 준비하고 있던 짐승의 피와 더러운 것들을 아래로 뿌리기 시작했다. 그러자 하늘에서 종이로 만든 사람과 풀잎으로 만든 말들이 눈 내리듯 떨어졌다. 이윽고 바람도 그치고 천둥소리도 멎었다. 모래도 날리지 않고 돌덩이도 구르지 않았다.

　요술이 풀리자 장보는 군사들을 급히 뒤로 물리려 했다. 이때 왼쪽에선 관우가, 오른쪽에선 장비가 군사들을 거느리고 공격해댔다. 유비와 주준까지 뒤에서 들이치자 적들은 크게 져서 도망쳤다.

　유비는 '지공장군'이라 쓰인 깃발만 보고 말을 내달렸다. 장보는 길을 버리고 죽기 살기로 도망쳤다. 마침내 유비가 활을 쏘아 장보의 왼쪽 어깨를 맞혔다. 장보는 화살을 뽑지도 못하고 그대로 양성으로 도망쳐 들어간 뒤 성 문을 굳게 닫고 나오지 않았다.

　주준은 군사들을 거느리고 양성을 에워싼 채 치기 시작했다. 그러는 한편 사람을 보내 황보숭의 소식을 알아오게 했다.

"황보숭은 적과 싸울 때마다 이기는데 동탁은 때마다 져서 조정에선 황보숭에게 동탁의 자리까지 맡아보게 했답니다. 황보숭이 근무지에 다다랐을 때 장각은 이미 죽고, 그 대신 장량이 남은 무리들을 이끌고 관군에게 대항하더랍니다. 황보숭은 일곱 번의 싸움을 모두 이겨 마침내 곡양에서 장량의 목을 베고, 장각의 시체도 무덤에서 꺼내 칼질을 하고 목은 잘라 경사로 보냈답니다. 그러자 남은 무리들이 달리 수가 없어 모두 항복을 했다는군요. 조정에선 황보숭을 거기장군에 기주목으로 삼았답니다. 노식도 원래 자리를 다시 찾았는데, 이는 황보숭이 '노식이 공은 있지만 죄는 없다'고 조정에 아뢰었기 때문이랍니다. 참, 조조도 공을 인정받아 제남상이 되어 그날로 군사를 거느리고 근무지로 갔답니다."

소식을 듣고 나자 주준은 군사들을 휘몰아 있는 힘을 다해 양성을 쳤다. 상황이 다급해지자 황건적 장수 엄정은 장보를 찔러 죽인 다음 그 머리를 들고 나와 항복을 했다. 마침내 주준은 여러 고을을 평온하게 가라앉힌 다음 조정에 글을 올려 승리의 소식을 알렸다.

한편 황건적의 나머지 무리인 조홍·한충·손중이 수만 명의 무리를 끌어모아 장각의 원수를 갚는다며 닥치는 대로 불을 질러 사람들을 다치게 하고 재물을 빼앗고 있었다.

조정에선 주준에게 승리한 군사들을 이끌고 가서 이들을 치도록 하였다. 주준은 군사를 거느리고 떠났다. 황건적은 완성을 차지하고 있었다.

주준이 완성을 치자 조홍은 한충을 내보내 싸우도록 했다. 주준은 유비·관우·장비에게 완성의 서남쪽을 치게 하였다. 그러자 한충이 날랜 군사들만 이끌고 나와 서남쪽을 막았다. 주준은 갑옷을 입은 말 탄 군사 2천 명을 직접 끌고 곧장 동북쪽을 쳤다. 한충은 성이 무너질까봐 겁이 나서 서남쪽을 포기하고 급히 돌아섰다. 그러자 유비가 뒤를 덮쳤다. 적군은 크게 져서 성 안으로 도망쳤다.

주준은 군사를 성 바깥에 골고루 나누어 배치하여 성을 둘러쌌다. 성 안에 식량이 떨어지자 한충은 더 버틸 수가 없어 성 밖으로 사람을 보내 항복할 뜻을 전했다. 그러나 주준은 그 뜻을 내쳤다. 이에 유비가 그 까닭을 물었다.

"옛날에 우리 고조께서 천하를 얻을 수 있었던 이유는 될 수 있으면 항복하도록 하고, 또 항복하는 자는 내치지 않았기 때문입니다. 그런데 왜 한충이 항복하겠다는 걸 내치는지요?"

"그때는 그때고, 이때는 이때지요. 옛날 진나라 말에 항우가 설칠 때는 세상이 어지러워 백성들이 누구를 따라야 할지 갈팡질팡했지요. 그래서 항복을 하도록 설득하고, 제 발로 걸어들어오는 자에겐 상까지 주면서 내 편을 만들려고 애썼지요. 그러나 지금은 천하가 하나로 통일되어 있는데 오로지 황건적만이 대들고 있소. 만약에 도적들의 항복을 쉽게 받아주면 바른 일을 권할 명분이 사라지고 마오. 힘 있으면 도적질하다가 힘이 약해지면 항복하면 그만이다 하고 생각할 것 아니오. 지금 항복을 받아주는 건 결국 도적질을 권하고 도적들 힘을 길러주는 꼴이 되니 별로 좋은 방법이 아니지요."

"도적들의 항복을 받아들이지 않는 그 뜻은 좋습니다. 그러나 우리가 지금처럼 계속 사방을 둘러싼 채 쥐새끼 한 마리 드나들 틈을 주지 않으면서 항복조차 받아주지 않으면 적들은 틀림없이 죽기를 각오하고 달려들 수밖에 없습니다. 만 사람이 한마음으로 뭉쳐 대들어도 해보기가 힘든데 지금 성 안에는 수만 명이 죽을 각오를 하고 있습니다. 그래서 드리는 말씀인데, 성의 동남쪽은 살짝 터주고 서북쪽만 치면 어떨까요? 자신 있게 말하건대, 도적들은 틀림없이 싸울 마음을 못 내고 도망갑니다. 그렇게 되면 적을 어렵지 않게 사로잡을 수 있겠지요."

주준이 유비의 의견을 받아들여 즉시 동남쪽 두 곳의 군사를 거두어들이고 한꺼번에 서북쪽을 들이쳤다. 유비의 말대로 한충은 군사들과 함께 성을 버리고 허둥지둥 달아났다. 주준은 유비·관우·장비와 함께 전군을 거느리고 적을 쫓았다. 한충이 활을 맞고 죽자 나머지 무리는 사방으로 흩어져 도망치기에 바빴다. 그들을 한창 쫓고 있는데 조홍·손중이 도적 떼를 이끌고 달려들었다. 적의 수가 워낙 많아 주준은 잠시 뒤로 물러나라는 명령을 내렸다. 이 틈을 타 조홍은 다시 완성을 차지했다.

주준은 10리 밖에 영채를 세웠다. 다시 싸울 자세를 가다듬고 무찌르려 하는 순간 동쪽에서 말 탄 군사들이 씩씩하고 힘찬 모습으로 달려왔다. 군사를 지휘하는 장수는 손견으로, 넓은 이마에 큼직한 얼굴, 그리고 곰 허리에 호랑이 몸집이었다.

손견은 오군 부춘 사람으로 자는 문대이고,《손자병법》으로 유명한 손무자의 후손이다. 손견은 17살 때 아버지를 따라 전당강에 간 일이 있는데, 거기서 해적 여남은 이가 장사꾼의 물건을 빼앗아 강언덕에서 나눠 갖는 걸 보았다.

손견이 아버지를 쳐다보았다.

"제가 가서 저 도적들을 해치우겠습니다."

손견은 곧바로 칼을 빼어 들고 언덕으로 뛰어올라 소리를 크게 내질렀다. 칼을 들고 마치 군사를 지휘하듯 동과 서를 번가르며 소리를 지르자 해적들은 관군들이 몰려오는 줄 알고 물건을 다 내팽개친 채 도망쳤다. 손견은 한 사람을 끝까지 쫓아가서 해치웠다. 이 일이 세상에 널리 알려지자 손견은 교위로 추천받았다.

그 뒤 회계에서 허창이 반란을 일으켜 스스로 '양명황제'라 일컬으며 수만 명의 무리를 이끌고 있었다. 손견은 군의 사마와 함께 씩씩한 젊은이를 1천 명 남짓 모은 다음 주와 군의 힘까지 합쳐 적을 무찌르고 마침내 허창과 그의 아들 허소까지 잡아 죽였다.

회계 자사 장민이 이런 공을 조정에 알리자 조정에서는 손견에게 염독승을 하도록 했다. 손견은 우이승과 하비승도 하였다. 마침 황건적이 설치자 고을의 젊은이와 장사꾼까지 끌어모은 뒤 회사 고을의 씩씩한 군사를 1천 5백 명 넘게 거느리고 싸움을 도와주러 왔다.

주준은 그들을 무척 반기며 다시 무찌를 준비를 했다. 마침내 손견은 성 남문을, 유비는 북문을, 주준은 서문을 치기 시작했다. 동문은 석들이 도망갈 수 있도록 남겨두었다.

손견이 가장 먼저 성 위로 올라가 눈 깜짝할 사이에 20명 넘게 베어 죽였다. 그러자 적들은 싸울 마음을 못 내고 도망치기에 바빴다.

조홍이 말을 타고 손견에게 창의 한 가지인 삭을 겨누며 달려들었다. 손견은 기다렸다는 듯이 몸을 날려 조홍의 삭을 빼앗았다. 손견은 바로 조홍을 찔러 말 아래로 떨어뜨린 뒤 그 말을 빼앗아 타고서 이리저리 닥치는 대로 휘젓고 다니며 적을 무찔렀다.

손중은 자기 무리를 이끌고 북문으로 빠져나가다 유비 군사와 맞닥뜨렸다. 그들은 이미 싸울 뜻을 잃었고 달아나느라 정신이 없었다. 유비가 화살을 손중에게 겨누었다. 그 화살에 손중이 몸을 뒤집으며 말 아래로 고꾸라졌다.

주준이 거느린 중심 부대는 적의 뒤를 쫓으며 수만 명의 목을 벴다. 그러자 너도나도 항복을 하는데 그 수를 헤아릴 수가 없을 정도였다. 마침내 남양일로의 10여 군이 모두 조용해졌다.

주준이 싸움에 이긴 뒤 군사를 거느리고 돌아오자 조정에서는 그에게 거기장군 벼슬에다 하남윤도 같이 맡게 했다. 주준은 손견·유비 등의 공로도 크다고 조정에 알렸다. 손견은 이런저런 줄을 잡고 손을 써서 별군사마 벼슬을 살게 되었다. 그러나 유비는 꽤 오래 기다렸으나 아무런 벼슬자리도 받지 못했다.

유비·관우·장비 세 사람은 마음이 답답하고 쓸쓸하여 거리로 나가 돌아다녔다. 마침 낭중 벼슬을 사는 장균이 수레를 타고 지나가고 있었다. 유비는 자신들이 세운 공을 말했다. 장균은 깜짝 놀랐다. 곧장 조정으로 들어가 황제에게 말했다.

"얼마 전 황건적 무리가 날뛴 원인도 따져보면 십상시가 벼슬자리를 돈 받고 판 데 있습니다. 게다가 아무리 능력이 뛰어나고 큰 공을 세운 사람도 자기들과 친하지 않으면 벼슬을 주지 않았습니다. 또 아무리 큰 죄를 지은 사람일지라도 자기들과 사이만 나쁘지 않으면 내쫓거나 죽이지 않았습니다. 이러니 세상이 어지럽지 않을 수가 없었습니다. 이제라도 십상시의 목을 베어 그 머리를 남쪽 성 문 밖에 내거십시오. 그런 다음 고을마다 사람을 보내 이런 사실을 온 세상에 알리고, 나라에 공 있는 이를 찾아 상을 후하게 내리십시오. 그러면 온 천하가 다 평안해질 겁니다."

그러자 십상시들이 이에 맞섰다.

"얼토당토않은 소리입니다. 장균이라는 이가 지금 폐하를 속이고 있습니다."

영제가 무사들을 불러 장균을 쫓아내라고 했다.

곧바로 십상시들이 이마를 맞대고 대책을 세웠다.

"황건적을 물리치는 데 공이 있다고 여기는 이들이 벼슬자리를 주지 않는다고 불평을 많이 터뜨리는 모양이오. 그렇다면 우선 그런 사람들 입이나 막게 하찮은 자리를 하나씩 안겨줍시다. 그랬다가 나중에 기회를 봐서 싹 없애버리지요."

　이리하여 유비는 중산부 안희현위가 되었다. 유비는 자신이 거느렸던 군사들을 모두 고향으로 돌려보낸 뒤, 관우·장비와 가까이 지내던 20명 남짓만 데리고 안희현으로 갔다. 유비가 고을 일을 본 지 한 달이 되도록 백성들을 조금도 괴롭히지 않자 백성들이 모두 좋아라 했다.

　유비는 안희현에 간 뒤로 줄곧 관우·장비와 함께 밥을 먹고 잠도 같은 자리에서 잤다. 유비가 다른 사람들과 더불어 일을 보게 되면 관우와 장비가 양옆에서 유비를 모셨다. 두 사람은 하루종일 서 있더라도 조금도 지친 티를 내지 않았다.

　안희현에 온 지 채 넉 달이 못 되었을 때 조정에서 조서가 내려왔다. 싸움에서 공이 있어 벼슬아치가 된 사람은 심사를 거쳐 정리하겠다는 내용이었다. 유비는 속으로 어쩌면 자신도 그 속에 들어 있을지 모르겠다는 생각을 했다.

　그때 고을 안을 돌아다니며 벼슬아치들의 잘잘못을 살피는 독우가 안희에 왔다. 유비는 성 밖에까지 나가 독우를 맞으며 예의를 갖춰 인사를 했다. 독우는 말 위에 그대로 앉은 채 인사는 받지도 않고 말채찍만 살짝 흔들어댔다. 관우와 장비는 독우가 하는 짓이 눈꼴시어서 바라볼 수가 없었다.

벼슬아치들이 머무는 숙소에 들자 독우는 높다란 곳에서 남쪽을 바라보며 앉았다. 유비는 뜰아래에 공손히 섰다. 시간이 한참 흘렀다. 내내 유비를 본체만체하던 독우가 불쑥 물었다.

"유현위 바탕은 무엇이오?"

유비가 바로 대답했다.

"저는 중산 정왕의 후손입니다. 탁군에서 황건적을 무찌른 이래 크고 작은 싸움을 서른 번 정도 치렀습니다. 내세우기는 부끄럽습니다만, 그 과정에서 공을 조금 세워 이 벼슬을 살고 있습니다."

독우가 갑자기 소리를 질렀다.

"네가 황실의 친척이라 속이고, 게다가 싸움에서 공로가 있다고 거짓 보고까지 한 걸 모르는 줄 아느냐? 이번에 조정에서 조서를 내린 까닭은 바로 너 같은 엉터리 벼슬아치를 솎아내기 위해서야!"

유비는 어이없어 그저 "네, 네"만 하다가 물러났다. 관아로 돌아온 유비는 현의 벼슬아치인 현리들과 의논을 했다. 현리 가운데 하나가 눈치 빠른 소리를 했다.

"독우가 억지소리를 하는 건 뇌물을 쓰라는 말 아니겠습니까?"

유비가 혀를 찼다.

"내가 백성들의 재산을 눈곱만큼도 건드린 일이 없는데 재물이 어디 있어서 독우에게 바친단 말이냐?"

다음 날 독우는 현리 하나를 숙소에 잡아다 놓고 유현위가 백성들을 어떻게 괴롭혔는지를 불라며 으름장을 놓았다. 유비는 현리를 놓아달라고 사정하기 위해 몇 번이나 숙소로 찾아갔지만, 그때마다 문지기들이 앞을 막는 바람에 끝내 들어가지 못했다.

한편 장비는 머리끝까지 뻗친 화를 달래기 위해 술을 몇 잔 마시고 밖으로 나갔다. 말을 타고 숙소 앞을 지나는데 노인들 5, 60명이 숙소 문 앞에서 소리 내 울고 있었다. 장비가 그 까닭을 물었다.

노인들이 입을 모았다.

"독우가 현리를 잡아들여 유공에게 없는 죄를 덮어씌우기 위해 으름장을 놓고 있다기에 우리가 모였지요. 유공의 사람됨을 알리려고 말입니다. 그런데 안으로 들어가기는커녕 문지기한테 몽둥이찜만 당했습니다."

장비는 화가 날 대로 났다. 고리눈을 부릅뜨더니 이를 맷돌처럼 부드득부드득 갈며 말에서 뛰어내린 뒤 숙소 안으로 들어갔다. 문지기는 두려워 막을 생각도 못 냈다. 장비는 뒤채로 곧장 뛰어들었다. 독우는 대청 위에 앉아 있었고, 현리는 온몸이 단단히 묶인 채 땅바닥에 쓰러져 있었다.

장비가 건물이 내려앉을 정도로 큰소리로 외쳤다.

"백성 등골이나 갉아먹는 벌레 같은 도적놈아! 나를 알아보겠느냐?"

독우는 입을 벙긋도 못 해보고 장비 손에 상투를 잡혀 숙소 밖으로 끌려나갔다. 장비는 독우를 관아 앞까지 질질 끌고 가서 말을 매는 기둥에 달아맨 뒤 버들가지를 꺾어 종아리를 후려갈겼다. 버들가지가 10개 넘게 순식간에 부러져 나갔다.

유비는 어찌해야 할지를 몰라 답답해하고 있었다. 때마침 밖이 소란하여 그 까닭을 물었다. 아랫사람 하나가 얼른 대답했다.

"장장군이 어떤 사람 하나를 관아 앞 말뚝에 달아매놓고 매질을 하고 있다 합니다."

그 말을 듣자마자 유비는 짚이는 데가 있어 급히 뛰어나갔다. 매를 맞고 있는 이는 바로 독우였다. 유비가 깜짝 놀라 장비에게 까닭을 물었다. 장비가 유비를 보고도 씩씩거렸다.

"백성들을 등쳐먹는 이런 도적놈은 때려죽여야 마땅합니다."

독우가 다 죽어가는 목소리로 사정했다.

"현덕공, 제발 내 목숨 좀 살려주시오."

장비가 화가 나서 독우에게 매질을 하다.

유비는 원래 성품이 어질고 무던한 사람이었다. 매질하는 장비를 옆으로 밀쳐내며 그만두게 했다. 그러자 관우가 다가와 불평을 터뜨렸다.

"형님은 남보다 큰 공을 세우고도 겨우 시골구석 현위 자리 하나 얻어찼는데, 저따위 독우 자리 사는 인간한테까지 모욕을 당한다는 게 말이 됩니까? 가만 생각해보니 가시덤불 속은 봉황이 깃들일 만한 데가 아닙니다. 저런 인간은 없애버리고, 그깟 벼슬자리도 걷어치우고 고향으로 돌아갑시다. 멀리 보고 다시 계획을 세우는 게 낫겠습니다."

관우 말이 끝나자 유비는 현위 신분을 나타내는 관인이 매달린 끈을 독우 목에 걸어준 다음 매우 엄한 목소리로 꾸짖었다.

"네가 백성들을 못살게 군 걸 생각하면 죽여 마땅하나 오늘은 살려주겠다. 내 관인, 잘 가져가라. 나는 그깟 자리 아무 미련 없다."

독우는 정주 태수에게 자기가 당한 일을 일러바쳤다. 정주 태수는 상부에 즉시 공문을 띄우고 사람을 풀어 유비 일행을 잡아들이도록 했다.

유비는 관우·장비와 함께 대주의 유회를 찾아갔다. 유회는 유비가 황실의 친척임을 알고 자기 집에 숨겨주었다.

한편 나라의 힘을 자기들 손아귀에 틀어쥔 십상시는 자기네들끼리 모든 일을 알아서 처리해버렸다. 그 과정에서 자신들의 뜻을 거스르는 이는 앞뒤 사정도 살피지 않고 무조건 죽였다.

조충과 장양은 황건적을 무찌른 공으로 벼슬을 얻은 장수들에게 사람을 보내 뇌물을 바치도록 했다. 뇌물을 바치지 않은 사람은 위에 아뢰어 모두 내쫓아버렸다. 황보숭과 주준도 뇌물을 주지 않아 결국은 조충 무리의 미움을 받아 쫓겨나고 말았다.

황제는 또 조충 무리를 거기장군으로, 장양을 비롯한 13명은 열후로 삼았다. 나랏일은 더욱 엉망이 되고 백성들의 원망은 나날이 높아만 갔다. 이런 형편을 틈타 장사에서는 구성이, 어양에서는 장거·장순이 무리를 이끌고 난을 일으켰다. 장거는 천자, 장순은 대장군이라 일컫기까지 했다. 조정엔 이런 사정을 알리는 다급한 보고가 한겨울에 눈발 날리듯 정신없이 들이닥쳤다. 그러나 십상시는 이런 보고가 올라올 때마다 모두 숨기고 황제에게 알리지 않았다.

황제가 십상시와 함께 뒷정원에서 술자리를 펼치고 있던 날이었다. 황제에게 잘못이 있으면 그걸 바로잡게 하는 일을 하는 간의대부 유도가 황제 앞에서 머리를 조아리고 울음을 크게 터뜨렸다. 황제가 우는 까닭을 묻자 유도가 울음을 그치고 대답했다.

"나라가 지금 몹시 위태롭습니다. 아침 다르고 저녁 다를 정도입니다. 그런데도 폐하께서는 환관 무리와 어울려 술잔치나 벌이고 계십니까?"

황제가 언짢은 표정을 지었다.

"나라가 두루 평안한데 뭐가 위태롭다고 하시오?"

유도가 다시 머리를 조아렸다.

"폐하, 지금 도적 떼가 사방에서 일어나 설치고 있습니다. 이건 바로 십상시가 벼슬자리나 팔아먹고 백성들을 못살게 굴면서 폐하를 속이기 때문에 일어난 일입니다. 게다가 올바른 신하는 모두 쫓겨나고 없습니다. 눈앞에 닥친 위기를 빨리 깨달으셔야 합니다."

유도의 말이 미처 끝나기도 전에 십상시들이 모두 관을 벗더니 황제 앞에 무릎을 꿇고 엎드렸다.

"대신께서 우리를 받아들이지 않으시니 우리는 이제 죽는 일밖에 남지 않았습니다. 바라옵건대 목숨만 살려주십시오. 그러면 모두 고향으로 돌아가서 재산을 정리하여 군사 자금으로 바치겠습니다."

십상시들은 말을 마치자 한꺼번에 목을 놓아 울기 시작했다. 황제가 잔뜩 화가 나서 유도에게 소리쳤다.

"그대에게도 가까이서 그대를 돌봐주는 이가 있을 텐데,

왜 나는 저들을 가까이 두면 안 된단 말이오?"

마침내 황제는 무사를 불러 유도를 밖으로 끌어낸 뒤 목을 베라고 명령했다. 유도는 끌려가면서도 끝까지 굽히지 않고 꿋꿋하게 소리쳤다.

"폐하, 제 목숨은 아까울 것이 없지만, 사백 년 이어 내려온 한나라가 하루아침에 끝나는 게 참으로 안타까울 뿐입니다!"

유도를 끌고 나간 무사들이 곧바로 그의 목을 베려 하자 대신 하나가 말렸다.

"아직 손대지 마라. 내가 폐하께 말씀드리고 올 때까지 기다려라."

모두가 그를 쳐다보았다. 사도 진탐이었다. 진탐은 곧장 궁궐로 들어가 황제를 뵈었다.

"유 간의대부가 무슨 죄를 지었기에 죽어야 합니까?"

"내 가까이 있는 신하들을 대놓고 욕하고 나를 욕보인 죄가 크오."

"세상 모든 사람들이 지금 십상시를 씹어 뱉어도 시원치 않다고 합니다. 그런데 폐하께서는 오히려 그 사람들을 부모처럼 받들고, 눈곱만큼의 공도 없는 그들을 열후로 삼기까지 했습니다. 더욱이 봉서 무리는 황건적의 뇌물을 받아먹고 반란까지 일으키려 했습니다. 폐하! 지금 정신 차리지 않으시면 나라가 무너지고 맙니다!"

"봉서가 반란을 일으키려 했다는 증거는 아무것도 없소. 또 아무리 그렇다 하기로 십상시 가운데 한두 명의 충신도 없겠소?"

진탐은 섬돌에 머리를 찧어가면서까지 계속 옳지 못한 일을 고치도록 말했다. 마침내 황제는 화가 머리끝까지 치밀어올라 진탐을 유도와 함께 옥에 가두라고 했다.

그날 밤 십상시는 두 사람을 옥 안에서 죽여버렸다. 그런 다음 '손견을 장사 태수로 임명하여 구성의 무리를 치도록 하라'는 황제의 조서를 거짓으로 꾸몄다. 손견은 50일이 못되어 강하 일대를 가라앉혔다는 보고를 올렸다. 이에 조정에서는 손견을 오정후로 삼았다. 그런 다음 유우를 유주목에 임명하여 군사를 거느리고 어양으로 가서 장거와 장순을 무찌르도록 하였다.

한편 대주의 유회는 유우에게 유비를 추천하는 편지를 보냈다. 유우는 기꺼이 유비를 맞아 도위로 삼은 뒤 군사를 거느리고 적의 소굴로 쳐들어가도록 하였다. 유비는 며칠 동안 힘껏 싸워 적의 기운을 꺾어놓았다. 기운이 꺾이자 장순은 부하들에게 성깔을 부리며 사납게 굴었다. 그러자 군사들의 마음이 흔들리기 시작했다. 그걸 눈치챈 부하들 가운데 두목 하나가 장순을 찔러 죽였다. 그런 다음 그 목을 베어 들고 군사들을 이끌고 나와 항복했다. 장거는 일이 좋지 않게 돌아가는 걸 보고 스스로 목을 매어 죽고 말았다. 마침내 어양도 완전히 조용해졌다.

유우는 유비의 공을 위에 알렸다. 조정에선 전에 독우에게 매질한 죄를 없애주고 하밀승으로 보냈다. 그런 뒤 곧 고당위로 옮겼다. 그때 공손찬이 예전에 유비가 세운 공을 조정에 다시 자세히 알려 유비는 별부사마로서 평원 현령이 되었다. 비로소 유비는 군마와 양식을 갖추어 전의 모습을 다시 갖추게 되었다. 유우는 도적 떼를 무찌른 공로로 태위가 되었다.

중평 6년 4월, 병이 깊어진 영제는 대장군 하진을 궁 안으로 불러들여 뒷일을 의논하려 했다. 하진은 원래 백정 출신이었다. 이때 황제의 비는 순위에 따라 첫째는 황후, 둘째는 귀인, 셋째는 미인이라 불렀다. 하진의 배다른 누이 하나가 궁중에 들어가 귀인이 되었는데, 나중에 황제의 아들 변을 낳고 황후가 되었다. 그러자 하진은 황자의 외삼촌, 즉 국구가 되어 한껏 힘을 부리며 높은 자리에 앉았다. 황제는 또 왕미인을 사랑하여 아들 협을 낳았다. 이에 하황후가 시샘하여 왕미인에게 독을 탄 술을 먹여 죽이는 짐살을 했다. 그래서 협은 동태후가 사는 궁에서 길렀다.

동태후는 영제의 친어머니이며, 해독정후 유장의 아내였다. 환제에겐 아들이 없었다. 그래서 유장의 아들을 양자로 들였는데 그가 바로 영제였다. 영제는 나중에 황제가 되자 친어머니를 궁중으로 불러들여 태후로 높였다. 동태후는 오래전부터 협을 황태자로 세우기를 권했다. 영제 역시 협을 어여삐 여겨 그러고 싶어 했다.

병이 깊어지자 중상시 건석이 영제에게 아뢰었다.

"협을 태자로 세우시려면 하진을 먼저 죽여 뒤탈이 없게 해야 합니다."

영제가 그 말을 받아들였다. 그래서 하진을 불러들이라 했다.

하진이 궁 문으로 들어가려 하자 사마 반은이 다가와 귀띔을 했다.

"들어가지 마십시오. 건석이 죽이려 하고 있습니다."

하진은 깜짝 놀라 급히 집으로 돌아가 곧바로 대신들을 불러모은 뒤 환관들을 죽이자고 했다. 그때 한 사람이 나섰다. 전군교위 조조였다.

"환관들이 설치기 시작한 게 어제오늘이 아닙니다. 충제·질제 때부터 세력이 커져서 지금은 조정 어느 구석 하나 그 사람들의 세력이 뻗치지 않은 곳이 없습니다. 그런데 무슨 수로 그 사람들을 모두 없앨 수 있습니까? 만약에 이런 말이 밖으로 새나가면 여기 모인 사람들은 모두 가족 한 사람 남김없이 죽게 됩니다. 깊이 생각해야 합니다."

하진이 벌컥 화를 냈다.

"자네 같은 피라미가 조정의 큰일에 대해 뭘 안다고 입을 나불거리는가?"

모두들 입을 열지 못하고 머뭇머뭇하는데 반은이 왔다.

"황제는 이미 돌아가셨습니다. 지금 건석이 십상시와 그 사실을 숨기고 가짜 조서로 하국구를 궁중으로 불러들이려 하고 있습니다. 뒤탈을 없애고 협을 황제로 삼으려고 그럽니다."

말이 미처 끝나기도 전에 조서를 지닌 사람이 왔다. 하진더러 한시바삐 궁에 들어와 뒷일을 의논하라는 내용이었다.

조조가 다시 나섰다.

"오늘 당장 할 일은 황제 자리를 바로잡는 일입니다. 도적은 그다음에 없애십시오."

하진이 사람들을 쭉 돌아보았다.

"누가 나와 함께 황제 자리를 바로잡고 도적을 치겠소?"

바로 한 사람이 선뜻 나섰다.

"씩씩한 군사 오천 명만 뽑아주시면 곧장 궁궐로 가서 새 황제를 받들어 모시겠습니다. 그런 다음 환관들을 모조리 없애 조정을 깨끗하게 해서 천하를 편안하게 하겠습니다."

사도 원봉의 아들이자 원외의 조카인 원소였다. 원소의 자는 본초이고, 벼슬은 사예교위였다.

하진은 무척 기뻐하며 임금을 보호하는 부대인 어림군 5천 명을 곧바로 내어주었다. 원소는 바로 무장한 뒤 군사를 이끌고 앞장을 섰다. 하진은 하옹·순유·정태 등 대신 30명 남짓을 거느리고 뒤따랐다. 그들은 영제의 관 앞에서 태자 변을 새 황제로 떠받들었다. 이어 문무 벼슬아치들은 절을 한 뒤 만세를 불렀다.

원소가 건석을 잡기 위해 궁중으로 들어갔다. 건석은 궁궐 정원의 꽃나무 밑에 숨어 있다가 중상시 곽승에게 들켜 그 자리에서 죽었다. 건석이 거느리던 궁중 부대인 금군은 모두 별달리 버티지 않고 항복했다.

원소가 하진을 쳐다보았다.

"환관들이 모두 한뜻으로 뭉쳐 있습니다. 이번 기회에 싹 쓸어버려야 합니다."

장양 무리는 자신들의 처지가 위태롭자 이제 태후가 된 하황후에게 급히 달려갔다. 하황후는 영제가 죽고 아들이 황제가 됨으로써 황후에서 태후로 자리가 바뀌었다.

"대장군을 해치려는 계획은 건석 혼자서 꾸민 일입니다. 저희들은 그런 일과 조금도 관련이 없습니다. 그런데 지금 대장군께서는 원소의 말만 듣고서 저희들을 모두 죽이려 합니다. 태후마마, 저희들을 제발 살려주십시오."

하태후가 고개를 끄덕였다.

"걱정하지 말라. 너희들한테 아무 일도 일어나지 않도록 해주마."

하태후는 곧장 하진을 조용히 불러들였다.

"우린 워낙 보잘것없는 집안 출신이었소. 장양 등이 도와주지 않았다면 그동안 어떻게 이처럼 넉넉하고 높아졌겠소? 엉뚱한 뜻을 품은 건석은 이미 죽었소. 그러면 됐지, 오라버니는 남의 말만 곧이듣고 왜 애먼 환관들까지 죽이려드오?"

하진은 밖으로 나오자 대신들을 둘러보았다.

"건석은 일부러 나를 죽이기 위해 애를 쓴 놈이니까 그 집안까지 모두 없애버리겠소. 그렇지만 다른 사람들은 굳이 죽일 필요까지는 없겠소."

그러나 원소는 못마땅해했다.

"풀은 뿌리까지 뽑아버려야 다시 자라지 않습니다. 이대로 어정쩡하게 물러섰다간 나중에 목숨을 잃는 일이 생길지도 모릅니다."

하진 역시 뜻을 굽히지 않았다.

"이미 결심했으니까 여러 소리 마시오."

대신들은 입을 다문 채 모두 물러갔다.

이튿날 하태후는 하진에게 녹상서사를 맡도록 하고, 그 밖의 사람들에게도 알맞은 벼슬자리를 챙겨주었다.

한편 동태후는 장양 무리를 자기 궁으로 불러들였다.

"하진의 누이는 원래 내가 추천하여 궁으로 데려왔지만, 이제 그 사람의 아들이 황제까지 되었다. 어찌 된 일인지 조정 안팎 신하들도 모두 그쪽에만 들러붙어 힘이 너무 세졌다. 앞으로 나는 어찌해야 되는가?"

장양이 고개를 조아렸다.

"마마께서 조정에 나가시어 발을 드리우고 나랏일을 돌보는 수렴청정을 하십시오. 게다가 황자 협을 왕으로 삼으신 뒤 국구 동중의 벼슬을 높여 군사를 다스릴 수 있는 힘을 갖게 하고 저희들에게도 중요한 일을 맡겨주십시오. 그러면 나중에 큰일을 꾀할 수 있습니다."

동태후는 크게 기뻐했다.

이튿날 조회가 열리자 동태후는 황자 협을 진류왕에 봉하고 동중을 표기장군으로 삼은 뒤 장양 무리도 나랏일을 보도록 했다.

하태후는 시어머니인 동태후가 나랏일을 멋대로 처리하자 일부러 잔치를 벌인 뒤 동태후를 오게 했다. 술기운이 알

맞게 돌자 하태후는 자리에서 일어나 동태후에게 술잔을 올리고 절을 두 번 했다.

"우리는 어차피 여자입니다. 나랏일에 끼어드는 일은 하지 않는 게 좋을 성싶습니다. 옛날 고조 때 여후께서도 나랏일에 끼어들어 힘을 휘두르시다 그만 그 집안사람 천 명 안팎이 몰살을 당하고 말았습니다. 이제 우리는 구중궁궐 깊숙이 들어앉고 나랏일은 원로 대신들이 맡아서 처리하도록 해야 한다고 생각합니다. 부디 살피십시오."

동태후가 화를 벌컥 냈다.

"발칙한 것 같으니라고! 너는 왕미인을 시기하여 죽이더니, 네 아들이 황제가 되고 오라비한테 힘이 있다고 내 앞에서 주둥이를 함부로 놀리는구나. 내가 표기장군에게 한마디만 하면 너의 오라비 목 정도는 손바닥 뒤집는 일보다 더 쉽게 자를 수 있다는 걸 모르느냐?"

하태후도 발끈 성을 냈다.

"나는 좋은 말로 권했는데 대체 무엇 때문에 그토록 화를 내시오?"

"백정질이나 해처먹던 주제에 뭘 안다고 설쳐?"

두 사람이 한 치도 물러서지 않고 계속 거칠게 싸우자 장양 등은 나서서 말리지 않을 수 없었다. 두 사람은 씩씩거리며 자기 궁으로 돌아갔다.

그날 밤 하태후는 하진을 궁으로 불러들여 그날 있었던 일을 낱낱이 말했다. 하진은 궁에서 물러나오자마자 삼공을 불러모아 의견을 나눈 다음, 심복 신하에게 다음 날 조회 때 할 일을 지시했다.

다음 날 조회가 시작되자 그 심복은 동태후는 원래 번비, 즉 황실의 친척에게 시집갔다가 나중에 궁에 들어와서 태후가 되었기에 원래 살던 데로 돌려보내야지 궁중에 오래 머물게 해서는 안 된다고 주장했다. 동태후는 황실에 양자로 들어간 아들이 황제가 되는 바람에 태후 행세를 하게 되었지 진짜 태후는 아니라고 했다. 그래서 날을 정해 남편 유장과 살던 하간으로 가서 살게 해야 한다고 했다.

하진은 사람을 보내 동태후를 떠나도록 했다. 또 동중의 집엔 금군을 보내 표기장군 관인을 거둬오도록 했다. 동중은 금군이 자기 집을 에워싸자 사태가 심각한 걸 느끼고 별채에서 스스로 목을 찔러 죽고 말았다. 집안사람들의 울음소리가 담장을 넘자 금군들은 그제야 물러갔다.

장양과 단규는 동태후 쪽이 힘없이 무너지는 걸 보자 즉시 금붙이 등을 싸들고 하태후의 친오라비인 하묘와 어머니 무양군을 찾았다. 아침저녁으로 하태후 궁에 드나들 때 자기들에 대해 좋게 말해달라고 부탁했다. 이리하여 십상시 무리는 궁중에서 다시 살아남았다.

그해 6월 하진은 하간으로 사람을 몰래 보내 동태후를 하
간역 뜰에서 독살시켰다. 동태후의 영구를 도성으로 옮겨
장사 지낼 때 하진은 병을 핑계 삼아 나와보지 않았다.

사예교위 원소가 하진을 찾아갔다.

"지금 장양과 단규 무리들은 공께서 동태후를 죽이고 큰
일을 꾀하고 있다는 소문을 퍼뜨리고 있습니다. 이번 기회
에 환관들을 없애지 않으면 나중에 반드시 큰 탈이 날 것입
니다. 전에도 두무가 환관들을 죽이려다 비밀이 새어나가
도리어 죽고 말았습니다. 지금 공의 형제의 군사나 아랫사
람들은 모두 뛰어난 사람들이니 힘을 모으기만 하면 일은
이루어진 거나 마찬가지입니다. 하늘이 내린 기회입니다.
놓치면 안 됩니다."

그러나 하진은 망설였다.

"천천히 의논해볼 일이오."

원소가 한 말은 가까이 있는 사람들의 입을 타고 곧바로
장양의 귀에 들어갔다. 장양은 다시 뇌물을 싸들고 하묘를
찾아갔다. 하묘는 하태후에게 가서 일러바쳤다.

"대장군은 새 황제를 모시면서 어진 일은 하지 않고 오로
지 사람 죽일 일만 생각하고 있습니다. 이제는 아무 까닭도
없이 십상시까지 죽이려 듭니다. 이건 나라를 어지럽히는

일입니다."

하태후가 고개를 끄덕였다.

얼마 있자 하진이 들어와 듣던 대로 환관들을 없애버려야겠다고 말했다.

하태후가 고개를 가로저었다.

"환관들이 궁중의 크고 작은 일을 맡아 처리해온 것은 한나라의 오랜 전통이오. 황제께서 세상을 뜬 지 얼마 되지도 않았는데 오라버니는 옛 신하들을 죽이겠다고만 하니, 이는 종묘를 소중하게 생각하지 않는 까닭이 아닌가 싶소."

하진은 원래 딱 부러진 판단력이 없는 사람이었다. 하태후가 좋지 않게 말하자 그저 허리만 굽실거리다 물러나오고 말았다. 원소가 하진을 맞았다.

"큰일은 어찌 되었습니까?"

"태후가 허락을 하지 않으니 나로서도 어쩔 수 없소."

"그럼 이렇게 하시지요. 여러 지방 영웅들에게 군사들을 이끌고 와서 환관들을 모두 죽이도록 하십시오. 그리되면 일이 정신없이 돌아갈 테니까 태후의 말씀을 듣고 말고 할 것도 없습니다."

"음, 그 꾀 한번 기가 막히오!"

하진이 각 고을로 글을 보내 군사들을 불러들이려 하자 문서 담당 벼슬인 주부 진림이 말렸다.

"그렇게 하시면 안 됩니다. 속담에도 '눈 가리고 제비·참새 잡는다'라는 말이 있습니다. 이는 결국 자신을 속이는 짓입니다. 작은 새도 속여서는 못 잡는데 나라의 큰일이야 더 말해 무엇하겠습니까? 장군께서는 황제의 위엄을 빌려 군사를 부릴 수 있는 힘까지 쥐고 계십니다. 그러니 떳떳하게 상도 줄 수 있고 벌도 내릴 수 있습니다. 환관들을 없애는 건 화로에다 머리카락 태우는 일 정도로 쉽습니다. 지금 당장이라도 결단을 내려 실행하면 하늘이든 사람이든 그대로 받아들입니다. 괜히 지방의 영웅들을 불러들일 필요가 없습니다. 여러 영웅이 모이면 저마다 딴마음을 품게 됩니다. 마치 나는 칼날을 쥐고 있고 남에게는 칼자루를 쥐어주는 꼴이 됩니다. 그러면 일은 반드시 실패하고 괜히 난리만 나게 되지요."

하진이 픽 웃었다.

"겁쟁이 같은 소리는 그만하시오!"

갑자기 곁에 있던 사람 하나가 손뼉을 치고 큰소리로 웃었다.

"손바닥 뒤집는 일보다 더 쉬운 걸 가지고 무슨 얘기들을 그렇게 많이 나누고 있습니까?"

사람들이 쳐다보았다. 조조였다.

황제 곁 환관들이 설치지 못하게 하려면

지혜 있고 꾀가 넘치는 사람의 말을 들어라

과연 조조는 무슨 말을 할는지…….

동탁의 검은 속

동탁은 온명원 잔치에서 정원을 꾸짖고
이숙은 황금과 보석으로 여포를 꾀다

조조가 하진을 바라보았다.

"환관들 때문에 일어나는 일은 예나 지금이나 늘 있게 마련입니다. 황제들께서 그 사람들을 지나치게 가까이하며 힘을 실어주신 까닭에 오늘 같은 문제가 터졌을 뿐입니다. 만약 그 사람들의 죄를 다스리려면 죄가 가장 무거운 우두머리 하나만 없애면 그만입니다. 그 정도면 옥을 지키는 사람 하나만 불러도 충분합니다. 굳이 지방에서까지 군사들을 불러들일 필요가 있겠습니까? 환관들을 모두 없애려 하면 반드시 비밀이 새어나갑니다. 그다음 결과는 뻔합니다.

반드시 실패합니다."

하진이 화를 냈다.

"맹덕도 엉뚱한 생각을 하고 있는 게 아니오?"

조조는 그만 밖으로 물러나와 혼자 중얼거렸다.

"하, 앞으로 세상을 어지럽힐 사람은 틀림없이 하진이겠 구만."

하진은 믿을 만한 부하들에게 황제의 비밀 조서를 몰래 주며 각 진으로 보냈다.

한편 전장군 서량 자사 동탁은 황건적을 칠 때 공을 세우 지 못했다. 그래서 조정에서는 그에게 책임을 물으려 했다. 동탁은 십상시에게 뇌물을 바치고 겨우 빠져나왔다. 그런 뒤 다시 조정의 힘 있는 이와 몰래 손잡아 높은 자리를 얻고 서주의 20만 대군까지 거느리게 되었다. 그때부터 속으로 는 딴마음을 품고 있었는데, 마침 비밀 조서를 받자 무릎을 탁 치며 즐거운 마음으로 군사를 움직이기 시작했다.

동탁은 사위인 중랑장 우보에게 섬서를 지키도록 했다. 그런 다음 자신은 이각·곽사·장제·번조 등과 함께 군사를 이끌고 낙양을 향해 출발했다. 그때 동탁의 사위이면서 모 사 노릇을 하는 이유가 동탁을 쳐다보았다.

"지금 조서를 받았다지만 뭔가 께름칙한 부분이 있습니

다. 사람을 보내 조정에 사정을 알리는 글을 올리는 게 좋겠습니다. 그렇게 해야 명분이 서고, 만약의 경우라도 뜻밖의 낭패를 당하는 일 없이 큰일을 꾀할 수 있을 듯합니다."

동탁이 그 말을 기꺼이 받아들여 바로 글을 올렸다.

듣자니, 세상에 난이 그치지 않고 어지러운 까닭은 모두가 황문 상시 장양 무리가 하늘의 질서에 벗어난 짓을 하고 있기 때문이라 합니다. 물이 끓는 걸 멈추게 하려면 불을 먼저 꺼야 합니다. 부스럼을 낫게 하려면 아프더라도 고름을 짜내야 하지요. 이에 신은 기꺼이 북소리를 높여 낙양에 들어가 장양 무리를 없애려 합니다. 그러면 조정이 평안하고 세상이 조용할 겁니다.

하진은 동탁의 글을 받자마자 대신들에게 내보였다. 벼슬아치들의 부정을 살피는 자리를 맡고 있는 시어사 정태가 나섰다.

"동탁은 사납기가 이리나 마찬가지입니다. 그 사람을 불러들였다가는 큰일납니다. 반드시 사람을 해치고 맙니다."

하진이 언짢은 표정을 지었다.

"그대처럼 의심이 그리 많아서야 어찌 큰일을 꾀할 수 있겠소?"

그러자 노식이 나섰다.

"저도 동탁이 어떤 사람인지 잘 압니다. 겉은 순해 보여도 속은 이리처럼 사납기 그지없습니다. 일단 조정에 발을 들여놓으면 반드시 큰 화를 불러일으킬 사람입니다. 그러니 오지 못하게 하여 어지러운 일이 일어나지 않도록 하십시오."

그러나 하진은 끝내 누구 말도 듣지 않았다. 일이 이렇게 되자 정태와 노식은 벼슬을 버리고 떠나버렸다. 두 사람 말고도 조정 대신들 가운데 벼슬을 버리고 떠나는 이가 줄을 이었다.

하진은 민지까지 사람을 보내 동탁을 맞았지만, 동탁은 그곳에 군사를 머물게 한 채 움직이지 않았다.

한편 장양 무리는 지방에서 군사가 올라온 걸 알고 서로 의논을 하기 시작했다.

"이건 하진이 꾸민 일이오. 우리가 먼저 손을 쓰지 못하면 우리들 집안은 모두 쑥대밭이 되고 마오."

그들은 큰 칼과 도끼를 든 군사 50명을 장락궁 가덕문 안에 숨어 있도록 한 뒤 하태후를 찾아갔다.

"지금 대장군께서 가짜 조서로 지방 군사를 불러들여 저희들을 죽이려 합니다. 마마, 저희들을 불쌍히 여기셔서 살려주시옵소서!"

하태후가 이마를 살짝 찌푸렸다.

"너희들이 대장군부에 가서 빌면 되지 않겠느냐?"

장양이 머리를 조아렸다.

"저희가 그리 갔다가는 뼈도 못 추립니다. 마마께서 대장
군을 직접 궁으로 불러들여 말씀해주십시오. 마마께서 저
희들을 내치시면 차라리 마마 앞에서 죽겠사옵니다."

마침내 하태후는 하진을 부르는 조서를 내렸다. 하진이
조서를 받고 들어가려 하자 주부 진림이 말렸다.

"태후의 이 조서는 짐작건대 십상시가 장난질을 친 듯합
니다. 그러니 절대로 들어가시면 안 됩니다. 틀림없이 좋지
않은 일이 일어납니다."

하진이 시큰둥한 표정을 지었다.

"태후께서 나를 부르시는데 좋지 않은 일은 무슨……."

원소가 나섰다.

"우리가 꾀했던 일이 다 드러나버렸는데 장군께서는 무
엇 때문에 궁으로 들어가시겠다고 그럽니까?"

조조가 나섰다.

"정 그렇다면 십상시를 먼저 밖으로 불러낸 뒤 들어가시
지요."

하진이 픽 웃었다.

"어린애 같은 소리들 그만하시오. 천하의 힘이 다 내게 모

여 있는데 십상시가 어찌 나를 해보겠다고?"

원소가 다시 나섰다.

"꼭 가셔야겠다면 우리는 무장한 군사들을 거느리고 뒤를 따라 뜻밖의 일에 대비하겠습니다."

원소와 조조는 각각 날래고 씩씩한 군사 5백 명을 뽑아 원소의 아우 원술더러 맡도록 했다. 원술은 투구와 갑옷 차림에 칼을 차고 나선 뒤 군사들을 청쇄문 밖에 대기시켰다. 원소와 조조는 허리에 칼을 차고 하진을 양옆에서 호위했다.

장락궁 앞에 이르렀을 때 환관 하나가 나왔다.

"태후께서 대장군만 들어오시라 하셨습니다. 다른 분들은 아무도 들이지 말라십니다."

원소와 조조는 궁 문 밖에서 기다릴 수밖에 없었다.

하진은 거침없는 걸음걸이로 걸어들어갔다. 가덕전 문 앞에 이르렀을 때 장양과 단규가 나왔다. 이어 여러 사람이 그를 에워쌌다. 하진은 소스라치게 놀라 그 자리에 얼어붙듯 섰다.

장양이 짐짓 목소리를 가다듬더니 하진을 꾸짖었다.

"동태후한테 무슨 죄가 있다고 네 멋대로 약을 먹여 죽였느냐? 그리고 장례 때는 병을 핑계로 나오지도 않았지? 너는 원래 백정 노릇이나 하던 놈인데 우리가 뽑아올려 팔자에 없는 부귀영화를 누리게 해줬다. 그런데 은혜를 원수로 갚으려 하다니! 우리보고 썩어빠졌다고? 그럼 썩지 않고 깨끗한 놈은 누구냐?"

하진은 어떻게든 달아나야겠다고 마음먹었다. 그러나 사방 문은 모두 닫혀 있었다. 하진이 두리번거리자 곧바로 숨어 있던 군사들이 쏟아져나오더니 하진을 피투성이로 만들고 말았다.

훗날 어떤 사람이 이때의 사정을 한탄하는 시를 읊었다.

한나라 기운이 다해 망할 때가 되니
아무 지혜도 없는 하진이 삼공이라네
때마다 충신의 말을 듣지 않았으니
궁중에서 칼 맞는 일을 어찌 피하리!

하진이 장양 무리의 손에 죽은 줄 모르는 원소는 기다리다 지쳐 궁 문 밖에서 안을 향해 큰소리로 외쳤다.

"대장군님, 빨리 나오십시오! 지금 수레가 기다리고 있습니다!"

바로 그때 장양 무리가 하진의 머리를 담 너머로 던진 뒤 황제의 뜻이라며 외쳤다.

"하진은 역적질을 하였기에 이미 죽었다. 나머지 무리들은 들어라! 협박에 못 이겨 하진을 따른 자는 모두 용서하라 하시니 그리 알아라!"

원소가 사납게 외쳤다.

"환관놈들이 대신을 죽였다! 저놈들을 죽이고 싶은 사람
은 모두 나와 싸움을 도와라!"

하진의 부하 장수인 오광은 이 소리를 듣자마자 청쇄문
바깥에다 불을 질렀다. 원술은 군사들과 함께 궁 안으로
쳐들어가 늙은 환관, 젊은 환관 가리지 않고 눈에 띄는 대
로 모두 죽였다. 원소와 조조도 궁 문을 부수고 안으로 들
어갔다.

환관인 조충·정광·하운·곽승 등 넷은 이리저리 숨을 곳
을 찾아 헤맸지만 결국은 취화루 앞에서 어지럽게 내리치
는 칼날 앞에 몸을 맡겨야 했다.

궁중 곳곳에서 하늘 높이 불길이 솟아올랐다. 장양·단규
·조절·후람 등 환관 넷은 하태후를 비롯해 황제와 진류왕
을 윽박질러서 끌어낸 뒤 뒷길을 타고 북궁으로 달아나고
있었다.

한편 노식은 벼슬을 내놓기는 했으나 아직 시골로 떠나
지 않고 있었다. 궁중에 난이 일어나자 서둘러 갑옷 차림에
창을 들고 뛰어나와 건물이 잇대어진 전각 아래에 서 있었
다. 마침 그때 단규가 하태후를 끌고 오고 있었다.

노식이 큰소리로 외쳤다.

"단규, 이 역적놈아! 겁도 없이 태후마마를 끌고 다니다니!"

단규는 깜짝 놀라 몸을 돌려 달아났다. 하태후는 곧 창밖으로 뛰어내려 노식의 도움을 받았다.

오광은 궁 안뜰로 쳐들어갔다. 마침 하묘가 칼을 뽑아 들고 나왔다.

오광이 큰소리로 외쳤다.

"형을 죽이자고 같이 모의한 하묘다. 저놈을 죽여라!"

많은 사람들이 한꺼번에 외쳤다.

"형을 죽인 역적놈을 죽입시다!"

하묘는 급히 도망치려 했다. 그러나 사방으로 에워싼 군사들의 칼날을 한몸에 받고 저민 고기처럼 되어버렸다.

원소는 다시 군사들을 사방으로 풀어 십상시의 가족들을 찾아내어 어른·아이 가리지 않고 모조리 죽이도록 하였다. 이 바람에 수염이 없어 환관으로 몰려 죽는 사람도 적지 않았다.

조조는 타오르는 궁중의 불을 끄도록 하면서 하태후를 모셔다가 우선 큰 가닥을 살피도록 했다. 그런 다음 군사를 보내 장양 무리를 뒤쫓으며 어린 황제를 찾도록 했다.

한편 황제와 진류왕을 빼돌린 장양과 단규는 연기를 헤치고 불 속을 빠져나와 저녁내 달아났다. 북망산에 다다르자 밤이 제법 깊었다. 바로 그때였다. 뒤에서 여럿이 내지르는 외침 소리가 크게 나더니 말 탄 군사 한 떼가 쫓아왔다. 맨 앞장선 이는 하남 중부연리 민공이었다.

민공이 크게 외쳤다.

"역적놈들아! 거기 서지 못하겠느냐?"

장양은 더는 어찌해볼 수가 없자 강물에 몸을 던져 죽고 말았다.

황제와 진류왕은 일이 어떻게 돌아가는지 알 수가 없어 끽 소리도 내지 못한 채 강가의 풀숲으로 들어가 엎드려 있었다. 군사들은 사방으로 흩어져 찾았으나 결국은 황제를 찾지 못했다.

황제와 진류왕은 한밤중이 지나도록 그대로 있었다. 이슬이 내려 몸에 찬 기운이 스며들고 배도 고팠다. 둘은 서로 껴안고 훌쩍거렸다. 그러나 혹시라도 누가 들을세라 소리도 크게 내지 못한 채 다시 엎드렸다.

진류왕이 울음 머금은 목소리로 말했다.

"여기는 오래 있을 곳이 못 되는 같아요. 다른 데로 가서 살길을 찾아보지요."

둘은 옷자락을 서로 붙들어맨 뒤 강언덕으로 기어 올라갔다. 사방이 온통 가시덤불인데다 깜깜해서 길을 찾을 수가 없었다. 어디로 어떻게 움직여야 할지 전혀 알 수가 없었다. 바로 그때였다. 엄청나게 많은 개똥벌레가 떼를 지어 날아와 황제 앞을 환하게 비춰주었다. 진류왕이 하늘을 쳐다 보았다.

"아마도 하늘이 우리 형제를 돕고 있나봅니다."

개똥벌레가 나는 쪽으로 따라가니 차츰 길이 나타나기 시작했다. 그러나 오경 무렵까지 걷고 나자 다리가 아파 더 걸을 수가 없었다. 마침 산 아래 풀을 쌓아놓은 곳이 있었 다. 둘은 그리 가서 지친 몸을 눕혔다.

어두워서 둘은 못 보았지만, 풀더미 맞은편에는 커다란 집이 있었다.

그날 밤 그 집 주인은 붉은 해 두 개가 집 뒤로 떨어지는 꿈을 꾸었다. 놀라 잠에서 깨어난 주인은 바로 옷을 걸쳐 입 고 밖으로 나와 주위를 살펴보았다. 그런데 건너편 풀더미 로부터 붉은빛 한 줄기가 나와 하늘로 이어져 있었다. 주인 은 급히 풀더미로 뛰어갔다. 뜻밖에도 웬 아이 둘이 풀더미 아래에 누워 있었다.

"두 아이는 뉘 집 아이들인고?"

황제는 아무 대답을 못 했다.

진류왕이 황제를 쳐다보며 말했다.

"이분은 황제 폐하이시오. 십상시 난리 때문에 여기 와 있 소. 나는 황제 폐하의 아우인 진류왕이오."

주인은 깜짝 놀라 절을 두 번 했다.

"저는 지난번 조정에서 사도 벼슬을 한 최열의 아우 최의입니다. 십상시가 벼슬을 팔아먹으면서 어진 사람들을 내치기에 이곳에 숨어 살고 있습니다."

최의는 황제를 집 안으로 모신 뒤 술과 음식을 정성껏 대접했다.

한편 민공은 단규의 뒤를 끝까지 쫓아 마침내 그를 붙잡았다.

"황제는 어디 계시느냐?"

"오는 길에 잃어버렸소. 어디 계신지 모르오."

민공은 단규의 목을 베어 머리를 말의 목에 매달았다. 그런 뒤 군사들을 사방으로 풀어 황제를 찾도록 했다. 자기도 말을 타고 계속 황제를 찾았다. 한참 길을 따라가다 보니 최의의 집까지 이르게 되었다. 최의가 말목에 매달린 사람 머리를 보고 궁금해하자 민공은 앞뒤 사정을 자세히 얘기했다. 얘기를 듣고 난 최의는 민공을 안으로 들게 해서 황제를 만나게 했다. 임금과 신하가 같이 울었다.

민공이 황제를 보며 고개를 조아렸다.

"나라에는 하루라도 임금이 안 계시면 안 됩니다. 폐하께서는 빨리 돌아가셔야 합니다."

최의의 집에는 빼빼 마른 말 한 필밖에 없었다. 민공은 그 말에 안장을 얹고 황제를 태운 다음 진류왕은 자기 말에 태워 최의의 집을 떠났다.

미처 한 마장도 채 못 갔을 때 사도 왕윤, 태위 양표, 좌군교위 순우경, 우군교위 조맹, 후군교위 포신, 중군교위 원소 등 수백 명이 나와 황제를 맞았다. 임금과 신하 모두 울었다.

단규의 머리는 사람을 시켜 먼저 도성으로 보내 거리에 높이 매달아놓도록 했다. 이어 좋은 말 두 필을 골라 황제와 진류왕을 태운 뒤 일행은 모두 도성을 바라고 갔다.

그런데 낙양의 아이들 사이에 오래전부터 불리던 노래가 있었다.

황제는 황제가 아니라네
왕도 왕이 아니라네
수많은 수레와 말들은
북망산으로 내달리네

이번 일을 보니 아이들 노래가 제법 들어맞은 셈이었다.

몇 리나 갔을까? 갑자기 수많은 깃발이 해를 가릴 정도로 펄럭이고, 먼지가 하늘 높이 일며 말 탄 군사 한 무리가 달려왔다. 순간, 벼슬아치들의 낯빛이 변했다. 황제 역시 몹시 놀랐다.

원소가 말을 타고 뛰쳐나가더니 큰소리로 외쳤다.

"너희들은 누구냐?"

수가 놓인 깃발 아래 있던 한 장수가 달려나오더니 역시 큰소리로 되물었다.

"황제는 어디 계시느냐?"

황제는 벌벌 떨며 입도 열지 못했다.

진류왕이 말을 앞으로 몰고 나가 꾸짖었다.

"그대는 누구이길래 황제 폐하를 찾는가?"

"나는 서량 자사 동탁이다."

"그렇다면 황제 폐하를 보호하러 왔는가? 아니면 읍박지르러 왔는가?"

"황제 폐하를 특별히 보호하러 왔다."

"황제 폐하를 보호하러 왔으면 왜 말에서 내리지 않는가? 황제 폐하께서 여기 계시지 않느냐?"

그제야 동탁은 놀라 허둥지둥 말에서 내려 길가에 엎드려 절을 했다. 진류왕은 좋은 말로 동탁을 대하는데 처음부터 끝까지 앞뒤 말이 어긋나는 게 하나도 없었다. 동탁은 속으로 진류왕을 기특하게 여겼다. 그래서 황제를 진류왕으로 바꿀 뜻을 품게 되었다.

황제 일행은 궁으로 돌아오는 대로 하태후를 다시 만났다. 역시 울음바다를 이루었다.

궁중의 물건들을 확인해보니 황제를 나타내는 도장으로 대대로 내려온 전국옥새가 보이지 않았다.

동탁은 성 밖에 군사를 머물게 한 뒤 날마다 철갑옷으로 무장한 군사들을 이끌고 성 안을 멋대로 드나들었다. 백성들은 불안에 떨면서도 떵떵거리는 기운에 눌려 끽소리도 하지 못했다. 게다가 동탁은 궁중을 드나들 때도 조금도 거리낌이 없었다.

후군교위 포신이 원소를 찾아와 말했다.

"동탁이 딴마음을 품고 있는 게 틀림없소. 빨리 없애버립시다."

원소가 떨떠름하게 대꾸했다.

"조정이 이제 겨우 안정을 찾고 있소. 함부로 움직이지 않는 게 좋겠소."

포신은 이번엔 왕윤을 찾아가 똑같은 말을 전했다. 그러나 왕윤 역시 적극적인 반응을 보이지 않았다.

"차차 일 돌아가는 걸 보아가며 의논합시다."

포신은 맥이 빠져 한숨만 길게 내쉰 뒤 자기 군사들을 거느리고 태산으로 가버렸다.

동탁은 하진 형제가 거느리던 군사들까지 적당히 구슬려

자기 밑으로 끌어들였다.

동탁이 모사 이유에게 살짝 말했다.

"황제를 진류왕으로 바꿔버릴까 하는데 어떻겠느냐?"

이유가 대답했다.

"지금 조정에는 주인이 없다고 할 수 있습니다. 이럴 때 재빠르게 해치워야 합니다. 늦으면 탈이 생깁니다. 내일 온 명원에다 벼슬아치들을 모두 불러모은 뒤 새 황제를 세우는 일을 말씀하십시오. 만약에 말씀을 따르지 않는 이가 있으면 곧장 죽여버리십시오. 그러면 바로 그 순간 힘이 손안에 들어옵니다."

동탁은 아주 마음에 들어 했다.

이튿날 동탁은 온명원에다 잔치 자리를 크게 벌여놓고 조정의 주요 벼슬아치를 다 불렀다. 모두들 동탁을 두려워하기에 빠질 수 없는 자리였다. 동탁은 빠짐없이 다 모인 다음에 나타나 온명원 문 앞에서 말을 내리더니 칼을 허리에 찬 채 자리로 들어가 앉았다. 술잔이 몇 차례 돌았다. 동탁이 술잔을 멈추게 하고 풍악도 그치게 하더니 목청을 돋우었다.

"여러분! 내 한마디 하겠소. 조용히 하시지요."

모두들 동탁의 말에 귀를 기울였다.

"황제는 만백성의 주인이오. 그러니 의젓함과 무게를 갖추지 않고선 종묘사직을 받들 수 없소. 그런데 지금 황제는 너무 약합니다. 가만 보니 영리하고 학문을 좋아하는 진류왕이 황제 자리를 물려받는 게 낫겠소. 그래서 나는 황제를 물러나게 하고 진류왕을 새 황제로 세울까 하는데 대신들의 생각은 어떻소?"

동탁의 말에 두려워 아무도 입을 열지 못하는데, 한 사람이 상을 밀치며 앞으로 나와 큰소리로 외쳤다.

"말도 안 되는 소리 마시오! 그대가 뭣이기에 그런 소리를 함부로 지껄이오? 천자는 바로 앞 황제의 뒤를 올바로 이은 분이시고 아무 잘못도 없는데, 무엇 때문에 물러나게 하느니 세우느니 하는 소리를 한단 말이오? 그대가 분명 황제 자리를 빼앗을 속셈이 있으렸다?"

형주 자사 정원이었다. 동탁은 화가 나 소리를 꽥 질렀다.

"나를 순순히 따르는 자는 살 것이고, 뻗대는 자는 죽어야 한다!"

동탁은 허리에서 칼을 뽑아 들고 당장 정원을 치려고 했다.

이유는 그때 정원의 뒤에 서 있는 사람 하나를 보았다. 풍기는 기운이 씩씩하고 생김새가 늠름하기 짝이 없었다. 게다가 손에 방천화극 창까지 들고서 동탁을 매섭게 노려보고 있었다. 이유가 급히 앞으로 나가 동탁을 말렸다.

"오늘 같은 술자리에서 나랏일을 들먹이는 건 바람직하

지 않습니다. 내일 다시 모여서 의논해도 늦지 않습니다.”

여러 사람이 정원을 말린 뒤 말을 태워 떠나보냈다.

동탁이 사람들을 둘러보았다.

“과연 내가 한 말이 틀렸소?”

노식이 대답했다.

“물론이오. 공의 생각은 잘못되었소. 옛날에 이윤이 태갑을 동궁으로 내친 까닭은 태갑이 워낙 사리 판단을 제대로 하지 못했기 때문이오. 그리고 곽광이 창읍왕을 태묘에 고하고 물러나게 한 건 창읍왕이 왕위에 오른 지 겨우 스무이레 동안 못된 짓을 삼천여 가지나 했기 때문이오. 지금 황제 폐하께서는 비록 어리시긴 하나 영리하고 어지실 뿐만 아니라 스스로 잘못한 게 한 가지도 없소. 그런데 공은 지방을 다스리는 자사 벼슬을 살고 있는 터라 한 번도 나랏일에 제대로 참여해본 일이 없소. 더더구나 이윤이나 곽광처럼 큰 인물도 아닌데 섣불리 황제의 자리를 가지고 이러쿵저러쿵하고 있소. 성인이 말씀하시길 ‘이윤 같은 뜻이 있으면 임금을 갈아치우는 것도 받아들일 수 있지만, 그런 뜻이 없으면 그건 바로 역적질’이라 했소.”

동탁은 화가 머리끝까지 치솟아 칼을 빼어 들고 자리에서 일어나 당장 노식을 죽이려 했다. 그러자 시중 채옹과 의랑 팽백이 말렸다.

"노상서는 세상의 존경을 받는 분입니다. 저런 분을 해쳤다가는 세상 사람이 모두 놀라 백성들 마음이 뒤숭숭해집니다."

동탁은 마지못해 칼을 거두었다.

사도 왕윤이 말했다.

"황제를 물러나게 하고 새로 세우는 일은 술자리에서 떠들 일이 아닙니다. 나중에 다시 의논하시지요."

마침내 모였던 사람들이 모두 흩어졌다.

동탁은 칼을 짚고 온명원 문 곁에 서 있었다. 창을 든 사람 하나가 말을 몰며 문밖에서 왔다 갔다 했다.

동탁이 이유에게 물었다.

"저 사람, 뭐 하는 인간이냐?"

"정원의 의붓아들입니다. 성은 여요, 이름은 포, 자는 봉선입니다. 잠시 몸을 피하시지요."

동탁은 온명원으로 들어가 몸을 피했다.

다음 날 정원이 군사를 이끌고 성 밖에 와서 싸움을 건다고 했다. 동탁은 화가 치밀어 군사를 이끌고 이유와 함께 성 밖으로 나갔다. 양군은 각각 동그랗게 마주 보고 진을 쳤다.

여포는 비녀 꽂은 상투관을 쓰고 붉은 비단으로 만든 긴 웃옷에 튼실한 갑옷과 허리띠를 띠고서는 창을 들었다. 이어 말을 타고 정원을 따라 진영 앞으로 나왔다.

정원이 손가락으로 동탁을 가리키며 꾸짖었다.

"나라에 복이 없으려니까 불깐 환관놈들이 다 말아먹으며 백성들을 허우적거리게 한 게 바로 엊그제였다. 이제는 나라에 손톱만큼의 공도 바치지 못한 너 같은 놈까지 설쳐대는구나. 건방지게 황제 자리가 어쩌고저쩌고하며 나라를 또 어지럽게 하려 들다니!"

동탁이 미처 대꾸할 새도 없이 여포가 말을 달려 쳐들어왔다. 동탁이 놀라 달아나니 정원이 군사를 몰고 뒤를 쫓았다. 동탁은 싸움에 크게 져서 30리 밖에 진을 치고 부하들을 불러모아 의논했다.

"여포를 보니 보통 사람이 아니다. 내가 그 사람만 하나 더 곁에 두면 천하에 무엇이 두렵겠느냐."

그 말에 한 사람이 앞으로 나섰다.

"공께서는 아무 염려 하지 마십시오. 저는 여포와 같은 고향이라 그 사람을 잘 압니다. 여포는 씩씩하기는 하나 꾀가 없습니다. 게다가 자기 잇속만 맞으면 의리 같은 건 아무렇지도 않게 생각합니다. 제 말솜씨가 아직은 제법 쓸 만하옵니다. 여포를 달래서 제 발로 걸어들어와 스스로 허리를 굽히게 하겠습니다."

동탁이 좋아라 하며 보니 호분중랑장 이숙이었다.

박상률 완역 삼국지 1

여포가 정원을 따라 동탁을 치러 나가다.

동탁이 물었다.

"무슨 말로 달래볼 생각이냐?"

"제가 들은 얘기입니다만, 공께서는 하루에 천 리를 가는 적토마가 있다면서요? 이번 일엔 그 말이 필요합니다. 우선 그 말을 내어주며 황금과 보석을 주면 여포의 마음은 일단 사로잡을 수 있습니다. 그런 다음 제가 좋은 말로 달래면 여포는 반드시 정원을 배신하고 공께 옵니다."

동탁이 이유를 쳐다보았다.

"저 말대로 하면 괜찮겠느냐?"

"천하를 얻는 일인데 말 한 마리를 아까워할 필요가 있겠습니까?"

동탁은 기꺼이 적토마를 내어주고, 황금 1천 냥과 값비싼 구슬 수십 개에 옥띠 한 개도 내어주었다. 이숙은 이러한 예물들을 지니고 여포의 영채를 바라고 떠났다.

얼마쯤 가자 길가에 숨어 있던 군사들이 나와 그를 에워쌌다.

"여포 장군한테 가서 고향 사람이 찾아왔다고 이르시오."

군사가 뛰어들어가 그대로 전하자 여포가 이숙을 안으로 들라고 했다.

이숙이 여포를 보고 인사를 했다.

"여포 아우, 그간 별일 없었는가?"

여포가 두 손을 포개며 인사를 했다.

"참으로 오랜만이오. 지금 어디 있소?"

"난 지금 호분중랑장 벼슬을 살고 있네. 아우가 이번에 나라를 위해 애를 쓴다는 소식을 듣고 기쁜 마음이 일어 좋은 말 한 마리를 끌고 왔네. 하루에 천 리를 가고, 물길이든 산길이든 평평한 길 가듯이 하는 말일세. 이름은 적토마라 하네. 특별히 아우한테 주어서 아우의 의젓함과 씩씩함을 드높이고 싶다네."

여포가 곧장 그 말을 끌고 오게 하였다. 탁 보니 과연 보통 말이 아니었다. 온몸은 붉게 타오르는 숯불 색깔인데 잡털 한 오라기 섞이지 않았다. 머리에서 꼬리까지의 길이가 한 길이고, 굽에서 목까지의 높이가 8자였다. 히히힝 하고 울부짖는 걸 보니 금방이라도 하늘로 솟아오르고 바다로 뛰어들 듯싶었다.

나중에 어떤 이가 적토마에 대해 시를 읊었다.

천릿길 달릴 때는 뽀얀 먼지 자욱하고

물길 산길 내달을 땐 자줏빛 안개 피어오르네

고삐 물어뜯어 팽개치고 옥 재갈 흔들어대니

바로 붉은 용이 하늘에서 내려온 듯하구나

여포는 적토마를 보고 나자 좋아서 어쩔 줄 몰랐다.

"형님, 이렇게 좋은 말을 주셨는데 은혜를 어떻게 갚죠?"

"내가 의로운 일 하나 보고 왔는데 무얼 바라겠는가!"

여포가 술을 내와 권했다.

술이 제법 오르자 이숙이 말했다.

"내가 자네하고는 오랜만에 만났네만, 자네 어르신은 늘
만나뵈었네."

"형님, 취하셨습니다. 아버님이 세상 뜨신 지가 여러 해
되었는데 형님이 어떻게 만나뵙니까?"

이숙이 허허허 웃었다.

"어이쿠, 잘못 알아들었구만. 내 말은 정자사님을 두고 한
말일세."

여포가 어찌할 바를 모르며 더듬거렸다.

"형님, 제가 정원 밑에 붙어 있는 건 어쩔 수 없기 때문이
랍니다."

"아우는 하늘을 받치고 바다도 끌어안을 만한 사람인데
어느 누가 몰라주겠는가? 자네 정도 재주면 귀한 사람이 되
어 이름을 얻는 게 주머니 속 물건 꺼내기보다 쉬운 일일세.
그런데 어쩔 수 없어 남에게 몸을 맡기고 있다는 게 말이 되
는가?"

"주인을 제대로 못 만난 게 한스럽습니다."

이숙이 소리 없이 빙긋 웃었다.

"좋은 새는 나무를 가려 깃들고, 어진 신하는 주인을 가려 섬긴다 하지 않았는가? 기회가 왔을 때 재빠르게 붙잡지 못하면 나중에 뉘우쳐도 소용없는 일이네."

"형님은 조정에 계시니 잘 아실 텐데, 지금 세상에서 가장 뛰어난 영웅은 누구입니까?"

"내가 여러 사람을 살펴보았지만 동탁만 한 이가 없더군. 동탁은 어진 사람을 높이 받들고 선비를 대접할 줄 안다네. 게다가 상을 주고 벌을 주는 일이 분명하니까 반드시 큰일을 할 사람이네."

"저도 그분을 따르고 싶으나 줄이 닿지 않으니 어쩌겠습니까?"

이숙은 가지고 온 황금과 보석을 꺼내 여포 앞에 늘어놓았다.

여포가 놀라는 소리를 냈다.

"아니, 이게 뭡니까?"

이숙이 가까이 있는 사람들을 물러가라 하고 말했다.

"동탁공께서 오래전부터 자네 재주를 남달리 보고 계시더니 특별히 나를 불러 자네에게 이걸 갖다주라 하셨네. 적토마 역시 그분이 보내신 걸세."

"동탁공께서 저를 이처럼 어여삐 여기시는 줄 전혀 몰랐습니다. 앞으로 이 은혜를 어떻게 갚아야 하지요?"

"나같이 별 재주 없는 사람도 호분중랑장을 하고 있네. 자네가 동탁공께 가기만 하면 그날로 더 귀한 자리를 주실 거네."

"하지만 지금 당장은 제가 찾아뵐 때 답례로 내보일 공이 하나도 없으니 어쩌지요?"

"자네로선 그깟 공 세우는 거야 손바닥 뒤집기보다 더 쉬운 일이지. 단지 자네가 하고 싶어 하지 않을 뿐일세."

여포는 한참 동안 생각에 잠겨 있다가 입을 열었다.

"제가 정원을 죽인 다음 군사를 모두 데리고 동탁공께 가면 어떻겠소?"

"자네가 그렇게만 한다면 그보다 더 큰 공이 어디 있겠는가? 그러나 일은 머뭇거리며 끌어선 실패하기 십상이네. 빨리 결정해서 즉각 행동으로 옮기도록 하게."

여포는 이숙에게 내일 일을 해치우고 가겠노라고 약속했다. 이숙은 마침내 인사를 하고 돌아갔다.

그날 밤, 밤이 제법 길어갈 무렵이었다. 여포는 손에 칼을 들고 정원의 막사로 갔다. 정원은 촛불을 밝혀놓고 책을 읽다가 여포를 맞았다.

"우리 아들이 무슨 일인고?"

여포가 발끈했다.

"나도 당당한 장부이다. 그런데 어찌 네 아들 노릇을 한단 말이냐!"

정원이 어리둥절해했다.

"봉선이 네가 어찌해서 마음이 바뀌었느냐?"

여포는 아무 말 없이 앞으로 다가가 단칼에 정원의 목을 베어버렸다. 그런 다음 정원의 머리를 들고 소리쳤다.

"정원이 어질지 못해 내가 죽였다. 나를 따르려는 자는 여기 남고, 그렇지 않은 자는 가고 싶은 데로 가도 좋다!"

흩어져 떠나는 군사가 대부분이었다.

이튿날 여포는 정원의 머리를 들고 이숙을 찾아갔다. 이숙은 곧바로 여포를 동탁에게 데려갔다. 동탁이 매우 기뻐하며 술상을 보게 했다.

동탁이 먼저 여포에게 절하며 말했다.

"오늘 장군을 얻은 일이 마치 오랜 가뭄 끝에 단비를 만난 듯만 하오."

여포는 황송해하며 동탁을 자리에 앉게 한 다음 절을 했다.

"공께서 버리시지 않겠다면 저는 공을 수양아버님으로 모시겠습니다."

동탁은 여포에게 황금 갑옷과 비단 웃옷을 내리고 즐거이 술을 마셨다.

이리하여 동탁의 세력은 더욱 커졌다. 동탁은 스스로 전장군을 맡고, 아우인 동민은 좌장군 호후로, 여포는 기도위 중랑장 도정후로 삼았다.

이유가 동탁에게 황제를 바꾸는 문제를 빨리 매듭지으라고 권했다. 동탁은 다시 잔치 자리를 마련하고 조정의 주요 벼슬아치를 다 불러모았다. 여포는 무장한 군사 1천 명 남짓을 거느리고 양옆에서 동탁을 호위했다. 마침내 태부 원외를 비롯해 벼슬아치들이 모두 모였다.

술잔이 몇 차례 돌자 동탁이 칼자루를 만지작거리며 말했다.

"황제가 어리벙벙하고 약해빠져서 종묘를 받들 수가 없소. 이제 이윤과 곽광의 일을 본받아 황제를 물러나게 해서 홍농왕으로 삼고 진류왕을 황제로 세우려 하오. 내 말에 따르지 않는 자는 목을 베어버리겠소!"

모든 신하들이 두려워서 입도 벙긋하지 못하는데 중군교위 원소가 앞으로 나섰다.

"지금 황제께서는 자리에 오르신 지 얼마 되지 않고, 게다가 덕이 깎일 일을 하시지도 않았다. 그런데도 네놈은 올바른 후계자인 적자를 내치고 옆가지인 서자를 내세우려 한다. 이게 역적질이 아니면 무엇이냐!"

동탁은 머리끝까지 화가 치밀어올랐다.

"천하의 모든 일이 지금 내 손안에 있는데 건방지게 내 말을 따르지 않겠다고? 네 눈엔 내 칼이 잘 들지 않을 것처럼 보이는 모양이구나!"

원소도 칼을 빼들었다.

"네 칼만 잘 들고 내 칼은 잘 들지 않는 줄 아느냐?"

두 사람은 마침내 잔치 자리에서 맞섰다.

저번엔 정원이 의로움을 내세운 뒤 죽었는데
이번엔 원소가 칼날 아래 위태롭게 서 있네

과연 원소의 목숨은 어찌 될는지…….

복숭아밭에서 다짐하다

제4회

힘을 잃고 쏟는 눈물

황제를 내쫓은 동탁은 진류왕을 새 황제로 세우고
조조는 동탁을 죽이려다 칼을 바치다

동탁이 원소를 죽이려 들자 이유가 말렸다.

"일도 아직 마무리짓지 못했는데 함부로 죽여서는 안 됩니다."

원소는 손에 칼을 든 채 벼슬아치들에게 인사를 한 뒤 나갔다. 이어 그는 벼슬자리를 버리는 뜻으로 자신의 자리를 표시하는 기를 동문에다 걸어놓은 다음 기주로 가버렸다.

동탁이 태부 원외를 닦달했다.

"당신 조카가 버르장머리 없이 굴었지만 당신 낯을 봐서 용서하겠소. 황제 갈아치우는 일을 어떻게 생각하오?"

원외가 더듬거렸다.

"마땅하다 생각합니다."

동탁이 크게 소리쳤다.

"이번 일에 대해 주제넘게 이러쿵저러쿵하며 막는 이가 있으면 군법으로 엄하게 다스리겠소."

모든 사람들이 겁에 질려 한목소리를 냈다.

"이르신 대로 받들겠습니다."

잔치가 끝나자 동탁은 시중 주비와 교위 오경에게 물었다.

"원소가 가버렸는데 어떻게 해야 하나?"

주비가 대답했다.

"원소는 독이 오를 대로 올라서 떠났습니다. 섣불리 뒤를 쫓으면 그 성깔로 보아 무슨 난리를 일으킬지 모릅니다. 더욱이 원씨 집안은 사 대에 걸쳐 많은 사람에게 은혜를 베풀었습니다. 그러다 보니 원씨 집안의 덕으로 벼슬을 살고 있는 사람이 여기저기에 쫙 깔려 있습니다. 만약에 원소가 사람들을 모아 무리를 이루면 영웅들이 그 기회를 틈타 들고일어날 겁니다. 그렇게 되면 산동 지방은 공이 차지할 수 없게 됩니다. 그러니 원소를 용서하여 어느 군의 태수 자리나 한 자리 안겨줘버리십시오. 그러면 원소는 자기 죄를 벗은 것만으로도 다행으로 여겨 별다른 걱정거리를 만들지 않을 겁니다."

오경도 맞장구를 쳤다.

"원소는 뭔가 꾀는 잘 내지만 맺고 끊는 게 약한 사람이라 그다지 걱정할 필요가 없습니다. 아닌 게 아니라 원소한테 태수 자리나 한 자리 안겨주면 백성들 마음도 사는 일이 됩니다."

동탁은 두 사람의 말을 좇아 원소에게 바로 사람을 보내 발해 태수 자리를 주었다.

9월 초하룻날, 동탁은 황제를 가덕전으로 나오게 하고 문무 벼슬아치들을 다 불러모은 뒤 칼을 뽑아 들더니 사람들을 보고 소리쳤다.

"황제가 어리벙벙하고 약해빠져서 천하의 임금 노릇을 제대로 못 하였소. 여기 까닭을 적은 글이 있으니 모두들 들어보시오."

이유가 동탁의 명을 받아 글을 읽기 시작했다.

효령황제가 일찍이 신하와 백성들의 곁을 떠나시자, 그 뒤를 이은 새 황제를 모두들 우러러보며 기대었다. 그러나 황제는 애초에 의젓함도 없고 일마다 가볍기 짝이 없어 상을 입었는데도 몸가짐이 바르지 못하여 황제 자리만 욕되게 하고 말았다. 황태후 역시 어머니로서의 가르침이나 덕스러움이 없어 나랏

일을 오히려 헝클어뜨리고 말았다. 영락태후께서 세상을 뜨셨을 때도 세상에선 말이 많았다. 이러하다 보니 어찌 임금과 신하, 어버이와 자식, 남편과 아내 사이의 도리인 삼강을 지킬 수 있으며, 나아가 세상의 기강이 무너지지 않을 수 있겠는가? 진류왕 협은 임금으로서의 덕이 높고 말과 행동이 똑발라 상도 애절한 마음으로 치렀으며 좋지 않은 말은 입에 담지도 않으니, 그 어진 성품을 천하의 모든 이가 다 우러러본다. 이에 마땅히 황제 자리를 물려받아 만 대를 이어가게 해야 한다. 물러난 황제는 홍농왕으로 삼고 황태후는 나랏일에 끼어들지 못하게 한다. 지금부터 진류왕을 황제로 받들어 모시니, 이는 하늘의 뜻에 따르는 일이며 백성들의 바람을 담았느니라.

이유가 글을 다 읽자 동탁은 황제를 자리에서 끌어내리라고 명령했다. 황제가 아래로 끌려 내려오자 옥새 끈을 풀게 한 다음 북쪽을 향해 꿇어앉게 했다. 그런 뒤 신하로서 명령을 듣도록 하였다. 하태후 역시 불러내어 태후 차림의 옷을 벗기고 새 황제의 명령을 기다리게 했다. 황제와 하태후가 목놓아 큰소리로 울기 시작하자 신하들 역시 슬픔을 참지 못하였다.

대신 하나가 분을 이기지 못하고 큰소리로 외쳤다.

"이놈, 역적 동탁아! 뻔뻔스럽게 하늘을 속이는 짓을 하고 있구나. 내 목의 피를 뿌려주마!"

　이어 임금의 분부 따위를 받아 적기 위해 들고 다니는 상간으로 동탁을 쳤다. 보니 상서 정관이었다. 동탁이 화를 크게 내며 무사들에게 그를 끌고 가 죽이라 했다. 정관은 끌려가면서도 동탁을 꾸짖었으며, 죽을 때까지 얼굴빛 하나 바뀌지 않고 거리낌 없이 떳떳했다.

　훗날 어떤 이가 시를 지어 정관을 기렸다.

　역적 동탁이 황제를 갈아치우려 하니
　한나라 종묘사직 짓밟혀 우스운 꼴 되었네
　조정 가득한 벼슬아치들 모두 다 손 놓고 입 다물 때
　오직 정관만이 장부의 길 보여주었네

　동탁이 진류왕을 자리에 오르게 하자 모든 신하들이 인사를 올렸다. 동탁은 하태후와 황제 자리에서 쫓겨난 홍농왕과 황후 당씨를 영안궁에 가둔 뒤 궁 문을 막아 아무나 드나들지 못하게 했다. 이리하여 홍농왕은 4월에 황제 자리에 올라 9월에 쫓겨나는 가엾고 불쌍한 신세가 되고 말았다.

　동탁이 새 황제로 세운 진류왕 협은 겨우 아홉 살로, 자는 백화이고 영제의 둘째 아들이며, 헌제이다. 연호는 초평으로 바뀌었다.

동탁은 스스로 상국이 되어 황제를 만날 때도 옆에서 이름을 말하지 않았고, 조정에 들어갈 때도 잔걸음으로 빨리 걷지 않았으며, 칼을 차고 신을 신은 채로 황제 가까이 갔으니, 그의 설치는 꼴은 견줄 사람이 없었다.

　이유는 동탁이 이름난 사람들을 데려다 씀으로써 백성들의 마음을 얻도록 하였다. 먼저 채옹을 추천했다. 동탁이 채옹을 부르도록 했지만 채옹은 오지 않았다. 동탁은 화가 치밀어, 오지 않으면 가족까지 모두 죽이겠다고 윽박질렀다. 채옹은 겁이 나 하는 수 없이 동탁의 말을 따랐다. 동탁은 채옹이 오자 기뻐하며 한 달 새에 벼슬자리를 세 번씩이나 높이더니 마침내 시중으로 삼아 가까이 있게 하였다.

　한편 홍농왕은 하태후와 당비와 같이 영안궁에 갇혀 찌들린 생활을 하고 있었다. 옷도 입을 게 마땅치 않고 먹을거리도 바닥이 드러나기 시작하자 그는 날마다 눈물 흘리는 게 일이었다.

　어느 날 홍농왕은 뜰에 날아다니는 제비 한 쌍을 우연히 보고 시 한 수를 지어 읊었다.

　새싹은 푸른빛을 띠고 있고

　제비는 짝을 지어 나네

낙수 한 줄기는 여전히 푸르러

언덕 위 오가는 사람이 부럽구나

저기 바라보니 구름이 깊구나

바로 내가 있던 궁전 아닌가

누구 있어 누가 충성스런 마음으로

마음속 깊은 이 원한 풀어줄까

동탁은 사람을 시켜 늘 감시를 하고 있었다. 그래서 홍농 왕이 지은 시는 곧바로 동탁에게 알려졌다.

동탁이 말했다.

"원망하는 마음으로 이따위 시까지 짓다니, 이젠 죽여도 원망 못 할 일이 생겼다."

이유에게 즉각 무사 10명을 데리고 가서 홍농왕을 죽이라고 명령했다. 홍농왕은 하태후와 당비와 함께 누각 위에 있었다. 궁녀가 와서 이유가 왔다고 알렸다. 홍농왕은 깜짝 놀랐다. 마침내 이유가 와서 독이 든 술을 건넸다. 홍농왕이 무어냐고 물었다.

이유가 대답했다.

"봄 날씨가 좋아 동상국이 특별히 보낸 좋은 술이오."

하태후가 미심쩍어했다.

"좋은 술이라면 너부터 마셔보아라."

이유가 화를 내며 홍농왕에게 말했다.

"안 마실 테냐?"

이유는 좌우에 거느리고 온 사람에게 가지고 온 물건을 내놓으라 했다. 짤막한 칼과 하얀 천이었다.

이유가 홍농왕을 보고 다시 윽박질렀다.

"술을 마시고 싶지 않으면 이 두 가지 물건을 받아라."

당비가 앞으로 쓰러지듯 나서며 사정했다.

"이 몸이 황제 대신 술을 마시겠으니, 부디 어머니와 아들 두 목숨은 살려주시기 바랍니다."

이유가 소리를 질렀다.

"네까짓 게 뭔데 왕 대신 죽겠다는 거냐?"

이유는 이번엔 하태후에게 술을 디밀었다.

"당신이 먼저 마셔야겠다."

하태후가 역적들을 도성으로 끌어들여 이 지경에 이르게 한 하진을 원망하는 욕설을 퍼붓자, 이유는 홍농왕에게 술을 마시라고 계속 윽박질렀다.

홍농 왕이 말했다.

"태후마마와 이별할 틈이나 주게."

그런 다음 목을 놓아 슬피 울다 노래를 지어 불렀다.

하늘과 땅이 바뀌고 해와 달도 뒤집어지니

천자 자리에서 쫓겨나 한갓 제후 신세라네

신하라고 윽박지르니 이 목숨 다한 성싶은데

힘을 잃고 쏟는 눈물 헛되고 헛되어라

당비 또한 노래를 지어 불렀다.

하늘이 무너졌는데 땅인들 어찌 멀쩡하랴

황후였던 이내 몸 그대로 따르지 못해 한이라네

살고 죽는 길이 달라 여기서 헤어지니

가슴 찢어져도 하소연할 데 한 곳 없구나

노래를 마치자 홍농왕과 당비는 서로 끌어안고 서럽게 울었다.

이유가 큰소리로 꾸짖었다.

"동상국이 기다리시니 빨리 가보아야 한다. 시간을 끈다고 누가 구해줄 줄 알고 이러느냐?"

하태후 역시 큰소리로 꾸짖었다.

"역적 동탁놈이 이 에미와 아들을 못살게 굴지만 하늘이 결코 가만있지 않을 거다. 역적을 도와 못된 짓을 하는 네놈들도 모두 집안의 씨가 마르게 화를 입을 날이 오리라!"

이유가 화를 벌컥 내며 두 손으로 하태후를 잡아 일으키더니 곧장 누각 아래로 집어던져버렸다. 무사들은 이유의 명령을 받들어 당비를 천으로 목졸라 죽이고, 홍농왕의 입을 벌려 독이 든 술을 들이부었다.

이유의 보고를 받은 동탁은 세 사람의 시체를 성 밖으로 끌어다 묻으라고 했다.

이때부터 동탁은 밤마다 궁중에 들어가 궁녀들을 옆에 끼고 황제의 자리에서 잠을 자는 둥 제멋대로 굴었다. 동탁이 군사들을 이끌고 성을 나가 양성 지방까지 간 적이 있다. 때는 2월이라 마침 마을굿이 열리고 있어서 남자·여자 할 것 없이 많이 모여 있었다. 동탁은 까닭도 없이 군사들에게 사람들을 에워싼 뒤 죽이라고 하였다. 군사들은 여자들과 재물을 마구 빼앗아 수레에 가득 실었다. 그런 다음 수레 아래엔 1천 명 가까운 머리를 잘라 매단 뒤 도성으로 돌아왔다. 동탁은 도적 떼를 쳐부수고 왔노라면서 사람들의 머리는 성 문 밖에서 불에 태우게 하고 여자들과 재물은 군사들에게 나누어주었다.

월기교위 오부는 자가 덕유인데, 동탁의 포악한 짓거리를 더는 참을 수가 없었다. 그래서 동탁을 죽이기 위해 관복 속에 갑옷을 입고 짤막한 칼을 몰래 품고 다니며 늘 기회를 엿보았다. 어느 날 동탁이 조회에 들어오자 오부는 그를 전각 아래로 가서 맞는 체하며 칼을 재빨리 꺼내 들고 동탁을 찔렀다. 그러나 동탁은 워낙 기운이 세서 순식간에 오부의 두 손을 휘어잡았다. 그 사이 뒤따라오던 여포가 오부를 넘어뜨렸다.

동탁이 소리쳤다.

"어떤 놈이 반란을 일으키라 하더냐?"

오부가 눈을 크게 부릅뜨고 큰소리로 꾸짖었다.

"네놈이 나의 임금이 아니고 내가 네놈 신하가 아닌데 반란은 무슨 반란이냐? 네가 저지른 죄가 하늘 끝까지 가득 차서 사람이면 누구나 너를 잡아 죽이고 싶어 한다. 내 너를 수레로 찢어서 하늘에 바치지 못해 한스러울 뿐이다!"

동탁은 화가 치밀 대로 치밀어올라 오부를 끌어내어 칼로 살점을 발라 죽이라고 했다. 오부는 숨이 끊어질 때까지 동탁을 꾸짖었다.

나중에 어떤 사람이 오부를 기리는 시를 지어 바쳤다.

한나라 끝 무렵 충신 오부를 아는가?
하늘을 찌르는 씩씩한 기운, 세상 어디에도 없네
역적을 죽이려 했던 그 이름 길이 남아서
오랜 세월 두고두고 대장부라 불리리라

이런 일이 있자 동탁은 들고날 때 반드시 무장한 군사들을 데리고 다녔다.

한편 발해에 있는 원소는 동탁이 제멋대로 권력을 휘두른다는 소문을 듣자 몰래 왕윤에게 비밀 편지를 보냈다.

역적 동탁이 하늘을 속이고 황제를 갈아치운 일은 사람으로서 차마 입에 올릴 수도 없는 일입니다. 그런데도 공께서는 그놈이 제멋대로 설치는 걸 못 본 척하시니 어찌 충성으로 나라를 지킬 신하의 도리라 하겠습니까? 저는 지금 군사를 모아 훈련을 시켜 황실을 바로잡고 싶으나 가벼이 행동하지 못하고 있습니다. 공께서 뜻을 세워 일을 꾀하시면서 저에게 맡길 일이 있으시면 말씀만 해주십시오. 곧장 명령을 받들겠습니다.

왕윤은 원소의 비밀 편지를 받은 뒤 요모조모 생각해보았으나 뾰족한 생각이 떠오르지 않았다.

어느 날 시반각에 옛 신하들이 모여 있는 것을 보고 왕윤이 말했다.

"오늘은 이 늙은이 생일입니다. 저녁에 집에서 술이나 한 잔씩 나누고 싶소. 부디 들러주시기 바랍니다."

여러 사람이 대답했다.

"꼭 가서 장수하시길 빌겠습니다."

그날 저녁 왕윤은 뒤채에다 술자리를 벌였다. 얼마 지나지 않아 옛 신하들이 모두 모여들었다. 술이 몇 차례 돌자 왕윤이 얼굴을 가리고 갑자기 큰소리로 울기 시작했다.

모인 사람들이 깜짝 놀라 물었다.

"이리 좋은 생신날, 어인 일로 슬퍼하십니까?"

"사실 오늘은 이 늙은이 생일이 아니오. 여러분과 한번 얼굴을 맞대고 얘기를 나누고 싶은데 동탁이 의심할까 두려워 생일이라 했소. 동탁이 임금을 속이고 권력을 제멋대로 휘두르는 까닭에 이대로 가다간 나라가 쓰러지게 생겼소. 생각해봅시다. 고조 황제께서 진나라와 초나라를 거꾸러뜨리고 천하를 얻으신 이래 오늘에 이르렀는데 동탁의 손에 망하게 될 줄 누가 알았겠소? 그래서 울음이⋯⋯."

그 말에 다른 신하들도 죄다 울기 시작했다. 그런데 딱 한 사람이 손뼉을 치며 허허 웃었다. 효기교위 조조였다.

"여기 가득하신 분들이 밤새 울고 또다시 날이 지도록 울기만 하면 동탁이 저절로 죽는답니까?"

왕윤이 성난 소리로 꾸짖었다.

"자네 조상도 한나라의 녹을 먹었거늘, 나라의 은혜를 갚을 생각은 않고 도리어 비웃고 있는가?"

"제가 웃은 까닭은 사람이 이렇게 많이 모여 있으면서도 동탁 하나 없앨 방법을 내지 못하고 있는 게 우스워서입니다. 제 재주가 그다지 보잘것없지만, 동탁의 머리를 베어다가 성 문에 높이 걸어 나라의 은혜를 갚을까 합니다.”

왕윤이 자리에서 일어나며 물었다.

“그렇다면 맹덕에게 방법이 있단 말인가?”

“요즘 제가 몸을 낮춰 동탁을 섬기는 건 기회를 보아 그 사람을 죽이기 위해서입니다. 동탁은 지금 저를 꽤나 믿는 편입니다. 그래서 가까이 다가갈 기회가 많습니다. 사도께 칠보도가 있다고 들었습니다. 저에게 그 칼을 빌려주시면 상부로 가지고 들어가 동탁을 찔러 죽이겠습니다. 저야 죽은들 무슨 한이 있겠습니까?”

왕윤이 머리를 끄덕였다.

“맹덕이 그런 생각을 품고 있었다니, 나라를 위해 다행한 일이오.”

왕윤은 직접 술을 따라 조조에게 조심스레 건네었다. 조조는 술을 받아 바닥에 뿌린 뒤 다짐을 했다. 왕윤이 칠보도를 조조에게 주자 조조는 칼을 받아 몸에 지니고 술잔을 비운 다음 일어나 인사를 하고 나갔다. 조금 뒤 나머지 사람들도 모두 흩어졌다.

다음 날 조조는 칠보도를 허리에 차고 상부로 가서 시중

드는 사람에게 물었다.

"상국께서 지금 어디 계시는가?"

"작은 집 안에 계십니다."

조조는 곧장 안으로 들어갔다. 동탁은 침상 위에 앉아 있고 곁에는 여포가 서 있었다.

동탁이 물었다.

"맹덕은 왜 이리 늦었는고?"

조조가 주저하지 않고 곧장 대답했다.

"말이 말라비틀어져서 빨리 걷지 못합니다."

동탁이 여포에게 일렀다.

"서량에서 보내온 물건들 가운데 좋은 말이 있다. 봉선이가 가서 한 마리 골라 맹덕한테 주어라."

여포는 말이 떨어지자마자 밖으로 나갔다. 조조는 속으로 생각했다.

'이 역적놈, 이젠 죽을 때가 되었다!'

조조는 곧장 칼을 빼어 찌르고 싶었다. 그러나 동탁이 워낙 장사라는 것을 알고 있어서 함부로 행동을 하지 못하고 망설였다. 동탁은 살이 많이 쪄서 오래 앉아 있기가 불편한지 침상 위에 눕더니 곧이어 얼굴을 벽 쪽으로 돌렸다. 조조는 속으로 또 생각했다.

'이 역적놈, 이제야말로 진짜로 죽을 때가 되었다.'

조조가 칠보도로 동탁을 찌르려 하다.

조조는 칠보도를 급히 꺼내 동탁을 찌르려 했다. 그러나 뜻밖의 일이 일어났다. 동탁이 벽에 붙은 거울을 통해 조조가 칼을 꺼내는 것을 보고 말았다.

동탁이 급히 몸을 돌리며 물었다.

"맹덕, 지금 뭐 하느냐?"

그 사이 여포는 이미 말을 끌고 작은 집 밖에 와 있었다. 조조는 아찔했다. 재빠르게 칼을 받쳐 들고 무릎을 꿇으며 말했다.

"저에게 칠보도가 한 자루 있어 은혜를 입은 상국께 바치려 하옵니다."

동탁이 칼을 받아들고 살폈다. 한 자 남짓 되는 길이인데 칠보 장식에 칼날이 더할 수 없이 날카로웠다. 과연 보물 칼이었다. 동탁은 막 들어온 여포에게 칼을 건네주며 보관하라고 했다. 조조는 허리에서 칼집까지 끌러 여포에게 주었다. 동탁은 조조를 데리고 나가 말을 보여주었다.

조조가 고마워하며 말했다.

"일단 한번 시험 삼아 타보겠습니다."

동탁이 안장을 얹어주라 했다. 조조는 말을 끌고 상부를 나오자 말에 뛰어오른 뒤 채찍을 크게 휘두르더니 동남쪽으로 재빠르게 내달았다.

여포가 동탁에게 말했다.

"조조가 칼로 막 찌르려 하다가 들키는 바람에 칼을 바친 다고 둘러댄 것 같지 않습니까?"

"나도 그런 의심이 드는구나."

그때 이유가 들어왔다. 동탁은 조조가 하고 간 짓을 자세히 말했다.

이유가 말했다.

"조조는 지금 가족과 떨어져 혼자 지내고 있습니다. 사람을 보내 조조를 오라고 해보십시오. 조조가 의심 없이 곧장 오면 진심으로 칼을 바치려 그랬고, 핑계를 대고 오지 않으면 칼로 찌르려 했던 게 분명합니다. 오지 않으면 잡아들여서 죄를 물어야 합니다."

동탁이 그 말을 받아들여 옥졸 네 명을 조조에게 보냈다. 그들은 다녀올 시간을 한참 넘기고서야 돌아와 보고를 했다.

"조조는 혼자 지내는 집에도 들르지 않았습니다. 말을 타고 동문으로 나가길래 문지기가 어디 가느냐고 묻자 '아주 급한 일로 상국의 심부름을 간다'라고 대답한 뒤 말을 달려 나갔답니다."

이유가 쓸쓸한 표정을 지었다.

"조조놈이 도망친 모양입니다. 상국을 해치려 했던 게 틀림없습니다."

동탁이 씩씩거렸다.

"내가 제놈을 어여삐 여겨 그만치나 대접을 했는데 도리어 나를 죽이려 하다니. 고얀 놈 같으니라고!"

"이 일은 그놈 혼자서 한 짓이 아니고 반드시 같이 일을 꾸민 놈이 있으리라 여겨집니다. 조조만 잡으면 낱낱이 밝힐 수 있습니다."

동탁은 조조의 얼굴 생김새를 그린 그림과 함께 조조를 잡으라는 공문을 각 고을로 보내도록 했다. 조조를 잡는 자에게는 상으로 1천 금을 주고 만호후로 삼는다는 내용이었다. 만약에 숨겨주거나 알리지 않는 자는 조조와 똑같은 벌로 다스리겠다는 내용이 덧붙어 있었다.

한편 조조는 성 밖으로 나오자 초군으로 말을 달렸다. 그러나 가는 길에 있는 중모현을 지나치다 그만 관문을 지키는 군사들에게 붙들려 현령 앞으로 끌려갔다.

조조가 둘러댔다.

"나는 떠돌이 장사꾼으로 성은 황보입니다."

현령은 한참 동안이나 조조를 물끄러미 바라보다가 입을 열었다.

"내가 전에 낙양에 가서 벼슬자리를 구할 때 너를 본 일이 있다. 너는 조조가 분명한데 왜 신분을 속이려 드느냐? 여봐라, 이놈을 우선 가둬두어라. 내일 조정으로 끌고 가 상이나 받아야겠다."

그런 다음 현령은 관을 지키는 군사들에겐 술과 밥을 먹여 돌려보내도록 했다.

밤이 깊자 현령은 믿을 만한 아랫사람을 시켜 조조를 다른 사람들의 눈에 띄지 않게 옥에서 뒤채로 끌어낸 뒤 조용히 물었다.

"듣기로는 상국이 너를 꽤나 잘 대해준다는데 무엇 때문에 스스로 화를 불렀느냐?"

"조그마한 참새가 어찌 커다란 고니의 뜻을 알겠는가? 이미 나를 붙잡았으면 데려다가 상이나 받으면 됐지, 무엇 때문에 여러 말을 묻고 그러느냐?"

현령이 곁에 있는 사람들을 물러나게 한 뒤 말했다.

"나를 우습게 보지 마라. 나는 여느 벼슬아치들과는 다른 사람이다. 아직까지 제대로 된 주인을 만나지 못해 이러고 있을 뿐이다."

조조가 북받치는 목소리로 말했다.

"우리 집안은 조상 대대로 한나라 벼슬을 살아왔다. 그러니 나라의 은혜를 갚을 생각을 하지 않는다면 짐승과 다를 바가 뭐 있겠는가? 내가 몸을 낮춰 동탁을 섬긴 까닭은 때를 봐서 그놈을 죽여 나라의 걱정거리를 없애려고 했기 때문이다. 그런데 일을 그르쳤다. 이 또한 하늘의 뜻이니 어찌

겠는가."

그 말에 현령의 말투가 달라졌다.

"그렇다면 맹덕은 어디로 가려던 참이었소?"

조조 역시 차분한 말투였다.

"고향으로 돌아가 가짜 조서라도 만들어서 천하의 제후들을 끌어모은 뒤 군사를 일으켜 동탁을 치는 게 내 바람이오."

마침내 현령은 묶인 조조의 몸을 손수 풀어주고 윗자리에 앉힌 뒤 절을 두 번 했다.

"공은 참으로 나라에 대한 마음이 충성스럽고 꿋꿋한 분이오!"

조조 역시 절을 하며 현령의 이름을 물었다.

"내 이름은 진궁이고 자는 공대라 하오. 늙으신 어머니를 비롯해 아내와 자식들은 모두 동군에 있소. 오늘 공의 충성스런 마음에 감격했소. 나도 벼슬을 버리고 따라가겠소."

그 말에 조조가 무척 기뻐했다. 그 밤에 당장 진궁은 노잣돈을 마련하는 등 길 떠날 채비를 했다. 조조에게 옷 한 벌을 주어 갈아입힌 뒤 각자 칼 한 자루씩을 등에 메고는 말을 타고 조조의 고향으로 향했다.

사흘을 달려 성고 지방에 이르렀다. 해질 무렵이었다. 조조가 말채찍으로 숲이 우거진 쪽을 가리키며 진궁을 돌아보았다.

"저기 숲속에 여백사란 분이 살고 있소. 우리 아버님과는 의형제를 맺으신 분이지요. 그 집에 가서 고향 소식도 듣고 하룻밤 묵어갑시다."

진궁이 고개를 끄덕였다.

"그거 잘됐소."

두 사람은 집 앞에 이르자 말에서 내린 뒤 안으로 들어가 여백사를 만났다.

여백사가 깜짝 놀랐다.

"내 듣자니 조정에서 널 잡으려고 사방으로 공문을 띄우고 야단들이라더구나. 그래서 네 아버님은 이미 진류 땅으로 몸을 피하셨다. 어떻게 여기까지 왔느냐?"

조조가 지난 일을 자세히 이르고 진궁을 소개했다.

"진현령이 아니었다면 저는 잡혀가 벌써 가루가 되어버렸을지 모릅니다."

여백사가 진궁에게 절을 하며 고마워했다.

"공이 아니었다면 조씨 집안은 씨가 마를 뻔했소. 자, 편히 앉으시오. 별로 깨끗하진 않으나 오늘 밤은 우리 집에서 주무시고 가시오."

여백사는 안으로 들어가더니 한참 만에 다시 나와 진궁을 보고 말했다.

"늙은이가 사는 집이라 집에 마실 만한 술이 없소. 서촌에 가서 술 좀 사와야겠소."

여백사는 바로 나귀를 타고 집을 떠났다.

조조와 진궁이 멀뚱히 앉아 있는데 난데없이 집 뒤꼍에서 칼을 가는 소리가 들려왔다.

조조가 나지막이 말했다.

"여백사랑 나는 따지자면 피붙이가 아니오. 밖으로 나간 게 아무래도 의심스럽소. 집안 낌새를 좀 살펴봅시다."

두 사람은 조용히 방을 나와 발걸음을 죽이며 뒤꼍으로 갔다. 말소리가 들려왔다.

"그냥 묶어놓고 죽입시다, 네?"

그 말에 조조가 가느다란 신음 소리를 냈다.

"분명히 들었지요? 우리가 먼저 손을 쓰지 않으면 틀림없이 붙잡혀 죽소."

조조는 진궁과 함께 칼을 빼어 들고 뛰어가 남자고 여자고 닥치는 대로 죽여버렸다. 눈 깜짝할 새에 여덟 식구를 죽이고 이곳저곳을 뒤지며 부엌으로 들어가니 돼지 한 마리가 묶인 채 있었다.

진궁이 한숨을 길게 내쉬었다.

"맹덕이 의심이 많아 착한 사람들을 죽이고 말았구려!"

두 사람은 급히 집을 빠져나와 말을 타고 떠났다. 채 2리도 못 갔을 때 나귀를 타고 돌아오는 여백사를 만났다. 나귀 안장 앞에는 술 두 병이 매달려 있었고, 손에는 과일과 채소가 들려 있었다.

"공은 왜 나오셨소? 조카야, 왜 가느냐?"

조조가 둘러댔다.

"죄를 짓고 쫓기는 몸이라 오래 머물 수가 없습니다."

"내가 집안사람들한테 돼지도 한 마리 잡으라고 해놓았다. 하룻밤도 안 묵고 떠나면 서운해서 안 된다. 어서 말 머리를 돌려라."

그러나 조조는 뒤도 안 돌아보고 말에게 채찍을 내리치며 지나갔다. 그러더니 몇 걸음 안 가 갑자기 칼을 빼어 들고 다시 돌아서며 여백사를 보고 외쳤다.

"저기 오는 사람이 누구요?"

여백사가 고개를 돌리는 순간 조조의 칼이 여백사를 내리쳐 나귀 아래로 거꾸러뜨렸다.

진궁이 깜짝 놀라며 소리쳤다.

"아까는 잘 모르고 일을 쳤지만, 지금은 무슨 짓이오?"

조조가 대답했다.

"여백사가 집에 돌아가 식구들이 다 죽어 있는 걸 본다면 가만히 있겠소? 만약 사람들을 모아 쫓아오면 우린 끝장이오."

"그렇다 하더라도 아무 잘못이 없는 줄 알면서 죽이는 건 사람으로서 할 일이 아니오."

조조가 끊듯이 말했다.

"내가 세상 모든 사람을 배신했으면 했지, 세상 모든 사람이 나를 배신하게는 두지 않겠소."

진궁은 입을 다물고 말았다.

그날 밤 몇 리를 더 가서야 달빛 아래 비치는 주막이 있기에 들어갔다. 말을 배불리 먹인 뒤 조조는 먼저 잠이 들었다. 진궁은 잠을 못 이루고 뒤척였다.

'조조가 쓸 만한 사람인 줄 알고 벼슬자리까지 차버리고 따라왔는데, 알고 보니 모질기 짝이 없는 놈이구나. 이대로 두었다간 반드시 뒤탈이 엄청나겠는데……'

진궁은 조조를 죽이고자 칼을 빼어 들었다.

이리처럼 모질게 마음 쓰니 쓸 만한 인간 아니네

조조나 동탁이나 어쩌면 저리도 똑같은가

과연 조조의 목숨은 어찌 될는지……

제후들 모이다

조조가 뿌린 가짜 조서에 여러 진의 제후들이 모이고
관의 군사를 무찌른 세 의형제는 여포와 싸우다

진궁은 칼을 빼어 들어 조조를 죽이려다 얼른 마음을 달리
먹었다.

'내가 여기까지 따라온 건 나라를 위해서였다. 그런데 지
금 와서 새삼 이따위 인간을 내 손으로 죽이는 일은 의롭지
못한 짓이다. 이대로 두고 나 혼자 가버리는 게 낫겠다.'

진궁은 칼을 다시 칼집에 꽂았다. 그런 다음 날이 새기를
기다리지 않고 동군으로 말을 달렸다.

조조가 일어나보니 진궁이 보이지 않았다.

'내가 한 짓과 말이 걸려 나를 어질지 못하게 여겨 혼자

가버린 모양이구만. 그럼 나도 서둘러야겠다. 이러고 있을 때가 아니다.'

조조는 밤낮없이 말을 달려 진류에 닿자마자 아버지에게 갔다. 조조는 아버지에게 지난 일을 자세히 이른 뒤 집안 재산을 다 들여서라도 의로운 군사를 모집할 뜻을 밝혔다.

아버지가 대답했다.

"자금이 넉넉하지 않으면 이루기 어려운 일이다. 이 지방 효렴 위홍이란 사람은 의로운 일이라면 재산을 아끼지 않는 큰 부자이다. 만약에 그 사람 도움만 받을 수 있다면 큰 일을 꾀해볼 만하다."

조조는 곧 술자리를 마련한 뒤 위홍에게 가서 공손히 절을 한 다음 집으로 같이 왔다.

"지금 한나라 황실에는 주인 없이 동탁이 나라 힘을 휘어잡고 제멋대로 임금을 속이고 백성을 못살게 구니 세상 사람 모두 이를 갈고 있습니다. 제가 기울어가는 나라를 붙들어세우고 싶으나 힘이 달려 그러지 못하는 게 한스럽습니다. 공께서는 충성과 의리를 높이 사시는 분이라 말씀드리니 저를 좀 도와주십시오."

위홍이 대답했다.

"나도 속으로는 그런 마음을 먹고 있었지만 지금까지 영웅을 만나지 못했소. 마침 맹덕이 그런 큰 뜻을 품고 있다니

즐거운 마음으로 재산을 풀어 도와드리도록 하겠소."

조조는 뛸 듯이 기뻐하며 가짜 조서를 꾸며 각 고을에 보
냈다. 이어 의로운 군사를 모집하기 위해 충성 충(忠)과 옳
을 의(義)라는 두 글자를 하얀 깃발에 크게 써서 매달아놓
았다. 며칠 지나지 않아 사람들이 소낙비 들이치듯 몰려들
었다.

하루는 양평 위국 사람으로 이름이 악진이고 자가 문겸
이라고 하는 이가 찾아오고, 그 뒤를 따라 산양 거야 사람으
로 이름이 이전이고 자가 만성이라는 이가 찾아왔다. 조조
는 그들에게 본진의 일을 맡겼다.

또 패국 초현 사람으로 이름이 하후돈이고 자가 원양이
라는 이가 찾아왔는데, 한고조를 도와 한나라를 세울 때 공
을 세운 하후영의 후손이었다. 그는 어려서부터 창과 몽둥
이 쓰는 법을 익혔다고 했다. 14살 때 스승을 따라 무술을
배우는데 자기 스승을 욕하는 이가 있어 그를 죽이고 다른
지방으로 도망 다니고 있었다. 마침 조조가 군사를 모은다
는 소문을 듣고 집안의 아우뻘 되는 하후연과 함께 젊은이
1천 명씩 끌고 왔다. 이 두 사람은 따져보면 조조와도 집
안 형제뻘이 되는 사이였다. 조조의 아버지 조숭은 원래 하
후씨의 아들이었는데 조씨 집안의 양자로 들어갔기 때문
이다.

며칠 더 지나자 이번엔 조씨 집안의 형제들인 조인과 조홍이 각각 1천 명씩을 끌고 왔다. 조인의 자는 자효이고 조홍의 자는 자렴인데, 둘 다 활 잘 쏘고 말을 잘 타며 무예에 뛰어났다.

조조는 무척 기뻐하며 마을에서 날마다 군사와 말을 훈련시켰다. 위홍은 자기 집 재산을 아낌없이 내주며 옷과 갑옷과 깃발 등을 마련하게 했다. 그 밖에도 사방에서 양식 등을 보내오는 이가 셀 수 없이 많았다.

한편 원소는 조조가 보낸 조서를 받자마자 조조와 함께하기 위해 자기 아래에 있는 문무 벼슬아치를 비롯해 군사 3만 명을 이끌고 발해를 떠났다.

마침내 조조는 널리 세상 사람들에게 알리는 글을 지어 여러 고을로 보냈다.

조조가 백성이면 마땅히 지켜야 할 도리이기에 삼가 널리 알리노라. 동탁은 온 세상을 속이고 임금을 죽였으며, 궁궐을 더럽히고 백성을 함부로 죽여 어질지 못한 그 죄가 이미 하늘 끝까지 이르렀노라. 마침 우리는 천자의 비밀 조서를 받들어 의로운 군사를 크게 모집하여 나라를 깨끗이 하고 악의 무리를 싹 없애기로 다짐하였노라. 이에 모두 다 의로운 군사를 일으켜 온 백성의 분노를 같이 풀고 황실을 지키며 백성을 건지기 바라노라. 이 격문을 받는 대로 바로 해나가도록 하라!

　조조가 글을 띄우고 나자 여러 진의 제후들이 모두 군사를 일으켜 이에 맞장구를 쳤다.
　다 모여보니 모두 17진이 되었다.

　제1진 후장군 남양 태수 원술
　제2진 기주 자사 한복
　제3진 예주 자사 공주
　제4진 연주 자사 유대
　제5진 하내 태수 왕광
　제6진 진류 태수 장막
　제7진 동군 태수 교모
　제8진 산양 태수 원유
　제9진 제북상 포신
　제10진 북해 태수 공융
　제11진 광릉 태수 장초
　제12진 서주 자사 도겸
　제13진 서량 태수 마등
　제14진 북평 태수 공손찬
　제15진 상당 태수 장양

제16진 오정후 장사 태수 손견

제17진 기향후 발해 태수 원소

지방마다 군사 수는 들쭉날쭉했다. 3만 명인 데가 있는가
하면 1, 2만 명인 데도 있었는데, 저마다 문무 벼슬아치들과
함께 낙양으로 몰려들었다.

한편 북평 태수 공손찬은 날래고 씩씩한 군사 1만 5천 명
을 거느리고 덕주 평원현을 지나고 있었다. 그때 저 멀리 뽕
나무 우거진 숲에서 말 탄 장수 여럿이 노란 깃발을 앞세우
고 달려왔다. 앞장선 이를 보니 유비였다.

공손찬은 깜짝 놀랐다.

"허허! 아우님이 어쩐 일인가?"

유비가 대답했다.

"예전에 형님께서 저를 추천해주셔서 평원 현령이 되었
습니다. 이참에 형님께서 대군을 이끌고 이곳을 지나가신
다는 소문을 들었기에 뵈러 나왔습니다. 성에 들어가셔서
쉬었다 가시지요."

공손찬이 대답 대신 관우와 장비를 가리켰다.

"저 사람들은 누구신고?"

"이쪽은 관우, 저 사람은 장비입니다. 제 의형제입니다."

"그럼 자네랑 같이 황건적을 무찌른 사람들 아닌가?"

"그렇지요. 모두 이 두 사람이 세운 공이었지요."

"지금 어떤 벼슬을 살고 있나?"

"벼슬이라고 할 것도 없습니다. 둘 다 화살통이나 만지작 거리는 정도니까요. 관우는 마궁수 노릇을 하고 있고, 장비 는 보궁수 노릇을 하고 있습니다."

공손찬이 길게 한숨을 내쉬었다.

"영웅들이 흙에 묻혀 썩고 있구만. 나는 지금 동탁이 나라 를 어지럽히고 있어 다른 제후들과 함께 치러 가는 중이네. 자네도 그깟 벼슬 던져버리고 함께 역적을 쳐서 나라를 일 으켜세우는 게 어떻겠는가?"

유비가 기꺼이 대답했다.

"같이 가겠습니다."

장비가 안타까워했다.

"허! 그때 내가 그 역적놈을 죽이려고 할 때 말리지 않았 으면 지금 이런 일은 없었을 텐데!"

관우가 장비를 보고 재촉했다.

"기왕 일이 이렇게 되었으니 당장 떠날 준비나 하자구."

유비는 관우·장비와 함께 말 탄 군사 몇 사람만 데리고 공손찬을 따라갔다. 조조가 그들을 맞았다. 잇따라 다른 제 후들도 도착했다. 저마다 영채를 세우니 2백 리도 넘게 이

어질 정도였다.

조조는 소와 말을 잡아 제후들을 한자리에 모은 뒤 군사를 어떻게 움직일 것인지를 의논했다.

하내 태수 왕광이 말했다.

"우리가 지금 큰 뜻을 받들어 모였으니, 중심 되는 사람 한 분을 맹주로 내세운 뒤 모두가 그분의 명령을 따르기로 한 다음에 군사를 움직입시다."

조조가 그의 말에 따랐다.

"원본초께서 맡는 게 좋겠습니다. 그분 집안은 사 대에 걸쳐 삼공을 지냈기 때문에 그 집안에서 벼슬아치도 많이 나왔고 한나라 명재상의 후손이니 맹주로서 딱 알맞다고 하겠습니다."

원소는 그 제안을 거듭 마다했다. 그러나 모두들 원소를 마땅한 인물로 적극 추천했다.

"본초가 아니면 안 됩니다!"

그제야 원소는 마지못해 받아들였다.

다음 날 3층으로 단을 쌓고 동서남북에다 가운데까지 다섯 곳에 깃발을 세웠다. 그런 다음 그 위에 최고 지휘관을 뜻하는 소꼬리기를 매달고 금색 도끼를 꽂았다. 이어 군사를 지휘할 수 있다는 표시의 병부와 장수 도장까지 마련한 뒤 원소에게 단 위로 오르도록 했다. 이에 원소는 옷깃을 가지런히 여민 뒤 칼을 차고 엄숙한 표정으로 단 위로 올라가 향을 피우고 절을 두 번 한 다음 다짐글을 읽어내려갔다.

"한나라 황실에 불행이 생겨 혼란이 일어나자 역적 동탁이 그 틈을 타 온갖 나쁜 짓을 일삼으니, 그 화가 황제로부터 백성에게까지 다 미치고 있습니다. 저희들은 나라가 그대로 주저앉는 걸 지켜볼 수만 없어 의로운 군사를 모아 나라를 건지려 합니다. 다짐을 함께한 사람들은 모두 마음을 모으고 힘을 합쳐 오로지 신하로서의 도리만 생각할 뿐 다른 생각은 일절 하지 않겠습니다. 만약 이 다짐을 저버리는 이가 있으면 목숨을 거두시고 자손마저 살아남지 못하도록 하십시오. 천지신령과 조상님들의 밝으신 혼령들은 부디 굽어살피십시오."

원소는 다짐글을 다 읽자 피를 마시며 뜻을 다졌다. 모인 사람들 모두 분위기에 끌려 눈물을 흘렸다. 원소가 단을 내려오자 여러 사람이 그를 부축하여 장막 안으로 모셨다. 원소가 윗자리에 앉자 나머지 사람들은 벼슬과 나이순에 따라 두 줄로 나눠 앉았다.

조조가 술잔을 몇 차례 돌린 뒤 말했다.

"오늘 우리는 맹주를 세웠소. 다들 맹주의 명을 받들어 한 뜻으로 나라를 바로잡아야 하오. 서로 강하느니 약하느니 하면서 다툼을 만들어서는 안 되오."

원소가 말을 이었다.

"내 비록 재주는 보잘것없으나 이미 여러분의 뜻을 받들어 맹주가 되었소. 그래서 드리는 말씀인데, 앞으로 공이 있는 사람에겐 반드시 상을 주고 죄를 짓는 사람은 반드시 벌로 다스리겠소. 나라엔 국법이 있고 군에는 군법이 있소. 서로 어긋남이 없도록 하시지요."

모두들 한소리로 외쳤다.

"명령대로 따르겠습니다!"

원소가 드디어 첫 명령을 내렸다.

"내 아우 원술에게 먹을거리와 말먹이를 맡도록 하여 각 영채에 대주게 하되 항상 부족함이 없도록 하겠소. 그다음으론 당장 사수관으로 나가 싸움을 북돋울 장수를 한 사람 뽑아야겠소. 나머지 사람들은 각각 험하고 중요한 곳을 하나씩 맡아 싸움을 도와주어야겠소."

장사 태수 손견이 앞으로 나섰다.

"제가 한번 앞장서보겠습니다."

원소가 고개를 끄덕였다.

"문대가 씩씩하니 앞장서면 좋겠소."

이에 손견은 본부 군사를 거느리고 사수관으로 떠났다.

관을 지키던 장수는 곧장 낙양 상부로 다급한 사정을 나는 듯이 알렸다.

　동탁은 모든 힘을 손아귀에 넣은 뒤 날마다 잔치를 벌여
술 마시는 일에 빠져 있었다.
　이유는 다급한 보고가 오자 곧바로 동탁에게 알렸다. 동
탁은 깜짝 놀라 모든 장수들을 불러모아 의논했다.
　온후 여포가 앞으로 나아갔다.
　"아버님께서는 너무 걱정하지 마십시오. 저는 관 밖 제후
는 지푸라기 정도로밖에 여기지 않습니다. 호랑이 떼 같은
군사들을 이끌고 나가 그놈들 머리를 모조리 베어다 성 문
위에 걸어놓겠습니다."
　동탁이 좋아라 했다.
　"봉선이가 있었구나! 베개 높이 베고 잠이나 자도 아무
걱정 없겠다!"
　말이 채 끝나기도 전에 여포 뒤에서 한 사람이 큰소리를
지르며 나섰다.
　"닭을 잡는 데 소 잡는 칼을 쓸 필요 없습니다. 온후께서
굳이 가실 필요 없습니다. 저로선 그깟 제후들 모가지 잘라
오는 일쯤이야 주머니 속 물건 꺼내기만큼이나 쉬운 일입
니다."
　동탁이 그를 쳐다보았다. 키가 9자요, 호랑이 몸집에 이

리 허리, 표범 머리통에 원숭이 팔을 하고 있었다. 관서 사람 화웅이었다.

동탁은 기분이 좋아 바로 그 자리에서 화웅의 벼슬을 표기교위로 높이고 말 탄 군사와 일반 군사 합하여 5만 명을 주었다. 화웅은 제후들의 군사를 막기 위하여 이숙·호진·조잠과 함께 밤을 도와 사수관으로 달려갔다.

한편 제후들 가운데 제북상 포신은 손견이 앞장서기로 하자 첫 공을 빼앗길까봐 조바심이 났다. 그래서 아우 포충에게 말 탄 군사와 일반 군사 3천 명을 주며 사수관을 지름길로 내달아서 먼저 싸우도록 하였다.

사수관에서 화웅은 철갑옷으로 무장하고 말 탄 군사 5백 명을 거느리고 쏜살같이 달려오며 큰소리로 외쳤다.

"도적놈 대가리는 도망치지 말고 꼼짝하지 마라!"

포충은 급히 달아나려다 화웅의 칼이 한 번 번득이자 그만 말 아래로 고꾸라지고 말았다. 뒤이어 부하 장수들도 줄줄이 사로잡혔다. 화웅은 포충의 머리를 잘라 상부로 보내며 첫 승리를 알렸다. 이에 동탁은 화웅을 도독으로 삼았다.

한편 손견은 정보·황개·한당·조무 등 네 장수들과 함께 사수관에 이르렀다.

정보는 우북평 토은 사람으로 자는 덕모이며, 철척사모를 잘 썼다. 황개는 영릉 사람으로 자는 공복이며, 쇠 채찍을 잘 썼다. 한당은 요서 영지 사람으로 자는 의공이며, 큰 칼을 잘 썼다. 조무는 오군 부춘 사람으로 자는 대영이며, 쌍칼을 잘 썼다.

손견은 번들거리는 은빛 갑옷 차림에 머리엔 붉은 수건을 동여맸으며 허리엔 고정도를 비껴찼다. 손견은 몸통의 털 빛깔과 갈기 털 빛깔이 다른 화종마를 타고 앉아 관 위를 향해 손가락질을 하며 큰소리를 질렀다.

"역적놈 밑에 빌붙어서 사는 못난 놈아! 빨리 항복하지 않고 뭐 하느냐!"

화웅의 부장 호진이 군사 5천 명을 끌고 사수관에서 싸우러 나왔다. 곧바로 정보가 철척사모를 비껴든 채 말을 달려 호진에게 덤벼들었다. 서로 싸운 지 얼마 되지 않아 정보의 창이 호진의 목을 찔렀다. 호진은 말 아래로 떨어져 죽었다.

손견은 군사들을 몰고 관 앞으로 쳐들어갔다. 관문 위에서 화살과 돌이 빗발치듯 쏟아졌다. 손견은 하는 수 없이 군사들을 이끌고 양동으로 돌아가 머무르며, 원소에게 사람을 보내 그날 일을 알렸다. 그런 다음 원술에게 군사들의 식량을 빨리 보내달라고 했다.

그런데 어떤 사람이 원술에게 귀띔을 했다.

"손견은 강동의 사나운 호랑이입니다. 만약 그 사람이 낙양을 쳐부수고 동탁을 죽이면, 그건 이리 대신 호랑이를 불러들이는 꼴이 됩니다. 그러니 군사들 먹을거리를 보내지 마십시오. 그러면 손견의 군사들은 곧 흩어지고 맙니다."

원술은 그 말을 듣고 식량과 말먹이를 보내지 않았다. 식량이 떨어진 손견의 군사들은 아우성을 치기 시작했다. 염탐꾼이 이 사실을 놓치지 않고 사수관에 알렸다.

이숙이 화웅에게 어떻게 싸워야 할지를 말했다.

"오늘 밤에 저는 군사들을 샛길로 이끌고 관을 내려가 손견의 영채 뒤쪽을 칠 테니 장군은 앞쪽을 공격하시지요. 그러면 손견을 사로잡을 수 있습니다."

화웅은 그 말대로 하기로 했다. 군사들을 든든하게 먹인 뒤 날이 어두워지자 조용히 사수관을 내려갔다. 달이 밝고 바람은 서늘한 밤이었다. 밤이 깊어서야 손견의 영채 앞에 이르렀다. 그들은 북을 치고 소리를 지르며 곧바로 쳐들어 갔다.

손견이 급히 갑옷을 걸치고 말을 타고 나왔다. 화웅과 바로 부딪쳤다. 두 사람이 서로 싸우기 시작한 지 얼마 안 되어 이숙의 군사들이 영채 뒤를 공격하며 불을 질렀다. 손견의 군사들은 싸우기는커녕 달아나기에 바빴다. 장수들도 이리 뛰고 저리 뛰느라 정신이 없었다. 조무만이 손견의 곁에서 싸우며 같이 포위망을 뚫고 달아났다. 그 뒤를 화웅이 쫓아갔다. 손견이 뒤돌아보며 화살 두 대를 잇달아 쏘았으나 화웅은 두 번 다 몸을 피했다. 손견은 다시 세 번째 화살을 쏘려고 활시위를 잡아당겼다. 그러자 힘이 너무 들어갔는지 작화궁 활이 그만 부러지고 말았다. 손견은 어쩔 수 없이 활을 버리고 더욱 세차게 말을 몰아 달아났다.

조무가 손견을 다급한 눈빛으로 쳐다보았다.

"수건이 붉어 눈에 너무 잘 띄겠습니다. 빨리 벗어주십시오. 제가 두르겠습니다."

손견과 조무는 수건과 투구를 바꿔 쓰고 서로 다른 길로 달아났다. 화웅의 군사들은 붉은 수건을 바라보고 뒤를 쫓았다. 손견은 그 틈을 타 사잇길로 빠져 위기를 벗어났다. 조무는 화웅에게 쫓기자 불에 타다 남은 어느 집 기둥에다 수건을 걸어놓고 숲속으로 들어가 몸을 숨겼다. 화웅의 군사들은 멀리 달빛 아래로 수건이 보이자 가까이 가지 못하고 사방을 에워싼 뒤 활만 쏘아댔다. 한참 뒤에야 속은 걸 깨달은 그들은 기둥 가까이 다가가 수건을 내렸다. 바로 그때였다. 숲속에서 조무가 쌍칼을 휘두르며 뛰쳐나와 화웅에게 달려들었다. 그러나 화웅은 몸을 피하며 소리를 크게 지르더니 단칼에 조무를 내리쳐 말 아래로 떨어뜨렸다. 그들은 먼동이 틀 때까지 계속 짓밟고 나서야 군사를 거두어 관으로 올라갔다.

정보·황개·한당이 다시 손견을 찾아와 군사와 말을 거두었다. 손견은 조무가 죽은 걸 알고 한없이 슬퍼했다. 당장 그날로 원소에게 사람을 보내 결과를 알렸다.

원소는 소식을 받자 깜짝 놀랐다.

"손문대가 화웅에게 당할 줄은 미처 몰랐다!"

바로 대책을 세우기 위해 여러 제후들을 불러모았다. 다른 사람이 다 모이고서야 공손찬이 들어왔다. 원소는 그를 맞아 자리에 앉게 한 다음 입을 열었다.

"저번에 포장군의 아우 포충이 명령도 받지 않고 제멋대로 군사를 끌고 나갔다가 군사도 잃고 자신도 죽더니, 이번엔 손문대가 화웅에게 져서 우리의 기운이 많이 꺾이고 말았소. 앞으로 어찌해야 좋겠소?"

아무도 대꾸하지 않고 모두들 입을 다물고 있자 원소가 사람들을 죽 훑어보았다. 공손찬 뒤에 세 사람이 서 있는데, 셋 모두 비웃는 듯한 표정을 하고 있었다.

원소가 그들을 보고 얼굴을 찡그렸다.

"공손 태수 뒤에 서 있는 사람들은 누구요?"

공손찬이 유비를 불러낸 뒤 말했다.

"이 사람은 내 어렸을 때 같이 공부한 사이로 형제같이 지내는데, 평원 현령 유비올시다."

조조가 고개를 끄덕였다.

"황건적을 쳐부순 유현덕이란 말이오?"

공손찬이 대답했다.

"그렇소."

공손찬이 사람들에게 유비를 정식으로 인사시킨 다음 그의 공로와 집안 내력을 자세히 일렀다.

원소가 말했다.

"황실의 후손이구만. 자리에 앉히시오."

유비가 공손하게 사양하며 자리에 앉지 않자 원소가 찡그리며 유비를 쳐다보았다.

"내가 자네 벼슬자리를 봐서 앉으라는 게 아니야. 황제와 친척뻘이라고 하니까 그냥 앉으라고 하는 게야."

유비가 끝자리에 가서 앉았다. 곧바로 관우와 장비가 유비 뒤에서 두 손을 앞에 모으고 섰다.

그때 급한 소식이 들어왔다.

"화웅이 말 탄 군사들을 이끌고 사수관을 내려와 장대에다 손견 태수의 붉은 수건을 매달아놓았습니다. 영채 앞에서 큰소리로 욕지거리를 퍼부으며 싸움을 걸고 있습니다."

원소가 사람들을 둘러보았다.

"누가 나가서 싸울 테요?"

날랜 장수 유섭이 원술 뒤에서 앞으로 나섰다.

"제가 나가겠습니다."

원소가 기뻐하며 곧장 나가도록 하였다. 유섭이 나갔다.

그러나 곧바로 군사 하나가 숨을 몰아쉬며 뛰어들어왔다.

"유섭 장군이 화웅의 칼에 맞아 죽었습니다. 채 삼합을 싸우지도 못했습니다."

모두들 어안이벙벙할 뿐이었다.

기주 자사 한복이 입을 열었다.

"내 밑에 있는 반봉 정도면 화웅을 칠 수 있습니다."

원소가 반봉에게 나가 싸우도록 했다. 반봉은 큰 도끼를 들고 말을 달렸다. 그러나 나간 지 얼마 안 되어 군사 하나가 또 뛰어들어왔다.

"반봉 장군도 화웅의 칼을 피하지 못했습니다."

모두들 질린 표정을 감추지 못했다. 원소 역시 기가 막힌 표정을 지었다.

"어이없는 일이오! 나의 장수 안량과 문추가 여기 없는 게 한이오. 둘 가운데 하나만 있어도 화웅 정도는 아무것도 아닐 텐데!"

원소의 말이 미처 끝나기도 전에 섬돌 아래에서 큰소리를 지르며 나서는 이가 있었다.

"내가 나가서 화웅의 머리를 베어다가 이 자리에 바치겠소."

모두들 그를 쳐다보았다. 9자 키에 두 자나 되게 수염을 기르고 있었다. 게다가 봉황의 눈에 누에 눈썹이었다. 얼굴은 잘 익은 대춧빛이고, 목소리는 쩡쩡 울리는 종소리였다.

원소가 그를 힐끔 쳐다보며 누구냐고 물었다.

공손찬이 대답했다.

"유현덕의 아우 관우입니다."

원소가 다시 물었다.

"지금 무얼 맡고 있소?"

"유현덕의 마궁수 노릇을 하고 있소."

공손찬의 그 말에 원술이 소리를 질렀다.

"저런 고얀 놈 같으니라고! 네까짓 게 여기 있는 제후들을 깔보는구나. 하찮은 마궁수 따위가 함부로 지껄이다니. 내 저놈을 두들겨 패놓아야겠다."

조조가 서둘러 말렸다.

"공로께선 너무 흥분하지 마시오. 저 사람도 괜히 큰소리를 치지는 않을 겁니다. 일단 내보내봅시다. 이기지 못하면 그때 책임을 물어 혼내도 늦지 않습니다."

그러자 원소가 투덜거렸다.

"하잘것없는 마궁수를 내보냈다간 화웅의 웃음거리밖에 더 되지 않겠소?"

조조가 다시 말했다.

"저 사람 허우대를 보면 결코 마궁수라곤 짐작조차 못 할 듯합니다."

관우가 쐐기를 박듯 말했다.

"내가 이기지 못하고 돌아오면 그때 내 목을 치든지 말든지 하시오!"

조조는 따뜻한 술 한 잔을 따르게 한 뒤 관우에게 권했다.

"한 잔 들이켠 뒤 말에 오르시오."

관우가 시큰둥하게 말했다.

"술은 거기 두시오. 내 얼른 갔다 와서 마시겠소."

관우는 막사를 나간 뒤 칼을 든 채 몸을 날려 말 위에 뛰어올랐다. 곧바로 북소리와 외침 소리가 떠들썩하게 일었다. 하늘이 무너지고 땅이 갈라지며 온 산이 흔들리는 듯한 소리였다. 제후들은 놀라 서로 얼굴을 쳐다보았다. 말방울 소리가 시끄럽게 났다. 관우가 막사 안으로 들어서며 화웅의 머리를 땅바닥에 내던졌다. 술잔에선 아직도 김이 피어오르고 있었다.

훗날 어떤 이가 관우를 기리는 시를 읊었다.

하늘과 땅을 내리누르는 대단한 공이여

영채 문의 북소리 둥둥 울리네

술잔 놓고 뛰쳐나간 관운장의 씩씩함이여

술이 미처 식기도 전에 화웅의 목을 베었다네

조조는 무척 기뻤다. 바로 그때 유비 뒤에서 장비가 나오며 큰소리를 질렀다.

"우리 형님이 화웅을 죽였으면 곧장 관으로 쳐들어가서 동탁을 사로잡아야지, 언제 하려고 이러고들 있습니까?"

원술이 잔뜩 화난 목소리로 꾸짖었다.

"대신들도 몸을 낮추고 있는데 한낱 현령 밑에 있는 조무래기 주제에 여기가 어디라고 설치느냐? 저것들을 밖으로 내쫓아버려라."

조조가 다시 나섰다.

"공을 세운 사람에게 상을 주지는 못할망정 신분의 높고 낮음을 따져서야 되겠습니까?"

원술이 다시 발끈했다.

"저따위 현령이 그렇게 소중하다면 나는 여기서 물러나겠소."

조조가 원술을 말렸다.

"별것 아닌 말 한마디로 어찌 큰일을 그르치려 하시오?"

조조는 공손찬에게 유비·관우·장비를 데리고 영채로 돌아가 있으라 했다. 이어 다른 사람들도 저마다 자기 영채로 흩어졌다. 조조는 남의 눈에 안 띄게 술과 고기를 세 사람에게 보내 자기 마음을 나타냈다.

한편 싸움에 진 화웅의 군사들은 급히 관으로 올라가 화웅이 죽은 사실을 알렸다. 이숙이 다급한 사정을 알리는 문서를 꾸려 동탁에게 보고했다. 동탁은 이유와 여포 등을 급히 불러모은 뒤 의논했다.

이유가 먼저 입을 열었다.

"화웅 장군이 죽었으니 적들은 펄펄 날뛸 겁니다. 게다가 원소가 적의 우두머리인데, 태부로 있는 원외는 원소의 삼촌입니다. 원외와 원소가 안팎으로 서로 손을 잡고 힘을 모으면 사정은 더 어렵게 됩니다. 먼저 원외를 없애고, 상국께서 몸소 대군을 이끌고 나가 적을 치도록 하십시오."

동탁이 이유의 말을 받아들여 이각과 곽사를 급히 불러들였다. 이각과 곽사는 동탁이 이른 대로 군사 5백 명을 이끌고 태부 원외의 집으로 간 다음 집을 에워쌌다. 그들은 아이고 어른이고 할 것 없이 닥치는 대로 죽였다. 이어 원외의 머리는 사수관으로 가져가 높이 매달았다.

마침내 동탁은 군사 20만 명을 일으켜 두 길로 나서게 했다. 이각과 곽사는 군사 5만 명을 이끌고 사수관으로 가 굳게 지키며 나가서 싸우지는 말도록 했다. 동탁 자신은 15만 군사를 이끌고 이유·여포·번조·장제 들과 함께 낙양에서 50리 떨어진 호뢰관으로 갔다. 거기서 동탁은 여포에게 군사 3만 명을 끌고 가 관 앞에 영채를 크게 세우게 한 다음 자신은 관 위에 머물렀다.

이러한 움직임은 곧장 원소가 있는 곳으로 알려졌다. 원소가 여러 사람을 모아놓고 의논을 하기 시작했다.

조조가 먼저 입을 열었다.

"동탁이 호뢰관에 군사들을 주둔시켰으니 우리도 군사 절반을 내보내 싸우도록 해야겠소."

원소는 왕광·교모·포신·원유·공융·장양·도겸·공손찬 등 여덟 제후더러 호뢰관으로 가서 적을 맞도록 했다. 조조는 형편을 살펴 이쪽저쪽을 오가며 도와주도록 했다. 이에 여덟 제후는 저마다 군사를 일으켰다.

하내 태수 왕광이 가장 먼저 호뢰관에 이르렀다. 여포가 갑옷 입고 말 탄 군사 3천 명을 이끌고 나는 듯이 달려나왔다. 왕광은 군사를 벌려세운 다음 두 개의 붉은 문기 깃발이 나부끼는 데로 말을 몰고 나가 살펴보았다.

여포가 진 앞으로 달려나왔다. 머리엔 세 가닥 비녀를 꽂은 상투관을 쓰고, 몸에는 서천 붉은 비단으로 만든 긴 웃옷을 입었다. 게나가 튼실한 갑옷과 허리띠를 두르고 있었다. 어깨엔 활과 화살통을 메고, 손에는 창을 들고, 바람 소리 내는 적토마 위에 앉아 있는 모습을 보니 참으로 씩씩한 모습이었다. 적토마 또한 보기 드문 말이었다.

왕광이 부하들을 돌아보았다.

"누가 나설 테냐?"

뒤쪽에서 장수 하나가 창을 들고 말을 몰아 나갔다. 하내의 유명한 장수 방열이었다. 그러나 방열은 맞서 싸운 지 채 5합도 못 되어 여포의 창에 찔려 말 아래로 고꾸라졌다. 여포가 다시 창을 높이 쳐들고 달려들자 왕광의 군사들은 정신을 못 차리고 사방으로 달아나기에 바빴다. 여포는 이리저리 마음대로 달리며 닥치는 대로 죽였다. 다행히 교모와 원유의 군사들이 왕광을 구하러 왔다. 여포는 그때에야 물러갔다.

세 제후는 이 싸움으로 군사와 말을 많이 잃고 30리나 뒤로 물러나 영채를 다시 세웠다. 뒤따라 다섯 제후들이 왔다. 모두들 여포가 뛰어난 영웅이라 해볼 사람이 마땅치 않다고 걱정하고 있는데 군사 하나가 달려왔다.

"여포가 또 싸움을 겁니다."

여덟 제후들은 모두들 말을 타고 군사를 여덟 길로 나누어 높은 언덕으로 올라갔다. 여포가 장수 깃발을 휘날리며 쳐들어오고 있었다.

상당 태수 장양의 부하인 목순이 말을 몰고 나가 창끝을 여포에게 들이밀었다. 그러나 여포의 손이 한 번 위로 올라가자 목순은 그 자리에서 말 아래로 떨어지고 말았다. 모두들 놀라 벌린 입을 다물지 못했다.

북해 태수 공융의 부하인 무안국이 쇠몽둥이를 휘두르며 앞으로 달려나갔다. 여포가 다시 달려나와 10합 넘게 싸웠다. 그러나 여포가 창을 한 번 쓰자 무안국의 팔 하나가 떨어져나갔다. 무안국은 하는 수 없이 도망을 쳤다. 여덟 제후의 군사들이 무안국을 구하기 위해 모두 나가자 여포가 물러갔다.

모두들 영채로 돌아가 다시 의논을 했다.

조조가 나섰다.

"여포가 워낙 날쌔서 해볼 이가 마땅치 않소. 열여덟 제후가 모두 모여 좋은 방법을 생각해야겠소. 여포만 사로잡는다면 동탁을 없애는 건 어려운 일이 아닐 텐데……."

그러는 사이 여포가 다시 군사를 이끌고 와 싸움을 걸었다. 여덟 제후들이 모두 나섰다. 공손찬이 먼저 창을 휘두르며 앞장섰다. 그러나 몇 합을 싸우지도 못하고 꽁무니를 뺐다. 여포는 적토마를 달려 공손찬을 쫓았다. 적토마는 하루에 1천 리를 가는 말이라 빠르기가 바람 같았다. 공손찬을 따라잡은 여포가 창을 들어 공손찬의 등을 찌르려 했다. 바로 그때 곁에 있던 한 장수가 부릅뜬 고리눈에 호랑이 수염을 바짝 세운 다음 장팔사모를 꼬나들고 나는 듯이 말을 달렸다.

"애비 성이 셋이나 되는 얼간이 같은 놈아! 도망가지 말고 연 땅 사람 장비를 알아 모셔라!"

여포가 뒤쫓던 공손찬을 버리고 장비에게 달려들었다. 장비는 정신을 바짝 차리고 여포와 힘껏 싸웠다. 쉬지 않고 50합 넘게 싸웠으나 이기고 짐이 갈라지지 않았다. 이에 관우가 82근짜리 청룡언월도를 노리개 다루듯 하며 달려나가 여포를 에워쌌다. 세 마리 말이 마치 고무래 정(丁) 자처럼 어우러져 30합을 싸웠으나 여포는 끄떡하지 않았다. 그러자 유비가 쌍고검을 단단히 쥐고 갈기가 누런 황종마를 급히 몰아 싸움을 거들었다. 세 사람이 여포를 에워싸고 공격하는 게 마치 등불을 가운데 두고 빙빙 도는 듯싶었다. 여덟 제후의 군사들은 모두들 넋을 잃고 바라볼 뿐이었다.

여포는 더는 견디기가 힘들자 유비의 얼굴을 겨누며 창으로 찌르는 시늉을 했다. 유비가 급히 몸을 피했다. 여포는 그 순간을 놓치지 않고 틈을 찾아 창을 거꾸로 메고 달아났다. 그러나 세 사람은 곱게 도망가게 두지 않고 말을 달려 여포를 쫓았다. 그제야 여덟 제후 군사들은 산이 울리도록 소리를 지르며 내달았다. 여포의 군사들은 앞을 다투어 관 쪽으로 도망쳤다. 유비·관우·장비는 계속 여포를 뒤쫓았다.

나중에 어떤 사람이 이때의 일을 시로 읊어 기렸다.

한나라 기운이 환제·영제에 이르렀을 땐

붉게 타던 해가 서산으로 기우는 꼴이었네

간신 동탁은 어린 황제를 몰아내 죽였는데

새로 황제가 된 유협은 꿈속에서도 놀라더라

조조가 세상에 글을 널리 띄우니

제후들이 뜻을 세워 군사를 일으켰네

원소를 떠받들어 우두머리 삼고

황실을 바로세워 좋은 세상 열자 했네

여포는 세상에 다시없을 씩씩한 영웅

뛰어난 재주가 온 세상에 떨치는구나

몸에는 용 비늘 찰랑거리는 갑옷을 입고

머리에 쓴 금상투관엔 꿩의 꼬리 꽂혀 있다

허리에 두른 띠엔 짐승 머리 오똑하고

비단옷에 박힌 봉황은 나래를 쭉쭉 펴네

용마가 뛰어오르면 바람도 같이 일고

싸늘한 창끝에선 서릿발 기운 뻗쳐나네

관문 나와 싸움 거나 아무도 못 나서고

제후들은 벌벌 떨며 눈치만 보는데

연 땅 사람 장비가 떨치고 나섰다네

손에는 장팔사모 길게 꼬나들고

호랑이 수염 곧추서서 금실처럼 나부끼며

부릅뜬 고리눈에서 번갯불을 내뿜는구나

유비·관우·장비가 여포와 맞서다.

한참을 싸워도 이기고 짐을 가르지 못하니

관우라고 보고만 있을쏘냐

청룡도를 내지르니 서릿발이 따로 없고

휘날리는 옷자락은 나비가 나는 듯하네

말발굽 소리 이르는 곳에선 귀신도 놀라 울고

눈알 부라리고 쏘아보면 어찌 핏물 아니 흐를까

씩씩한 유비마저 쌍고검 뽑아 드니

하늘 같은 무게로 씩씩함을 마음껏 떨치는구나

세 사람이 둘러서서 싸운 지 한참 되니

칼을 막고 창을 받기 바쁜 여포라네

외침 소리 크게 일어 하늘과 땅이 흔들리니

무서운 기운 가득 차서 별빛조차 싸늘하네

힘이 달린 여포는 달아날 길 찾아내서

산 쪽으로 말을 내달리네

방천극 기다란 창대 거꾸로 쥐고

금박 들인 오색기 어지러이 흩어지네

고삐마저 끊긴 적토마는 힘껏 내달리어

호뢰관으로 날아오르듯 하였다네

세 사람은 여포의 뒤를 쫓아 관 아래에 이르렀다. 관 위를
쳐다보니 때마침 부는 서풍에 푸른 비단으로 만든 일산이

나부꼈다.

장비가 큰소리로 외쳤다.

"저기에 바로 동탁이 있을 것이오. 여포를 뒤쫓은들 무슨 재미요? 아예 동탁을 잡아 뿌리를 뽑아버리는 게 낫지."

장비는 동탁을 잡는다고 말을 몰아 관 위로 올라갔다.

역적을 잡으려면 우두머리부터 잡아야 하리

특별한 공은 특별한 사람을 기다리는 법

과연 이기고 짐은 어떻게 갈라질는지…….

잿더미가 된 낙양

동탁은 화려한 궁궐을 불태우며 못된 짓을 하고
손견은 옥새를 감추며 다짐을 저버리다

장비는 말을 힘껏 달려 관 아래에 이르렀다. 그러나 관 위
에서 화살과 돌이 빗발치듯 해서 더 나아가지 못하고 돌아
왔다.

여덟 제후는 유비·관우·장비를 함께 불러 공로를 칭찬했
다. 그런 다음 원소한테 사람을 보내 소식을 알렸다. 원소는
바로 손견에게 격문을 띄워 공격하라고 했다. 손견은 황개
와 정보를 데리고 원술한테 갔다. 원술을 만나자 손견은 땅
바닥에 막대기로 금을 그으며 말했다.

"나는 동탁하고는 원래 원수진 일이 아무것도 없소. 그런

데도 화살과 돌멩이를 피하지 않고 목숨을 걸고 있소. 그건 위로는 나라를 위해 역적을 치고 아래로는 장군 가문의 원한을 풀어주기 위해서요. 그런데도 장군은 아랫것들이 나를 헐뜯는 말이나 곧이듣고 먹을거리와 말먹이를 보내주지 않아 싸움에 지게 했소. 그러고 나니 장군은 편하시오?"

원술은 쩔쩔매며 안절부절못했다. 하는 수 없이 원술은 손견을 헐뜯었던 사람의 목을 베게 한 뒤 손견에게 잘못을 빌었다.

그때 사람 하나가 손견을 찾아왔다.

"관에서 장수 하나가 말을 타고 찾아와 장군님을 뵙고 가겠다고 기다리고 있습니다."

손견은 원술과 헤어져 자신의 영채로 돌아갔다. 기다리는 장수는 동탁이 사랑하는 이각이었다.

"무슨 일로 왔느냐?"

"상국께서 좋게 보시는 분은 오로지 장군 한 분뿐입니다. 상국께서 저를 이리 보낸 뜻은 다름 아니라 상국의 따님과 장군의 아드님을 서로 짝지었으면 해서입니다."

손견이 화를 벌컥 냈다.

"동탁은 하늘의 뜻을 거스르고 황실도 뒤집은 놈이다. 내 그놈의 모든 피붙이를 없애 세상의 죄를 씻으려 하는데 그런 역적놈과 어찌 사돈을 맺을 수 있겠느냐? 너를 죽여 마땅하나 살려주니, 동탁이 있는 호뢰관으로 빨리 돌아가서 내 말을 전해라. 머뭇거리며 일을 그르치면 너를 빻아 가루로 만들어버릴 테다!"

이각은 머리를 싸쥐고 돌아가서 동탁에게 손건이 어떻게 함부로 굴었는지 일러바쳤다. 동탁은 화가 머리끝까지 뻗쳐 이유에게 어찌해야 좋을지 물었다.

이유가 대답했다.

"여포까지 싸움에 지니 군사들은 싸울 마음이 없습니다. 차라리 군사를 거느리고 낙양으로 돌아가 황제를 장안으로 옮기시도록 하는 게 좋겠습니다. 그렇게 하는 게 요즘 아이들이 부르는 노래에도 맞는 일일 듯합니다. 지금 이런 노래를 많이 부릅니다.

서에도 한나라
동에도 한나라
사슴이 장안으로 달려들면
모든 걱정 사라지리

'서에도 한나라'라는 말은 고조께서 서쪽 장안에 도읍을 정한 뒤 십이대를 이어온 걸 뜻합니다. '동에도 한나라'라는 말은 광무제께서 동쪽 낙양으로 도읍을 옮겨 오늘날까지 또 십이대를 이어온 걸 뜻하는 말입니다. 이건 하늘의 운세가 한 바퀴 돌아 제자리에 섰다는 말입니다. 그러니 상국께서 이번 기회에 장안으로 도읍을 다시 옮기시면 모든 걱정거리가 사라지겠지요."

동탁이 무척 기뻐했다.

"네 말이 아니었다면 나는 아무것도 모를 뻔했구나."

동탁은 여포를 데리고 낙양으로 돌아갔다.

낙양에 도착한 즉시 문무 벼슬아치들을 모아놓고 도읍을 옮기는 일을 의논했다.

동탁이 말했다.

"한나라가 동쪽 낙양에 도읍을 정한 지 이백 년이 지나 어찌 보면 나라의 운세가 많이 기울었다고 할 수 있소. 내 보기에 나라의 운세는 지금 서쪽 장안에 있소. 황제를 모시고 서쪽으로 가겠으니 모두들 도읍 옮기는 일을 서두르도록 하시오!"

사도 양표가 말했다.

"징인성의 관은 모두 허물어져버렸습니다. 별 까닭도 없이 종묘와 황제들의 능을 버리고 그리 간다면 백성들이 어찌 놀라지 않을 수 있겠소. 세상을 흔들기는 쉬우나 안정시키기는 무척 어려운 일입니다. 상국께선 다시 한 번 생각해보십시오."

동탁이 소리를 질렀다.

"주제넘게 네가 나라의 큰 틀을 깨부수겠다는 거냐!"

태위 황완이 나섰다.

"양사도의 말씀이 옳습니다. 옛날에 왕망이 역적질할 때
와 갱시·적미 때 장안은 몽땅 불타버려 잿더미가 되어버렸
지 않습니까? 그래서 백성들이 모두 떠나버려 백에 한두 집
도 남아 있지 않습니다. 새삼 멀쩡한 궁궐을 버리고 일부러
허물어져버린 곳으로 간다는 건 말이 되지 않습니다."

그러나 동탁은 고집을 계속 피웠다.

"관동 땅엔 역적들이 일어나 천하가 어지럽지 않은가? 장
안은 효산과 함곡 같은 험한 요새가 있다. 게다가 농우가 가
까우니 나무며 돌이며 벽돌·기와까지도 구하기가 어렵지
않을 거다. 궁궐을 짓는 데 한 달 남짓이면 충분하리라고 본
다. 그러니 여러 말 말라."

그 말에 사도 순상이 나섰다.

"상국께서 기어코 도읍을 옮기신다면 백성들이 난리를
피워 편하지 않을지 모르오."

동탁이 파르르 몸을 떨었다.

"내가 천하를 위해서 하는 일인데 그깟 백성들을 뭐 그리
신경 쓴단 말이냐!"

동탁은 그 자리에서 양표·황완·순상의 벼슬자리를 빼앗

은 뒤 내쫓아버렸다.

동탁이 밖으로 나와 수레에 오르려는데 두 사람이 수레를 향해 절을 했다. 상서 주비와 성문교위 오경이었다. 동탁이 무슨 일인지 물었다.

주비가 대답했다.

"상국께서 장안으로 도읍을 옮기시려 한다는 소문을 듣고 말리러 왔습니다."

동탁이 있는 대로 화를 냈다.

"너희 두 놈이 하는 말을 듣고 원소를 살려주었는데, 이제 원소가 반란을 일으켰으니 네놈들도 한 패거리다!"

동탁은 무사들에게 두 사람을 성 문 밖으로 끌고 가 목을 베라고 명령했다. 이어 도읍을 옮기는 천도 명령을 내리고 다음 날 안으로 모두 떠날 준비를 하라 했다.

이유가 말했다.

"지금 돈과 먹을거리 모두 부족합니다. 낙양에 부자들이 많으니 그들 재산을 거두어들이십시오. 특히 원소 패거리리고 할 수 있는 이들이 많습니다. 그 사람들 것만 빼앗아도 수만 금이 될 듯합니다."

동탁은 곧바로 말 탄 군사 5천 명을 무장시켜 수천 집의 낙양 부자들을 잡아들였다. 군사들은 그들의 머리 위에 '역적 떼'라고 쓴 기를 꽂아 성 밖으로 끌고 나가 목을 벤 다음 재산을 빼앗았다.

이각과 곽사는 낙양 백성 수백만 명을 끌고 장안으로 떠났다. 백성 한 무리 다음에 군사 한 무리가 따르는 식이었다. 앞뒤에서 서로 밀고 당기는 바람에 도랑과 골짜기에 빠지거나 떨어져 죽은 사람이 셀 수 없었다. 게다가 군사들은 여자들에게 못된 짓을 하거나 남의 식량을 마음대로 빼앗았다. 그래서 울부짖는 소리가 하늘과 땅을 울릴 정도였다. 조금이라도 발걸음을 더디 떼는 사람은 뒤에서 다그치는 군사 3천 명이 함부로 휘두르는 칼에 맞아 그대로 고꾸라졌다.

동탁은 낙양을 떠날 때 모든 성 문에 불을 지르고 백성들의 집도 다 불태웠다. 종묘와 궁궐에도 불을 질렀다. 남쪽과 북쪽의 두 궁궐에서 치솟는 불길이 서로 맞닿자 낙양은 마침내 잿더미가 되고 말았다.

동탁은 여포에게 옛 황제와 황후들의 무덤을 파헤쳐 그 안에 들어 있던 금은보석을 다 꺼내도록 했다. 이 틈을 타 군사들도 벼슬깨나 산 사람의 무덤은 물론 일반 백성들의 무덤도 마구 파헤쳤다.

마침내 동탁은 황금 구슬과 온갖 보물들을 수천 대의 수레에 나누어 실은 다음 황제와 황후와 후비들을 윽박지르며 장안으로 향했다.

한편 동탁의 부하 장수 조잠은 동탁이 낙양을 버리고 떠난 걸 알자마자 사수관을 열고 항복했다. 이에 손견이 군사를 몰고 들어갔다. 뒤이어 유비·관우·장비도 호뢰관으로 쳐들어가자 모든 제후들도 뒤따라 들어갔다.

손견은 나는 듯이 말을 달려 낙양성을 향했다. 멀리 시뻘건 불길이 하늘을 찌르고 시커먼 연기는 땅을 뒤덮었다. 2, 3백 리 사이에 닭 우는 소리, 개 짖는 소리 하나 들리지 않았고, 밥 짓는 연기 한 줄기 피어오르지 않았다.

손견은 군사들을 풀어 불부터 끄게 한 다음 뒤따라온 제후들에게 타고 남은 빈터를 잘 찾아 군사들이 머물 자리를 닦도록 했다.

조조는 원소한테 갔다.

"역적 동탁이 서쪽으로 도망치고 있는 거나 마찬가지이므로 뒤를 쫓아야 합니다. 그런데 본초는 왜 군사들을 못 움직이게 하고 가만히 있습니까?"

원소가 말했다.

"모두들 너무 지쳐서 쫓아가봐야 쓸데없는 일일지 몰라 그럽니다."

조조가 목소리를 높였다.

"역적 동탁놈이 궁궐에 불을 지르고 황제를 끌고 가서 세상이 뒤집혀 모두들 어찌해야 할지를 모르고 있소. 이는 바로 하늘도 동탁을 내치고 있다는 뜻이오. 한번 싸우면 세상을 우리 뜻대로 할 수 있는 좋은 기회인데 여러분들은 무얼 망설이시오?"

그러나 모든 제후들은 가벼이 움직여서는 안 된다며 한결같이 조조의 의견에 반대했다.

조조는 화가 잔뜩 났다.

"에잇, 보잘것없는 인간들 같으니라고!"

조조는 다른 제후들은 제쳐놓고 그 밤으로 혼자서 군사 1만 명 남짓을 이끌고 나갔다. 하후돈·하후연·조인·조홍·이전·악진 등이 조조와 함께 동탁의 뒤를 쫓았다.

한편 낙양을 떠난 동탁이 형양 지방에 이르렀을 때 태수 서영이 나와 맞았다.

이유가 동탁에게 당장 준비해야 할 일을 말했다.

"상국께서 낙양은 버리셨지만, 뒤쫓아올지도 모르는 적은 막을 준비를 하셔야 합니다. 서영에게 군사들을 성 밖 으슥한 곳에 숨겨두었다가 뒤쫓는 군사가 있거든 내버려두라 하십시오. 그놈들은 우리가 여기서 공격하면 됩니다. 그러면 도망치겠지요. 그때 서영의 군사들이 도망갈 길을 끊고 덮치면 다 죽일 수 있습니다. 그러면 더 쫓아오는 놈들도 없으리라 여겨집니다."

동탁은 이유가 하라는 대로 했다. 또 여포더러 날쌔고 씩씩한 군사들을 이끌고 멀찍이 떨어진 채 따라오라고 했다. 여포가 그 명령대로 하기 위해 움직이고 있을 때 조조의 군사들이 달려왔다.

"이유가 말한 대로구나!"

여포는 껄껄 웃으며 군사들을 늘어세웠다.

조조가 말을 몰고 뛰어와 소리쳤다.

"이 역적놈들아! 황제를 윽박지르고 백성들을 끌고 어디로 가는 게냐?"

여포가 대꾸했다.

"주인을 배반한 얼간이가 무슨 헛소리를 하느냐?"

하후돈이 창을 꼬나들고 여포에게 곧장 말을 몰았다. 몇 합이 지나지도 않았다. 이각이 한 무리의 군사를 이끌고 왼쪽에서 달려들었다. 조조는 그쪽을 하후연에게 맡겼다. 그러자 곧바로 오른쪽에서 외침 소리가 일며 곽사가 군사를 거느리고 밀고 들어왔다. 조조는 급히 조인을 보냈다. 그러나 조조의 군사는 세 군데서 몰아치는 군사들을 당해낼 수가 없었다. 하후돈은 이미 여포를 당해내지 못해 말을 돌려 진지로 돌아갔다. 여포는 이때를 놓치지 않고 말 탄 군사들과 함께 매섭게 휘몰아쳤다. 조조의 군사는 크게 져서 형양 땅을 바라보며 달아났다.

어느 거친 산자락에 이르렀을 때였다. 밤이 깊어지자 달이 낮처럼 밝았다. 싸움에 진 조조의 군사들이 솥을 걸고 밥을 막 지어 먹으려는 순간 사방에서 외침 소리가 터져나왔다. 숨어 있던 서영의 군사들이었다. 조조는 어찌해야 할지 몰라 허둥댔다. 급히 말을 채찍질하여 길을 뚫고 달아나다 서영과 딱 마주쳤다. 막 몸을 돌려 달아나는데 서영이 쏜 화살이 날아와 어깻죽지에 박혔다. 조조는 화살이 박힌 채 도망쳤다. 산모퉁이를 막 돌아가는데 풀숲에 숨어 있던 군사 둘이 조조의 말을 보고 뛰쳐나와 창으로 찔렀다. 조조가 탄 말이 창에 찔려 고꾸라졌다. 조조도 말에서 굴러떨어졌다. 두 군사는 재빠르게 조조를 사로잡았다. 바로 그때 장수 하나가 나는 듯이 말을 달려오더니 한칼에 군사 둘을 베어버렸다. 그가 말에서 뛰어내려 조조를 일으켰다. 조홍이었다.

조조가 말했다.

"나는 여기서 죽을 수밖에 없다. 너라도 빨리 여기를 벗어나라!"

"어서 말을 타시지요. 나는 걸어가겠습니다."

"적군이 뒤쫓아오는데 혼자서 어떡하려고?"

"천하에 조홍은 없어도 되지만 공은 없어서는 안 되는 분입니다."

"내가 다시 살아난다면 그건 오로지 네 덕분이다."

조조는 말에 올라탔다. 조홍은 갑옷을 벗어버리고, 칼만 차고 말을 따라 맨몸으로 뛰었다. 한밤중이 더 지나도록 그렇게 달렸다. 갑자기 한 줄기 큰 강이 앞을 가로막았다. 뒤에서는 외침 소리가 점점 더 가까이 들려왔다.

조조가 안타까워하며 한숨을 내쉬었다.

"이제 목숨이 다했구나. 어찌 살 수 있겠는가!"

조홍은 조조를 부축해 말에서 끌어내렸다. 급히 갑옷과 웃옷을 벗긴 뒤 조조를 등에 업고 강으로 뛰어들었다. 둘이 겨우 건너편 강언덕에 이르렀을 때 뒤쫓아온 적들은 강가에 서서 화살을 쏘아댔다. 두 사람은 물에 빠진 생쥐 꼴이 되어 도망쳤다.

두 사람은 날이 샐 때까지 30리 남짓을 달아나 어느 산언덕 밑에 퍼질러 앉았다. 채 숨을 돌리기도 전에 아우성치는 소리가 일더니 한 무리 군사가 달려왔다. 서영이 강 위쪽의 얕은 곳을 이용해 쫓아왔다.

조조는 쩔쩔매며 어찌할 바를 모르는데, 하후돈과 하후연이 말 탄 군사 한 떼를 거느리고 나는 듯이 달려와 소리질렀다.

"서영 이놈아, 우리 주공의 몸에 손대지 마라!"

서영이 곧바로 하후돈에게 달려들었다. 하후돈이 창을 꼬나들더니 몇 합을 겨루지도 않고 서영을 찔렀다. 서영이 말 아래로 고꾸라지자 남은 군사들은 슬금슬금 흩어져버렸다.

곧이어 조인·이전·악진 등이 군사들과 함께 달려왔다. 조조가 괜찮은 걸 보자 기뻤으나 금세 눈물이 앞을 가렸다. 겨우 목숨을 건진 조조는 남은 군사 5백 명과 함께 하내로 돌아갔다. 동탁의 군사는 계속 장안을 향해 나아갔다.

한편 나머지 제후들은 낙양에 그대로 머물러 있었다. 손견은 궁궐의 타다 남은 불을 다 끄고 나서 성 안에 군사를 머물게 한 뒤 건장전 터에 장막을 쳤다. 군사들은 깨진 기왓장 등을 깨끗이 치우고 동탁이 파헤친 무덤들도 다시 손을 보았다. 사당 자리에 임시로 세 칸짜리 집을 짓고 여러 제후들과 함께 역대 황제의 신위를 모신 다음 소를 통째로 바치며 제사를 지냈다.

제사가 끝나자 모두들 흩어졌다. 손견도 자기 영채로 돌아갔다. 유난히 달도 밝고 별도 반짝이는 밤이었다. 손견은 칼을 들고 밖에 나와 하늘을 쳐다보며 운수를 살폈다. 자미원 별자리에 맑지 않고 희끗희끗한 기운이 뻗쳐 있었다.

손견은 혼자 중얼거렸다.

"황제 별이 밝지 못하구나. 역적이 나라를 어지럽혀 온 백성이 구렁텅이에 빠지고 도읍이 쑥대밭이 되고 말았으니……."

손견은 자신도 모르게 눈물을 주르륵 흘렸다. 그때 곁에 있던 군사 하나가 손가락으로 한곳을 가리키며 말했다.

"궁전터 남쪽 우물에서 다섯 빛깔 기운이 뻗쳐나옵니다."

손견은 군사들에게 햇불을 들고 우물을 살펴보라 하였다. 우물을 다 치우고 나자 한 여자의 시체가 나왔다. 우물에 빠져 죽은 지는 여러 날 되는 성싶으나 상한 데도 없고 심하게 썩지도 않았다. 궁중 옷차림에 비단 주머니 하나가 목에 매달려 있었다. 비단 주머니를 끌러보았다. 황금 사슬로 단단히 묶인 주홍빛 작은 상자 하나가 나왔다. 상자를 열어보았더니 황제의 도장인 옥새가 들어 있었다. 옥새 크기는 네 치 정도였으며, 위쪽에 5마리 용이 서로 뒤엉킨 모습이 도드라지게 새겨져 있었다. 깨진 한쪽 모서리를 금으로 때운 자국이 뚜렷했다. 옥새엔 '하늘의 명령을 받아 영원토록 잘되리라'라는 글씨가 전자체로 새겨져 있었다.

손견이 정보에게 이 옥새에 대해 묻자 정보가 자세히 일렀다.

"이건 나라를 전할 때 같이 전해지는 옥새입니다. 이 옥에는 사연이 얽혀 있습니다. 옛날에 변화라는 사람이 형산 아래에서 웬 봉황이 돌 위에 집을 짓는 걸 보고 그 돌을 가져다가 초나라 문왕에게 바쳤답니다. 왕이 그 돌을 깨뜨려보

손견이 우물에서 옥새를 찾다.

라고 해서 그리했더니 이 옥이 들어 있었지요. 진나라 이십육년에 시황제가 옥공을 시켜 옥새를 만들게 하고 이사가 글자를 썼답니다. 이십팔년에 시황제가 전국을 돌아보기 위해 동정호를 건너는데, 바람이 거세게 일어 배가 뒤집히게 되었지요. 그때 이 옥새를 급히 호수에다 던졌더니 물결이 잔잔해졌답니다. 또 삼십육년에 시황제가 화음 땅에 이르렀을 때 어떤 사람이 나타나 길을 막더니 곁에 있는 사람에게 옥새를 주며 '이걸 황제에게 돌려주시오' 하고선 사라졌답니다.

그렇게 해서 이 옥새는 다시 진나라 것이 되었는데, 그 이듬해에 시황제는 세상을 떴답니다. 나중에 자영이 이 옥새를 한고조께 바쳤습니다. 그런데 왕망이 반역할 때 효원황태후께서 왕심과 소헌을 때리려고 옥새를 던지는 바람에 모서리가 망가졌지요. 그래서 이렇게 금으로 때웠지요.

그 뒤 광무제께서 이것을 의양에서 얻으신 이래 대대로 지금까지 전해져 내려왔습니다. 들자니 십상시 난 때 어린 황제였던 소제께서 북망산으로 끌려가셨다가 돌아와보니 없어졌다고 했습니다. 하늘이 이걸 주공께 내리시니, 틀림없이 황제의 자리에 오르실 수 있습니다. 여기 이러고 있을 게 아니라 빨리 강동으로 돌아가셔서 큰일을 미리 준비하시는 게 좋을 듯합니다."

손견이 고개를 끄덕였다.

"그대 말이 내 마음 그대로이네. 병이 났다고 하고선 내일 당장 돌아가야겠네."

이렇게 결론이 나자 군사들에게도 이 사실을 입 밖에 내지 못하게 했다. 그러나 군사들 가운데에 원소와 같은 고향 출신 하나가 그 밤으로 이 일을 원소에게 일러바칠 줄은 아무도 몰랐다. 그는 이 일을 출세의 디딤돌로 삼으려 했다. 원소는 그에게 상을 넉넉하게 내리고 자기 군사들 틈에 숨겨두었다.

다음 날 손견이 원소를 찾아갔다.

"몸에 병이 생겨 장사로 돌아갈까 합니다. 떠나는 인사를 드리러 왔습니다."

원소가 쓴웃음을 지었다.

"내가 그대의 병을 알고 있소. 옥새 때문에 병이 났지요?"

손견의 얼굴빛이 변했다.

"무슨 말씀이십니까?"

"우리가 군사를 일으켜 역적을 치는 건 나라를 위한 일이오. 옥새는 바로 나라의 보물이니, 공이 그걸 얻었다면 여러 사람들이 지켜보는 앞에서 맹주인 나에게 맡겨두어야 하오. 그랬다가 동탁을 죽이면 나라에 다시 바치는 게 옳은 일이오. 그런데 그걸 감추고 떠나려 하니, 도대체 어쩌자고 그러지요?"

손견이 시치미를 뗐다.

"옥새가 어떻게 나한테 있다고 그러시오?"

원소가 다그쳤다.

"그래요? 건장전 우물 속에서 나온 물건은 지금 어디에 있소?"

"내겐 그런 데서 나온 물건이 아무것도 없습니다."

"다 알고 있으니 어서 빨리 내놓으시오. 괜히 화를 당하지 말고!"

그러자 손견이 하늘을 가리키며 다짐을 했다.

"내가 그런 보물을 가지고 있으면서도 없다고 한다면 결코 좋게 죽지 못할 거요. 칼과 화살을 맞아 죽으리라!"

그러자 여러 제후들이 손견을 거들었다.

"문대가 저렇게 다짐까지 하는 걸 보면 가지고 있지 않은 게 틀림없는 듯합니다."

원소는 숨겨두었던 군사를 들라 했다.

"우물에서 옥새가 나올 때 이 사람도 있었을 텐데?"

손견이 발끈하며 칼을 뽑아 그 군사를 죽이려 들었다.

원소도 칼을 뽑아 들었다.

"네가 이 사람을 죽이려 드는 걸 보니 나를 속인 게 분명하다!"

복숭아밭에서 다짐하다　　　　　　　　　　　193

원소 뒤에 있던 안량·문추가 칼을 빼어 들었다. 그러자 손견 뒤에 있던 정보·황개·한당도 칼을 빼어 들었다. 제후들이 앞으로 나서서 말렸다. 손견은 곧장 말을 타고 돌아가 영채를 거둔 뒤 낙양을 떠났다.

원소는 단단히 화가 났다. 그래서 편지 한 통을 써서 마음속으로 깊이 믿는 부하를 시켜 형주 자사 유표에게 갖다주도록 했다. 손견이 돌아가는 길을 막고 옥새를 빼앗으라는 내용이었다.

이튿날 동탁의 뒤를 쫓았던 조조가 형양에서 크게 지고 돌아왔다는 보고가 들어왔다. 원소는 사람을 보내 조조를 들게 한 뒤 여러 제후들과 함께 술자리를 베풀어 조조를 위로했다. 술 한 잔을 비운 뒤 조조가 길게 한숨을 내쉬었다.

"내가 나라를 위해 역적을 없애려고 뜻을 일으키자 여러분 모두 그 뜻을 받아들여 모여주었소. 원래 내 생각은, 본초께서는 하내 군사들을 이끌고 맹진으로 나오고, 산조의 여러 장수들은 성고를 굳게 지키면서 오창을 발판으로 삼는 거였소. 이어 환원과 태곡을 막아 험하고 중요한 지점을 차지하고자 했소. 그렇게 한 뒤 원술 장군은 남양 군사들과 함께 단수현과 석현에 머물면서 무관으로 들어가 삼보를 찍어누르도록 하고 싶었소. 모두들 나가 싸울 필요 없이 도랑을 깊이 파고 방어벽을 단단히 갖추어 지키면서 군사가 많은 것처럼 꾸몄어야 합니다. 그런 뒤 적을 윽박지르면서 천하의 큰 흐름이 이미 결정난 듯이 했어야 합니다. 그리했다면 역적들을 어렵지 않게 칠 수 있었습니다. 그런데 여러분께서는 어인 일인지 망설이며 움직이지 않아 백성들의 바람을 저버렸으니, 나로서는 부끄럽기 짝이 없습니다."

원소를 비롯하여 모두들 대꾸할 말이 없었다. 그리하여 술자리는 금세 끝나고 말았다.

조조는 원소와 제후들이 저마다 딴생각들을 품고 있어 같이 큰일을 함께 할 수 없다는 걸 깨달았다. 그래서 군사를 이끌고 양주로 가버렸다.

공손찬이 유비·관우·장비에게 말했다.

"원소는 무슨 일을 할 만한 능력이 없네. 여기 오래 머물다가는 어떤 일이 일어날지 모르니 우리도 그만 돌아가세."

공손찬은 영채를 거두어 북으로 떠났다. 가다가 평원에 이르자 유비를 평원상으로 삼아 다스리게 한 뒤 자신은 북평으로 돌아가 군사를 기르는 데 더욱 힘을 썼다.

연주 태수 유대는 동군 태수 교모에게 군사들 먹일 식량을 꾸어달라고 했다. 교모는 이런저런 핑계를 대며 꾸어주지 않았다. 유대는 교모의 영채로 쳐들어가 교모를 죽이고 그의 군사들의 항복을 받아냈다.

원소는 여러 제후들이 각각 흩어져가자 자신도 군사들을

끌고 낙양을 떠나 관동으로 가버렸다.

한편 형주 자사 유표는 산양 고평 사람으로 자는 경승이고, 한나라 황실의 친족이다. 어릴 때부터 벗 사귀기를 좋아해 명사 7명과 가까이 지냈다. 사람들은 그들을 일러 강하의 빼어난 여덟 사람이라 했다. 유표를 뺀 7명은 자가 중린인 여남의 진상, 자가 맹박인 여남의 범방, 자가 세원인 노국의 공욱, 자가 중진인 발해의 범강, 자가 문우인 산양의 단부, 자가 원절인 산양의 장검, 자가 공효인 남양의 잠질 등이다.

유표는 이들과 가깝게 지내면서 연평 사람인 괴량·괴월 형제와 양양 사람인 채모의 도움을 받고 있었다.

유표는 원소의 편지를 받자 곧바로 괴월과 채모에게 군사 1만 명을 이끌고 나가 손견의 길을 막으라고 했다. 손견의 군사가 가까이 보이자 괴월은 진을 벌린 뒤 말을 타고 앞으로 나섰다.

손견이 괴월을 보고 먼저 물었다.

"괴이도는 어인 일로 군사를 거느리고 나와 내 앞길을 막으시오?"

괴월이 대답했다.

"너는 한나라의 신하로서 어쩌자고 옥새를 몰래 가지고

박상률 완역 삼국지 1

있느냐? 옥새를 내놓아라. 그러면 길을 터주겠다."

손견은 발끈하여 황개더러 나가 싸우라고 했다. 채모가 칼을 춤추듯 휘두르며 달려나왔다. 둘이 어우러져 싸우기 시작했다. 어느 순간 황개가 휘두른 쇠채찍이 채모의 가슴 보호대를 제대로 쳤다. 채모는 그만 말 머리를 돌려세우더니 달아나기 시작했다.

손견은 기운을 몰아 괴월의 군사를 깊숙이 쫓아 들어갔다. 갑자기 산 뒤쪽에서 징 소리, 북소리가 크게 일더니 유표가 군사를 이끌고 나타났다.

손견이 말 위에서 예의를 갖추며 인사를 했다.

"경승은 어인 일로 원소의 편지만 믿고 이웃에게 함부로 하시오?"

유표가 대답했다.

"옥새를 가지고 역적질을 하려 하니까 그렇다!"

"내가 옥새를 가지고 있다면 칼과 화살을 맞아 죽겠습니다!"

"그 말이 거짓이 아니라면 지금 당장 네 군사들의 짐을 뒤져보게 하라!"

유표의 말에 손견이 더 참지 못하고 막말을 했다.

"네가 무슨 힘을 믿고 나를 함부로 대하느냐?"

손견이 막바로 싸울 자세를 갖추었다. 그러나 유표는 바로 물러갔다. 손견이 말을 달려 쫓았다. 바로 그때였다. 양

쪽 산에 숨어 있던 군사들이 한꺼번에 쏟아져나왔다. 뒤에
서는 괴월과 채모가 달려나왔다. 손견은 가운데에 갇히는
꼴이 되어버렸다.

옥새를 가져 어디에 쓰려는고
그것 때문에 칼끝만 춤을 추네

과연 손견은 위기를 어떻게 벗어날는지……

제7회

반하 싸움

원소와 공손찬이 반하에서 싸우고
손견은 강을 건너 유표를 치다

손견은 유표의 군사들에게 에워싸였으나 정보·황개·한당 세 장수가 죽기 살기로 싸워 겨우 그 자리를 벗어났다. 그러나 군사를 거의 반이나 잃고 나서야 가까스로 길을 뚫고 강동으로 돌아갔다. 손견은 이때부터 유표와 원수 사이가 되었다.

한편 원소는 하내에 머물고 있었다. 그런데 군사들의 식량과 말먹이가 늘 모자랐다. 이때 기주목 한복이 사정을 미리 알고 군사들이 먹을 식량을 보내왔다.

모사 봉기가 원소에게 속닥거렸다.

"천하를 주름잡고 다니실 대장부가 남이 갖다주는 것이나 얻어먹고 있어야겠습니까? 기주는 곡물이 넉넉한 곳이라 온갖 물자도 넘치는 곳입니다. 장군께서는 어찌 그곳을 손안에 넣지 않으십니까?"

"마땅한 방법이 없는데 어쩌겠는가?"

봉기가 슬며시 부추겼다.

"공손찬을 움직이면 됩니다. 기주를 함께 치자는 글을 몰래 보내십시오. 그러면 공손찬은 반드시 군사를 일으킵니다. 한복은 그리 생각이 깊지 않은 인물이라 틀림없이 장군께 도와달라고 할 겁니다. 그렇게 되면 기주는 쉽게 얻을 수 있습니다."

원소는 좋아라 했다. 곧바로 공손찬에게 보내는 편지를 썼다. 함께 기주를 쳐서 그 땅을 반씩 나누어 갖자는 내용이었다. 공손찬은 편지를 받자 좋아하며 그날로 곧장 군사를 일으켰다. 원소는 이번엔 한복에게 몰래 사람을 보내 공손찬이 쳐들어가니 준비하라고 일렀다.

한복은 급히 순심과 신평 두 사람을 불러놓고 의논했다.

순심이 말했다.

"공손찬이 연·대 두 곳의 군사만 끌고 쳐들어와도 막아내기가 힘듭니다. 그런데 유비·관우·장비까지 곁에 있으니 해볼 방법이 없습니다. 아무래도 원본초한테 도움을 청해야 할 듯합니다. 본초는 지혜와 용기가 있는데다 그 밑에 이름난 장수도 많습니다. 곧바로 사람을 보내 기주를 같이 다스리자고 하십시오. 틀림없이 장군을 정성스레 대접할 테니까 공손찬 때문에 걱정하지 않아도 되지요."

한복이 곧바로 별가 관순을 원소에게 보내려 하자 장사 벼슬을 살고 있는 경무가 말렸다.

"원소는 지금 풀리는 일이 하나도 없고 앞뒤가 꽉꽉 막혀 있어 오히려 우리 눈치를 보는 처지입니다. 우리가 먹을 걸 주지 않으면 젖줄 끊긴 아이처럼 바로 굶어 죽고 맙니다. 그런데 그런 사람한테 고을 일을 맡기시다니요! 이건 굶주린 호랑이한테 양 울타리 문을 열어주는 꼴입니다."

한복이 고개를 저었다.

"나는 원래 원씨 집안 덕에 벼슬을 살았다. 물론 재주도 본초만 못하지. 옛말에도 '어진 이를 찾아 자리를 내준다' 했거늘 뭘 그리 따지나!"

경무가 한숨을 길게 내쉬었다.

'기주도 이젠 더 볼 것 없구나!'

일이 이렇게 되자 벼슬을 버리고 떠나는 이가 30명도 더 되었다. 그러나 경무와 관순은 성 밖에 숨어 원소가 오기를 기다렸다.

며칠 지나자 원소가 군사를 거느리고 들어왔다. 경무와 관순은 원소를 죽이기 위해 칼을 뽑아 들고 뛰쳐나갔다. 그러나 경무는 원소의 장수 안량의 칼에 베이고 말았다. 이어 관순은 문추한테 당했다.

원소는 기주에 들어가자 한복을 분위장군으로 삼았다. 이어 부하인 전풍·저수·허유·봉기 등에게 고을 일을 나누어 맡겼다. 물론 한복은 아무것도 하지 못하도록 해버렸다.

한복은 그제야 뉘우쳤지만 이미 돌이킬 수 없었다. 마침내 가족조차 버리고 혼자서 말을 타고 기주성을 빠져나왔다. 진류 태수 장막에게 몸을 맡기기 위해서였다.

한편 공손찬은 원소가 기주를 차지한 것을 알자 아우 공손월을 원소에게 보내 약속대로 하자고 했다.

원소가 공손월에게 말했다.

"자네 형이 직접 왔으면 좋겠네. 서로 의논할 게 있네."

공손월은 하는 수 없이 그대로 돌아갈 수밖에 없었다. 채 50리도 못 갔을 때였다. 갑자기 길가에서 사나운 범 같은 군사 한 무리가 뛰쳐나오며 소리를 질렀다.

"우리는 동상국의 장수들이다!"

미처 피할 새도 없이 화살이 쏟아져 공손월은 그 자리에서 죽고 말았다. 따라갔던 사람 하나가 겨우 도망쳐 공손찬에게 공손월의 죽음을 알렸다.

공손찬이 분을 삭이지 못하고 가슴을 쳤다.

"원소란 놈이 나를 속이다니! 나보고 한복을 치게 하고선 제놈은 그새 기주를 차지하더니, 이젠 동탁의 군사라고 속이면서 내 아우를 죽였겠다? 내 이 원수를 반드시 갚고야 말겠다!"

공손찬은 군사를 있는 대로 모두 거느리고 기주로 쳐들어갔다. 원소는 공손찬의 군사가 온다는 보고를 받자 역시 군사를 거느리고 나왔다. 양쪽 군사는 반하에서 서로 맞닥뜨렸다. 반하를 사이에 두고 원소의 군사는 다리 동쪽에, 공손찬의 군사는 다리 서쪽에 진을 쳤다.

공손찬이 말을 타고 다리 위로 가 외쳤다.

"배신자 놈아! 나를 속이다니!"

원소 역시 다리 위로 말을 타고 나와 공손찬에게 손가락질을 하며 소리 질렀다.

"한복이 스스로 부족함을 알고 내게 기주를 내주었는데 네까짓 게 웬 잔말이냐?"

공손찬이 잔뜩 화난 목소리로 꾸짖었다.

"지난번엔 네가 제법 나라를 위하는 줄 알고 맹주로 삼았었다. 그런데 지금 보니 이리 같은 마음보에 개 같은 짓만 골라서 하는 놈이구나. 그 낯짝으로 세상을 어찌 살려

하느냐?”

원소의 목소리가 갈라졌다.

“저놈을 누가 사로잡을 텐고?”

미처 말이 끝나기도 전에 문추가 창을 꼬나잡고 말을 달려 다리 위로 뛰쳐나왔다. 공손찬과 문추는 다리 곁에서 맞붙어 10합을 넘게 싸웠다. 그러나 공손찬은 힘이 달려 문추를 해하지 못하고 달아났다. 문추는 남은 힘을 더해 공손찬을 쫓았다. 공손찬은 진중으로 도망쳤다. 그러자 문추는 나는 듯이 말을 달려 중군 안까지 뛰어들어 휘젓고 다녔다. 공손찬의 날랜 장수 넷이 문추에게 한꺼번에 달려들었다. 그러나 문추가 넷 가운데에 하나를 찔러 말 아래로 떨어뜨리자 나머지 셋은 달아나버렸다. 문추는 다시 공손찬을 잔뜩 노리고 무찔러 그를 진 밖으로 몰아냈다.

공손찬은 산골짜기 쪽으로 죽을힘을 다해 달아났다.

문추는 더 빠르게 말을 몰며 소리쳤다.

“그만 도망가고, 말에서 내려 빨리 항복해라!”

공손찬의 손엔 이미 활도, 화살도 쥐어 있지 않았다. 투구도 언제 벗겨졌는지 머리가 제멋대로 풀어헤쳐진 채 나풀거렸다. 그 꼴로 말을 몰아 도망을 쳤다. 막 언덕을 넘어가는데 말이 앞발을 구부리며 쓰러졌다. 그 바람에 공손찬은 언덕 아래로 굴러떨어지고 말았다.

뒤쫓아온 문추가 기회를 놓치지 않고 창으로 찌르려 했다. 그때 갑자기 언덕 왼쪽 숲에서 어린 장수 하나가 창을 꼬나들고 나는 듯이 말을 달려나와 문추에게 달려들었다. 그 틈을 타 공손찬은 언덕으로 기어 올라갔다. 어린 장수는 키가 8자 정도 되어 보였다. 짙은 눈썹에 큼직한 눈, 넓은 얼굴에 두 겹 진 턱 등이 아주 의젓하고 씩씩하기 짝이 없었다. 문추와 거세게 5, 60합이 되도록 싸웠으나 끝이 나지 않았다. 그때 공손찬의 군사가 달려왔다. 문추는 하는 수 없이 말 머리를 돌려 도망갔다. 어린 장수도 뒤쫓지 않았다.

공손찬은 서둘러 언덕 아래로 내려와서 어린 장수의 이름을 물었다.

어린 장수가 몸을 굽히며 대답했다.

"저는 상산의 진정에서 났습니다. 이름은 조운이며 자는 자룡입니다. 얼마 전까지 원소 밑에 있었습니다. 그런데 원소를 보니 나라를 위하는 마음도 없고 백성을 건지려는 마음도 없어 뛰쳐나와 장군을 모시려고 오던 길이었습니다. 이렇게 뵐 줄은 정말 몰랐습니다."

공손찬은 뿌듯한 마음으로 조운을 데리고 영채로 돌아와 군사들을 다시 살펴보았다.

다음 날 공손찬은 군사를 왼쪽·오른쪽 두 부대로 나누어 날개를 펴듯이 세웠다. 군사들이 타고 있는 말 5천 마리는 거의 흰말이었다. 전에 강족 사람들과 싸울 때 흰말을 탄 군사들을 일부러 뽑아 앞장세우고 자신은 백마장군이라 일컬은 적이 있다. 그때 강족 사람들은 흰말만 보면 달아났다. 그리하여 공손찬의 군대엔 흰말이 많게 되었다.

원소는 안량과 문추를 앞장세웠다. 두 장수는 저마다 궁노수 1천 명씩을 거느리고 역시 왼쪽·오른쪽 두 부대로 나누었다. 왼쪽에 있는 부대는 공손찬의 오른쪽 부대와 맞서고, 오른쪽 부대는 공손찬의 왼쪽 부대와 맞섰다. 또 국의에게는 활 쏘는 궁수 8백 명과 일반 군사 1만 5천 명을 거느리게 하여 진영 가운데에 배치했다. 원소 자신은 말 탄 군사와 일반 군사 수만 명을 이끌고 뒤에서 싸움이 어떻게 펼쳐지는가를 보아가며 움직이기로 했다.

공손찬은 만난 지 얼마 안 되어 아직 그 속내를 다 알 수 없는 조운에 따로 군사를 조금 주며 뒤에 남아 있게 했다. 대장 엄강을 앞장서게 한 뒤 자신은 말 위에서 중군을 거느리고 다리 위로 갔다. 그의 곁에선 동그랗고 붉은 바탕에 금실로 장수 수(帥) 자를 새긴 깃발이 펄럭였다.

아침 먹을 때쯤이 되자 싸움을 알리는 북소리가 시끌벅적하게 울렸다. 그러나 아침나절이 다 지나가도록 원소의 군사들이 꼼짝도 하지 않았다. 국의가 궁수들을 화살을 막는 방패 뒤에 숨어 있게 한 뒤 쾅 소리가 날 때 한꺼번에 활을 쏘라고 했기 때문이다.

엄강은 적을 기다리다 지쳐 군사들에게 북을 치고 소리를 지르며 국의의 진영 안으로 쳐들어가도록 했다. 그때까지도 국의의 군사들은 꼼짝 않고 기다렸다. 마침내 엄강의 군사들이 바로 코앞까지 밀고 들어왔다. 그때 쾅 소리가 났다. 그러자 그 소리를 기다리던 8백 명이 한꺼번에 활을 쏘기 시작했다.

엄강은 쏟아지는 화살을 피해 달아나려 했으나 때를 맞춰 말을 달려나온 국의의 칼을 피하지 못하고 말 아래로 고꾸라졌다.

공손찬의 군사들이 크게 지고 있는 싸움이었다. 자기 편 군사들을 구하기 위해 오른쪽·왼쪽 두 부대가 달려들려고 애썼지만 안량·문추의 군사들이 퍼부어대는 화살을 피할 길이 없었다. 원소의 군사들은 기회를 놓치지 않고 앞으로 나아가 단숨에 다리 가까이까지 다가갔다. 국의가 칼을 들더니 깃발을 들고 있는 장수를 친 다음 깃발도 망가뜨려버렸다. 공손찬은 장군 깃발이 짓밟히는 걸 보자 다리에서 내려가 그대로 도망쳤다. 국의는 군사들을 다그쳐 공손찬의 뒷부대가 있는 데까지 무찔러나갔다. 바로 거기에 조운이 있었다.

조운은 창을 길게 꼬나들고 말을 몰아 곧장 국의에게 달려들었다. 싸운 지 몇 합 되지도 않았을 때 조운의 창끝이 국의를 찔렀다. 국의를 말 아래로 고꾸라지게 한 조운은 홀로 원소의 군사들 속으로 뛰어들었다. 조운은 이리 뛰고 저리 뛰며 마구 헤집고 다녔다. 이 기운을 몰아 공손찬도 군사들을 되돌려 덮치자 원소의 군사들은 크게 져서 달아나기 시작했다.

한편 원소는 뒤에다 멀찌감치 진을 치고 싸움이 어떻게 돌아가나 지켜보고 있었다. 조금 전 연락 군사의 말로는 국의가 장수를 베고 깃발도 망가뜨리고 도망가는 적군들을 쫓고 있다고 했다. 그래서 별다른 준비 없이 전풍과 함께 창을 든 군사와 활을 쥔 군사 몇백 명만 거느리고 싸움 구경이나 할 생각으로 말을 타고 나왔다.

원소가 껄껄 웃으며 공손찬을 비웃었다.

"공손찬 이놈, 바보 같은 놈아!"

바로 그 순간이었다. 조운이 어디선가 나타나 국의의 군사들을 마구 무찌르고 있었다. 활 쥔 군사들이 급히 활을 쏘려고 하자 조운은 눈 깜짝할 새에 그들을 마구 찔러 죽였다. 그러자 군사들은 모두 활을 버리고 달아나기에 바빴다. 어느새 뒤쪽에서는 공손찬의 군사들이 몰려오고 있었다.

전풍이 숨넘어가는 소리로 원소에게 말했다.

"저 우묵한 담 밑에라도 우선 숨으시지요!"

원소가 투구를 벗어 내동댕이치며 소리를 꽥 질렀다.

"대장부가 싸움터에 나왔으면 싸우다 죽는 거지, 어찌 숨어서 살기를 바라겠느냐!"

이 말에 원소의 군사들이 죽기 살기로 막아내니 조운으로서도 더는 쳐들어가지 못했다. 그러는 사이 원소의 대부대가 몰려오고 안량 또한 군사들을 이끌고 와서 양쪽에서 치고 들어왔다.

조운은 공손찬을 보호하며 여러 겹으로 둘러싼 적군들을 뚫고 다시 다리 가까이에 이르렀다. 원소가 대부대를 몰고 다리 건너로 쫓아왔다. 그 바람에 미처 피하지 못한 공손찬의 군사들은 강물에 떨어져 수없이 죽었다.

원소가 앞장서서 뒤쫓아왔다. 그러나 5리도 미처 못 갔을 때 산 뒤쪽에서 갑자기 외침 소리가 크게 일더니 한 무리의 군사들이 쏟아져나왔다. 앞장선 장수를 보니 유비·관우·장비였다. 그들은 평원에 있다가 공손찬이 싸우고 있다는 소식을 듣자마자 말을 몰아 달려왔다.

말을 탄 세 장수가 저마다의 무기를 들고 원소에게 한꺼번에 달려들자 원소는 넋이 나가 손에 들고 있던 보검마저 떨어뜨린 채 허둥지둥 달아났다. 그나마 여러 군사들이 죽음을 무릅쓰고 그를 구한 까닭에 다리를 건너갈 수 있었다.

그쯤 해서 공손찬은 군사들을 거두어 영채로 돌아갔다.

유비·관우·장비가 와서 인사를 하자 공손찬이 고마움을 나타냈다.

"현덕이 먼 길 무릅쓰고 달려와서 구해주지 않았다면 큰일 날 뻔했네."

이어 조운을 불러 세 사람과 인사를 나누게 했다. 유비는 조운을 보자마자 마음에 딱 들어 자기 곁에서 떼어놓고 싶지 않았다.

한편 원소는 한바탕 싸우고 나자 넋이 나갔는지 자리를 지키고 앉아 꿈쩍도 하지 않았다. 양쪽 군사는 한 달이 넘도록 싸우지 않고 서로 마주 보고 버티기만 했다. 그동안 원소와 공손찬이 싸운 일을 어떤 사람이 장안에 가서 동탁에게 알렸다.

이유가 동탁에게 은근히 말했다.

"원소와 공손찬은 누가 봐도 우리 시대의 인물입니다. 지금 반하에서 서로 싸우고 있다 하니 황제의 조서를 보내 싸움을 말리고 사이좋게 지내도록 하는 게 어떨지요? 그러면 두 사람은 감격해서 틀림없이 태사를 따릅니다."

"음, 그렇게 하지."

동탁은 다음 날 곧바로 태부 마일제와 태복 조기에게 조서를 받들고 다녀오게 했다. 두 사람이 하북에 이르자 원소는 1백 리 밖까지 나와 두 번 절하고 조서를 받았다. 그 뒷날 두 사람은 공손찬에게 가서 조서를 주었다. 이에 공손찬은 원소에게 편지를 보내 서로 사이좋게 지내자고 했다. 마일제와 조기는 장안으로 다시 돌아갔다. 공손찬은 그날로 군사를 거두어 돌아가면서 유비를 평원상으로 삼아달라는 글을 조정에 올렸다.

유비와 조운은 헤어지기가 아쉬워 서로 손을 놓지 못하고 눈물을 흘렸다.

조운이 한숨을 내쉬었다.

"저는 공손찬이 영웅인 줄 알았습니다. 그런데 지금 보니 원소하고 하나도 다를 게 없는 사람이군요."

현덕이 눈물을 흘리며 말했다.

"그대는 아직 몸을 낮추고 섬기도록 하오. 반드시 만날 날이 있을 거요."

이때 남양에 있던 원술은 원소가 기주를 차지했다는 소식을 듣고 말 1천 마리만 보내달라고 했다. 그러나 원소는 그의 부탁을 들어주지 않았다. 원술은 화가 몹시 났다. 이 일로 형제 사이가 벌어졌다.

원술은 이번엔 형주로 사람을 보내 유표에게 식량 20만 석만 꾸어달라고 했다. 그러나 유표 역시 그의 부탁을 들어주지 않았다. 이에 원술은 분한 마음을 품고 손견에게 편지를 보내 손견이 유표를 치도록 들쑤셨다.

저번에 유표가 공의 길을 막은 건 모두 나의 형 본초가 시킨 짓
이었습니다. 그런데 본초는 또 유표와 짜고 강동을 치려 합니
다. 공은 빨리 군사를 일으켜 유표를 치십시오. 나는 공을 위해
본초를 치겠습니다. 그렇게 원수를 갚고 나면 공은 형주를 차
지하십시오. 나는 기주를 가지겠습니다. 부디 기회를 놓치지
말고 실수하지 않도록 하십시오.

손견은 편지를 다 읽자 이를 부드득 갈았다.
"괘씸한 유표놈! 내가 강동으로 돌아올 때 주제넘게 길을
막던 일을 어찌 잊었겠느냐! 지금이 기회다. 이런 때 원수
를 갚지 않으면 언제 갚겠느냐?"
손견은 정보·황개·한당 등을 바로 불러 의논했다.
정보가 먼저 입을 열었다.
"원술은 워낙 거짓말을 잘합니다. 편지 내용을 그대로 믿
어서는 안 됩니다."
그러나 손견은 자기 뜻을 굽히지 않았다.
"나는 내 손으로 원수를 갚고자 할 뿐이다. 원술의 도움을
받고 말고 할 일도 없다."
손견은 말을 마치자마자 황개를 강으로 보내 무기와 식

량과 말먹이를 배마다 나누어 싣게 했다. 말은 큰 배에다 실었다. 그런 다음 군사를 일으킬 날을 잡았다. 이러한 사정은 곧바로 유표에게 알려졌다. 유표는 깜짝 놀라 아랫사람들을 모아놓고 의논했다.

괴량이 별것 아니라는 투로 말했다.

"걱정하지 마십시오. 황조에게 강하 군사를 끌고 가 앞장서게 하고, 주공께서는 형주와 양양의 군사를 거느리고 뒤에서 받쳐주면 됩니다. 손견이 강과 호수를 건너오더라도 이미 지쳐 있을 텐데 힘이나 쓰겠습니까?"

유표는 고개를 끄덕인 뒤 황조를 앞장세워 보낸 뒤 자신도 군사를 일으켜 뒤를 따랐다.

손견의 첫 부인인 오부인은 아들을 넷 낳았다. 큰아들 책은 자가 백부이며, 둘째 아들 권의 자는 중모이고, 셋째 아들 익의 자는 숙필이며, 넷째 아들 광의 자는 계좌이다.

오부인의 친정 여동생은 손견의 둘째 부인이 되었는데 남매를 두었다. 아들 낭의 자는 조안이고, 딸의 이름은 인이다. 셋째 부인인 유씨는 아들 하나를 낳았는데, 이름은 소이고 자는 공례이다.

손견이 싸움터로 떠나려 하자 이름이 정이고 자가 유대인 손견의 아우가 손견의 아들들을 데리고 나와 말 앞에 엎드렸다.

"동탁은 제멋대로 힘을 휘두르는데 황제는 힘이 없어 천하가 뒤숭숭합니다. 힘깨나 쓰는 이는 저마다 한 고을씩 차지하고서 아귀다툼을 하는데, 다행히도 우리 강동은 조용합니다. 이런 마당에 작은 원한을 갚자고 군사를 크게 일으키는 건 바람직하지 않습니다. 형님께서는 다시 한 번 생각해보시기 바랍니다."

그러나 손견은 고개를 가로저었다.

"너는 아무 말 마라. 천하를 휘저으려면 원수를 그대로 두고 볼 수는 없는 법이다."

큰아들 손책이 앞으로 나섰다.

"아버님이 꼭 가시겠다면 저도 따라가겠습니다."

손견이 고개를 끄덕였다. 이리하여 손책도 손견과 함께 배를 타고 번성으로 떠났다.

황조는 강변에 궁노수들을 숨겨놓고 있다가 손견의 배들이 가까이 오자 화살을 빗발치듯 쏘아댔다. 손견은 군사들에게 함부로 움직이지 말고 배 바닥에 바짝 엎드려 있으라 했다. 그렇게 사흘 동안 손견의 배들은 강기슭에는 닿지 않고 수십 번을 오르락내리락만 했다. 황조의 군사들은 배가 가까이 올 때마다 화살을 쏘아댔다.

이윽고 화살이 다 떨어지고 말았다. 손견의 군사들이 그제야 일어나 배 바닥에 박히거나 쌓인 화살을 거두어들이니 10만 개도 넘었다.

바람이 적이 있는 쪽으로 불었다. 손견은 강언덕을 향해 일제히 활을 쏘라고 명령했다. 강언덕의 적들은 쏟아지는 화살을 견디지 못하고 뒷걸음질쳤다. 마침내 손견의 군사들은 강에서 올라왔다.

정보와 황개가 군사를 둘로 나누어 황조의 영채로 달려들었다. 한당은 뒤에서 군사들을 이끌고 쳐들어갔다. 세 곳에서 공격을 받자 황조는 번성을 버리고 등성으로 달아났다.

손견은 황개에게 배를 지키게 하고 자신은 적의 뒤를 쫓았다. 황조가 군사들을 이끌고 성에서 나와 너른 들판에 진을 쳤다. 손견도 군사들을 벌려세우고 문기 아래로 말을 몰고 나갔다. 손책도 투구와 갑옷 차림에 창을 꼬나들고 아버지 옆에 말을 세웠다.

황조는 강하의 장호와 양양의 진생과 함께 나와 채찍을 휘두르며 욕을 퍼부었다.

"강동의 좀도둑 놈아! 네까짓 게 겁도 없이 한실 종친의 땅을 저돌어 올 수 있느냐?"

장호가 나와서 싸움을 걸었다. 손견 쪽에서는 한당이 맞으러 나갔다. 두 사람은 30합 넘게 싸웠다. 장호가 점점 밀리자 진생이 말을 달려나왔다. 손책이 창을 놓고 재빨리 활을 들어 진생의 얼굴을 향해 쏘았다. 활시위 소리가 나는가 싶더니 진생이 말 아래로 고꾸라졌다.

장호는 진생이 말 아래로 고꾸라지는 것을 보자 놀라 허둥댔다. 그 사이 한당이 칼을 내리쳐 머리통을 두 조각 내고 말았다.

정보는 황조를 잡기 위해 적진 앞으로 말을 내달렸다. 황조는 투구를 벗고 말에서도 뛰어내린 채 일반 군사들 사이로 섞여 들어가 겨우 도망쳤다.

손견은 달아나는 적들을 쫓으며 한수에 이르렀다. 곧바로 황개에게 배들을 모두 한수 쪽에 대라고 전했다.

황조는 싸움에 진 군사들을 끌고 유표에게 가서 손견 군사들의 힘이 워낙 거세 어찌해볼 수가 없었다고 일렀다.

유표가 괴량에게 대책을 물었다. 괴량이 한숨을 짧게 내쉬었다.

"우리 군사들은 지금 지고 난 끝이라 다시 싸울 힘이 없습니다. 일단 도랑을 깊이 파고 성벽을 단단히 올려 손견의 공격을 막아내야 합니다. 그러는 사이 원소의 도움을 받아서 적들을 물러가게 해야지요."

그러나 채모가 그 말에 반대하며 나섰다.

"그건 말도 안 되는 소리입니다. 적들은 지금 성벽 뿌리를 밟고 있는데 이대로 가만히 앉아서 죽는 날만 기다리자고요? 제가 재주는 보잘것없으나 군사를 이끌고 나가 한번 싸워보겠습니다."

유표가 고개를 끄덕였다. 채모는 군사를 1만 명 넘게 거느리고 양양성 밖 현산에 진을 쳤다.

손견은 싸움에 이긴 군사들을 이끌고 휘몰아쳤다. 채모가 말을 몰고 앞으로 나아갔다.

손견이 부하들을 돌아보았다.

"저 사람은 유표의 나중 마누라 오라비이다. 누가 나서서 잡아다 주겠느냐?"

손견의 말이 떨어지기가 무섭게 정보가 철척모를 꼬나들고 말을 내몰았다. 몇 합 싸우지도 못하고 채모가 달아났다. 손견이 군사들을 휘몰아 덮치니 들판에 시체가 그득했다.

채모는 양양성으로 도망쳐 들어갔다. 괴량은 채모가 좋은 꾀를 듣지 않고 함부로 나서서 지고 들어왔으니 머리를 베는 벌로 엄하게 다스려야 한다고 주장했다. 그러나 유표는 채모의 누이를 첩으로 맞아들인 지 얼마 안 된 때여서 벌을 내리지 않았다.

손견은 군사를 네 방향으로 나누어 양양성을 에워싸고 공격했다. 그러던 어느 날 갑자기 바람이 어지럽게 몰아치더니 중군에 세워놓은 장군기 깃대가 부러졌다.

한당이 걱정스런 표정을 지었다.

"아무래도 느낌이 좋지 않습니다. 잠시 군사들을 거두어 돌아가서 때를 다시 보시지요."

손견이 고집을 부렸다.

"나는 여러 번 싸워서 싸울 때마다 다 이겼다. 양양성이
곧 내 손안에 들어오게 되어 있다. 바람에 그깟 깃대 하나
부러졌다고 여기서 갑자기 돌아갈 수 있단 말이냐?"

손견은 자신의 고집대로 양양성 공격을 더욱 거세게 다
그쳤다.

한편 양양성 안에서 괴량은 유표에게 이런 말을 하고 있
었다.

"어젯밤에 하늘의 기운을 살펴보았습니다. 마침 장수 별
하나가 떨어지려 하더군요. 가만 살펴보니 손견의 별이 아
닌가 싶습니다. 빨리 원소에게 편지를 보내 도움을 부탁하
십시오."

유표가 편지를 다 쓴 뒤 누가 적군을 뚫고 갔다 올 거냐고
했다. 그러자 다부져 보이는 장수 여공이 머뭇거릴 새도 없
이 자신이 갔다 오겠다고 했다.

괴량이 여공에게 말했다.

"음, 가는 건 좋은데 내가 이르는 말을 잘 듣고 가거라. 말
탄 군사 오백 명을 줄 테니까 활 잘 쏘는 이들로 고르도록
하라. 그 군사들을 이끌고 가서 적이 에워싼 것을 뚫으면 곧

바로 현산으로 가거라. 그때 적군은 반드시 뒤쫓아온다. 너는 일단 군사 백 명은 산 위로 올려보내 돌덩이를 모으게 하라. 그리고 궁노수 백 명은 숲속에 숨겨두어라. 적이 바짝 쫓아오면 이리저리 달아나는 척하면서 군사들이 숨어 있는 데까지 끌어들인 뒤 돌덩이를 굴리고 화살을 마구 퍼붓도록 하라. 거기서 적들을 눌러 이길 성싶으면 연주포를 신호로 쏘아라. 그러면 성 안에서도 바로 뛰쳐나가 덮치겠다. 만약에 뒤쫓아오는 적이 없으면 포를 쏠 필요 없이 갈 길로 곧장 가면 된다. 오늘 밤은 달도 그리 밝지 않을 테니까 해만 지면 곧장 떠나도록 하라."

여공은 괴량이 이른 대로 군사와 말을 골라 준비했다. 그런 다음 해가 지기 시작하자 동문을 통해 성 밖으로 나갔다.

이때 손견은 막사에 있었다. 갑자기 아우성치는 소리가 일자 튀듯이 말에 올라 말 탄 군사 30명쯤만 데리고 영채 밖으로 뛰쳐나갔다.

군사 하나가 거친 숨을 몰아쉬며 뛰어왔다.

"성 안에서 말 탄 군사 한 떼가 뛰쳐나오더니 곧장 현산 쪽으로 갔습니다."

손견은 다른 장수들은 부르지도 않고 30명 남짓하고만 뛰어갔다.

여공은 이미 산 위와 숲속에 군사들을 숨겨두었다.

손견이 탄 말은 다른 말보다 빨라서 순식간에 혼자 앞장서 달리게 되었다. 여공의 군사들이 눈앞에서 바로 잡힐 듯이 달아났다.

손견이 큰소리를 질렀다.

"거기 섰거라!"

그 순간 여공이 말을 돌려 손견에게 달려들었다. 그러나 겨우 한 번 붙는 척하더니 말을 되돌려 다시 산길로 달아났다. 손견은 그 뒤를 쫓았다. 하지만 여공은 아무 데도 보이지 않았다. 손견은 산 위로 더 올라가려 했다. 바로 그때 징소리가 산을 크게 울리더니 산 위에서 돌덩이가 마구 굴러 내려왔다. 이어 숲속에서는 화살이 빗발치듯 날아왔다.

손견은 돌덩이에 찍히고 화살에 찔려 머리가 깨져 피와 골수가 범벅이 되어 말과 함께 죽었다. 그의 나이 겨우 37살이었다.

여공은 손견의 뒤를 따라온 30명 남짓 되는 군사들도 길을 틀어막고 모조리 죽여버린 다음 연주포를 쏘아 신호를 보냈다. 성 안에서 황조·괴월·채모가 저마다 군사들을 이끌고 쏟아져나왔다. 강동 군사들은 어지러움에 빠져 허둥댔다.

배를 지키고 있던 황개는 하늘을 울리는 외침 소리에 놀라 수군을 거느리고 달려오다 황조와 맞닥뜨렸다. 황개는 두어 합을 싸우기도 전에 황조를 사로잡았다.

정보는 손책을 보호하며 이리저리 빠져나갈 길을 찾다가 여공과 딱 마주쳤다. 정보가 여공에게 달려들었다. 몇 합 되지 않아 여공을 창으로 찔러 말 아래로 고꾸라뜨렸다.

양쪽 군사들은 날이 샐 때까지 거세게 싸우고 나서야 각각 군사들을 거두었다. 유표 군사들은 성 안으로 들어가고 손책은 한수로 돌아갔다.

손책은 그때에야 비로소 아버지가 어지러이 쏟아지는 화살을 맞고 끔찍하게 목숨을 잃었다는 걸 알았다. 더더구나 아버지의 시체마저 적군들이 성 안으로 끌고 갔다는 걸 알자 목놓아 크게 울었다. 모든 군사들도 함께 울었다.

손책은 넋을 잃은 표정이었다.

"아버님의 시신조차 적들이 차지하고 있으니 어찌 돌아갈 수 있겠소!"

황개가 조심스레 말했다.

"우리는 황조를 사로잡아 데리고 있습니다. 사람을 양양성으로 보내 우선 싸움을 그치고 평화롭게 지내자고 한 다음 황조와 주공의 시신을 바꾸도록 하시지요."

황개의 말이 미처 끝나기도 전에 군리로 있는 환계가 나섰다.

"제가 유표와 알고 지내던 사이입니다. 제가 갔다 오겠습

손견이 여공의 뒤를 쫓다 죽음을 맞이하다.

니다."

손책이 그러라고 하자 환계는 양양성으로 가 유표를 만나 자신이 온 까닭을 말했다.

유표가 말했다.

"내 이미 문대의 시신은 관에다 잘 넣어두었으니 빨리 황조를 돌려보내라. 그리고 양쪽 군사를 다 거두어 다시는 싸우는 일이 없도록 하라."

환계가 유표에게 고마운 뜻을 나타내며 인사하고 나오려는 참이었다. 섬돌 아래에서 괴량이 나섰다.

"그렇게 하시면 안 됩니다. 제 말씀을 한번 들어주십시오. 강동 군사는 하나도 돌려보내면 안 됩니다. 먼저 환계의 목부터 베고 다음 계획을 쓰도록 하십시오."

손견은 적의 뒤를 쫓다가 목숨을 잃었는데
평화를 구하러 온 환계마저 죽어야 하는가?

과연 환계의 목숨은 어찌 될까…….

초선에게 머리 조아리는 왕윤

사도 왕윤은 초선을 시켜 연환계를 쓰고
태사 동탁은 초선 때문에 봉의정을 시끄럽게 하다

괴량이 유표를 계속 설득했다.

"손견은 이미 죽었고 아들들은 모두 어려 힘을 쓸 수 없습니다. 이런 때 밀어붙이면 북소리 한 번에 강동을 차지할 수 있습니다. 만일 시체를 돌려주고 군사를 거두어들여 그쪽한테 힘을 다시 기를 기회를 주면 우리 형주 땅은 두고두고 편하지 않게 됩니다."

유표가 내키지 않는 표정을 지었다.

"황조가 그쪽에 잡혀 있다. 그런데 어찌 모른 체할 수 있단 말이냐?"

괴량이 딱 부러지게 말했다.

"앞뒤 가릴 줄 모르는 황조 하나쯤 버리고 강동을 차지하는 게 훨씬 더 낫습니다."

"황조와 나는 서로 마음으로 깊이 맺은 사이이다. 그런 부하를 버린다는 건 결코 옳은 일이 아니다."

이리하여 손견의 시체와 황조를 바꾸는 일은 뚜렷해졌으며, 환계는 손책에게 돌아갔다.

손책은 황조를 돌려보냈다. 이어 아버지의 관이 돌아오자 군사들을 이끌고 강동으로 돌아왔다. 손책은 아버지를 곡아에다 장사 지냈다. 그런 뒤 군사들을 거느리고 강도로 가 자리를 잡은 뒤 널리 재주 있는 사람을 구했다. 몸을 낮추고 예의를 갖추자 어진 선비와 호걸들이 사방에서 모여들었다.

한편 장안에 있던 동탁은 손견이 죽었다는 소식을 듣고 좋아라 했다.

"골칫거리 하나가 떨어져나갔군! 아들놈은 몇 살이지?"

곁에 있던 이가 얼른 대답했다.

"열일곱 살인가봅니다."

그 대답에 동탁은 더욱 마음이 놓였다. 이리하여 동탁은 아예 제멋대로 굴며 자신을 상보라 부르게 하였다. 상보는 임금이 특별한 신하를 부를 때나 쓰는 말이다. 아울러 들고 날 때도 황제가 쓰는 도구들을 썼다. 아우 동민은 좌장군 호후로 삼았으며, 조카 동황은 시중으로 삼아 궁궐을 지키는 금군을 이끌게 했다. 그 밖에도 동씨 성을 가진 이는 늙은이·젊은이 할 것 없이 모두 열후로 삼았다.

동탁은 장안성에서 250리 떨어진 곳에 미오성을 짓게 했다. 25만 명도 넘는 백성들이 끌려와 지었는데, 성의 높이나 두께 모두 장안성과 같았다. 성 안에는 궁전과 창고도 갖추었으며, 20년은 너끈히 먹을 식량도 쌓아두었다. 또 잘생긴 소년과 예쁜 소녀들 8백 명을 뽑아다 거기서 살게 했다. 더불어 금·옥을 비롯한 화려한 비단과 보배로운 구슬 따위들도 셀 수 없을 만큼 많이 쌓아두었다. 동탁의 일가붙이들은 모두 거기서 살았다. 동탁도 거기에 있으면서 보름이나 한 달에 한 번 장안 나들이를 했다. 그때마다 조정의 벼슬아치들은 모두 장안성의 횡문 밖까지 나와 동탁을 맞아야 했다. 동탁은 그들과 더불어 길가에 장막을 치고 술을 마시기 좋아했다.

그러던 어느 날이었다. 그날도 동탁이 횡문을 나서자 언제나 그랬듯이 벼슬아치들이 앞을 다투며 배웅을 나왔다. 동탁 역시 술판을 벌였다.

때마침 북쪽 지방 어디에서 항복한 군사 수백 명이 끌려오고 있었다. 동탁은 바로 그 자리에서 몇 사람을 끌어내 팔다리를 자르게 했다. 또 다른 사람은 눈알을 파내게 했다. 그런가 하면 혀를 뽑게도 하고, 커다란 가마솥에 사람을 집어넣고 삶으라고도 했다.

아픔을 견디지 못해 울부짖는 소리가 하늘을 찔렀다. 벼슬아치들은 몸을 벌벌 떨며 자신도 모르게 들고 있던 젓가락을 떨어뜨리곤 했다. 그러나 동탁은 아무렇지도 않게 멀쩡한 표정으로 웃고 마시며 지껄였다.

하루는 동탁이 궁 안에서 잔치를 벌였다. 벼슬아치들은 양쪽으로 나뉘어 쭉 앉았다. 술잔이 몇 차례 돌았을 때 여포가 들어오더니 동탁에게 뭐라고 귓속말을 했다.

동탁이 헛웃음 소리를 내며 고개를 끄덕였다.

"음, 그랬구만!"

동탁은 여포에게 사공 장온을 끌어내라 했다. 모든 벼슬아치들의 낯빛이 새하얗게 바뀌었다. 얼마 지나지 않아 시종이 붉은 쟁반에 장온의 머리를 담아 오더니 동탁에게 바쳤다. 뭇사람들이 모두 놀라 벌린 입을 다물지 못하는데 동탁은 껄껄 웃었다.

"놀라지들 마시오. 장온이 원술과 짜고서 나를 죽이려 했소. 원술이 장온한테 보낸 편지가 어떻게 내 아들 여포한테 들어왔소. 그래서 죽었을 뿐이오. 여러분이야 이 일하고 아무 상관 없으니까 놀랄 것 없소."

모여 있던 벼슬아치들은 아무 말도 못하고 뒷걸음질로 돌아갔다.

사도 왕윤은 자기 부중으로 돌아온 뒤에도 낮에 있었던 일을 떠올리니 불안하기 짝이 없었다. 밤이 깊어 달이 밝자 지팡이를 끌며 뒤뜰 정원을 거닐다가 도미 덩굴 아래에 섰다. 하늘을 우러러보니 눈물이 주르륵 흘렀다. 그때 모란정 가까이서 누군가가 길게 한숨을 내쉬는 소리가 그치지 않고 들려왔다. 왕윤은 발걸음을 죽이고 가까이 가보았다. 부중에서 노래 부르는 가기로 있는 초선이었다. 초선은 어릴 때 부중으로 뽑혀 들어와 춤과 노래를 배웠다. 왕윤이 친딸처럼 대하는데, 이제 막 열여섯으로 예쁜 얼굴에 재주까지 뛰어났다.

왕윤은 초선의 한숨 소리를 듣다못해 모습을 드러내며 꾸짖었다.

"천한 것은 어쩔 수 없구나. 숨겨놓은 사내 생각이라도 나는 모양이구나."

초선이 깜짝 놀라 무릎을 꿇으며 대답했다.

"저에게 어찌 그런 사람이 있겠습니까?"

"그렇지 않으면 어인 일로 이 깊은 밤에 홀로 나와 한숨을 짓는단 말이냐?"

"제 마음속을 털어놓으면 들어주시겠습니까?"

"숨기지 말고 있는 대로 일러보아라."

"저는 대감님의 은혜를 입어 노래와 춤을 배우고 이만큼 자랐습니다. 분에 넘치는 사랑을 받은 걸 갚자면 제 몸이 가루가 된다 해도 만분의 일도 못 갚습니다. 그런데 요즘 대감님을 뵈면 얼굴에 걱정이 가득합니다. 나라에 뭔가 큰일이 있는 걸 짐작은 하겠으나 두려워 여쭙지는 못했습니다. 그런데 오늘 밤엔 다른 때보다 더 불안해하시는 듯합니다. 그래서 여기서 대감님 걱정을 하다 보니 저도 모르게 한숨이 새어나왔습니다. 대감님이 지켜보고 계실 줄은 조금도 생각하지 못했습니다. 만일 저 같은 것이라도 쓰일 데가 있다면 써주십시오. 대감님을 위해서라면 만 번을 죽어도 좋습니다."

왕윤이 지팡이로 땅을 쾅쾅 치며 말했다.

"한나라의 운명이 네 손에 달려 있다는 걸 어느 누가 짐작이나 했겠느냐? 나를 따라오너라."

왕윤은 초선을 여러 가지 빛깔의 그림과 무늬로 꾸며진 집으로 데려갔다. 왕윤은 거기 있던 여자들을 내보낸 뒤 초선을 자리에 앉혔다. 초선이 자리에 앉자 왕윤이 갑자기 머리를 조아리며 초선에게 절을 했다.

초선이 깜짝 놀라 바닥에 엎드렸다.

"대감님! 어찌 이러십니까?"

"너는 부디 한나라 백성들을 불쌍히 여겨다오."

이 말을 하고 난 뒤 왕윤은 눈물을 펑펑 쏟았다.

초선이 차분하게 말했다.

"아까 말씀드린 바와 같이 제가 쓰일 곳이 있어 대감님이 분부만 내리시면 만 번 죽어도 좋습니다."

왕윤이 무릎을 꿇고 앉았다.

"지금 백성들은 손발이 다 묶인 채 거꾸로 매달려 있는 거나 마찬가지다. 임금과 신하들도 목숨이 언제 끊어질지 몰라 불안한 마음으로 가슴을 조이고 있다. 너 아니면 이런 상황을 바꿀 사람이 없구나. 역적 동탁은 황제 자리까지 빼앗으려 하는데 조정의 그 누구도 손을 쓸 방법이 없다. 동탁한테는 여포라는 양아들이 있는데 아주 힘도 좋고 씩씩하다. 그런데 그 둘 다 여자를 아주 밝히는 놈들이다. 그래서 내가 너를 그놈들한테 보내 그놈들을 없앨까 한다. 이른바 연환계를 쓸 생각이다. 음, 너를 여포에게 시집보내기로 약속하고서 동탁에게 보낼까 한다. 너는 그들 사이에서 두 놈을 갈라놓는 일을 해다오. 어떡하든 여포가 동탁을 죽이도록 하면 된다. 이렇게 해서 역적놈을 없애고 나라를 다시 바로 세우게 된다면 이는 다 네 덕분이다. 내 말을 어떻게 생각하느냐?"

"저는 대감님을 위해서라면 만 번을 죽어도 좋습니다. 어서 이 몸을 그쪽으로 보내주십시오. 뒷일은 제가 다 알아서 하겠습니다."

"이 일이 들통나면 우리 집안은 씨 하나 남지 못하고 다 죽는다."

"대감님은 아무 걱정 마십시오. 제가 큰 뜻을 이뤄내지 못하면 만 자루의 칼을 맞고 죽겠습니다."

왕윤이 다시 절을 하며 고마움을 나타냈다.

다음 날 왕윤은 솜씨 좋은 장인을 불러 집안 깊숙이 있던 값진 구슬로 금관을 만들도록 한 뒤 남몰래 여포에게 주었다. 여포는 무척 좋아하며 왕윤에게 고맙다는 인사를 하러 왔다. 왕윤은 미리 음식과 술을 준비해놓고 여포를 기다리고 있었다. 왕윤은 몸소 문밖까지 나가 여포를 맞아 뒤채로 들인 뒤 윗자리에 앉혔다.

여포가 어리둥절해했다.

"저는 상부의 한 장수일 뿐이고 대감께서는 조정의 높은 대신이신데 왜 이러시는지요?"

왕윤이 여포를 추켜세웠다.

"오늘날 천하에 영웅이 있다면 오로지 장군뿐이오. 나는 장군의 자리를 보는 게 아니라 장군의 사람됨을 좋아하오."

여포는 기분이 좋아 우쭐해졌다. 왕윤은 정성스레 술을 권하며 모든 것이 동태사와 여포의 덕이라며 침이 마르게 들먹였다. 여포는 기분 좋게 웃으며 술을 마셨다. 얼마쯤 술자리가 무르익자 곁에 있는 사람들을 물러나게 한 다음 곁에서 모시는 여자 몇만 남아 술을 권하도록 했다.

여포가 얼큰히 취하자 왕윤이 손짓을 했다.

"그 애를 나오라 해라."

조금 뒤 푸른 옷을 입은 여자 둘이 곱게 꾸민 초선을 데리고 들어왔다.

여포의 눈이 휘둥그레져 누구냐고 물었다.

왕윤이 태연히 대답했다.

"내 딸 초선이오. 장군이 나를 대하는 게 남다르기에 나는 진즉부터 장군을 집안사람이라 생각해왔소. 그래서 인사를 시키오."

왕윤은 초선에게 술을 따라 올리라 했다. 초선이 술잔을 들어 여포에게 권했다. 두 사람 사이에 오고 가는 눈빛이 예사롭지 않았다.

왕윤이 짐짓 취한 척하며 다그쳤다.

"초선아, 장군께서 즐겁게 마시도록 권해드려라. 우리 집은 장군 덕에 사는 거란다."

그쯤 되자 여포가 초선에게 자리에 앉으라 했다. 그러나

초선이 여포에게 술을 따라 올리다.

초선은 일부러 안으로 들어가려는 몸짓을 했다.

왕윤이 나섰다.

"장군은 나와 아주 가까운 사이다. 여기 앉아 있어도 아무 흉 될 것 없다."

초선은 못 이기는 척 그제야 왕윤 곁에 살며시 앉았다. 여포는 초선만을 뚫어져라 쳐다보며 계속 술잔을 비웠다.

왕윤이 초선을 가리키며 여포를 바라보았다.

"내 이 딸애를 장군의 첩으로 들여보낼까 하는데 괜찮으시겠소?"

여포가 자리에서 벌떡 일어나며 고마워했다.

"그렇게만 해주신다면 개나 말 정도의 힘도 아끼지 않고 은혜를 갚겠습니다."

"그럼 며칠 안으로 좋은 날을 잡아 초선을 장군한테 보내드리리다."

여포는 기쁨에 들떠 초선에게서 눈길을 거두지 못했다. 초선 역시 여포에게 눈길로 정을 담아 보냈다.

술자리가 끝나지 왕윤이 여포에게 말했다.

"어려운 걸음 하셨으니 여기서 묵고 가시면 좋을 텐데, 혹시라도 태사께서 어떻게 생각하실지 몰라 붙들지 못하겠습니다."

여포는 그저 좋아 고맙다며 몇 차례나 절을 하고 돌아갔다.

며칠이 지난 어느 날, 왕윤은 조정에서 동탁을 만났다. 마침 곁에 여포가 없었다. 왕윤은 동탁에게 엎드려 절을 하며 말했다.

"태사께서 괜찮으시다면 우리 집에서 술자리를 한번 마련하려는데 어떠신지요?"

동탁이 좋아라 했다.

"허허, 사도께서 불러주시는데 내 안 갈 이유가 어디 있겠소?"

왕윤은 집에 돌아가는 대로 잔치 준비를 시켰다. 온갖 맛있는 음식을 준비하고, 잔치 마당에는 비단을 깔고 안팎으로는 장막을 둘러쳐서 꾸몄다.

다음 날 점심때를 맞춰 동탁이 왔다. 왕윤은 관복을 갖추어 입고 나가 두 번 절을 하며 예의를 갖추어 동탁을 맞았다. 동탁이 수레에서 내리자 양쪽으로 무장한 군사 1백 명 남짓이 에워쌌다. 동탁이 잔치 마당으로 올라가자 무사들은 양쪽으로 늘어섰다. 왕윤이 아래쪽에서 다시 두 번 절을 했다. 동탁은 왕윤을 자기 곁으로 와서 앉게 했다.

왕윤이 동탁을 추켜세웠다.

"태사의 덕은 높고 커서 옛날 이윤이나 주공도 태사만큼은 아니었지요."

동탁은 아주 기분이 좋았다. 왕윤은 술을 따라 올리고 악기를 켜게 했다. 왕윤은 아주 떠받드는 태도로 정성껏 동탁을 대접했다.

날이 저물고 술기운이 잔뜩 퍼지자 왕윤은 동탁을 뒤채로 들게 했다. 동탁은 무사들을 물러가게 했다.

왕윤은 다시 술을 따라 올리며 동탁을 잔뜩 추켜세우는 말을 거듭하여 말했다.

"저는 어려서부터 제법 하늘의 기운을 읽는 법을 익혔습니다. 요즘 밤하늘의 기운을 살펴보니 한나라의 운수는 이미 다했고, 태사의 공덕이 온 천하에 떨칠 차례입니다. 옛날에 순 임금이 요 임금의 자리를 잇고, 우 임금이 순 임금의 자리를 이었듯이, 태사께서 새로이 임금 자리를 이어가셔야 한다는 것이 하늘의 뜻이고 백성들의 뜻입니다."

동탁이 짐짓 겸손한 척했다.

"내 어찌 그러기를 섣불리 바라겠소!"

왕윤이 애써 진지한 표정을 지었다.

"옛날부터 제대로 살피는 이가 살피지 못하는 이를 내치고, 덕이 없는 이는 넉이 있는 이에게 양보하는 게 옳은 이치였습니다. 그러하거늘 안 될 게 뭐 있겠습니까?"

동탁은 기분이 좋아 웃었다.

"만약 하늘의 뜻이 내게 있다면, 사도는 당연히 으뜸으로 공을 세운 신하가 될 터이오."

왕윤은 다시 절을 하며 고마움을 나타냈다.

왕윤은 방 안에 색색의 촛불을 밝히고 여자들만으로 동탁의 시중을 들게 한 뒤 동탁의 기분을 살피는 척했다.

"궁중 음악만으로는 너무 엄숙해서 흥이 덜 나실 것 같습니다. 마침 집에 가기가 있는데 한번 불러볼까요?"

"그거 좋지요."

왕윤이 늘어진 발을 거두게 하니 생황 소리 나지막하게 울려퍼지는 가운데 초선이 춤을 추기 시작했다.

초선의 춤을 기리는 노래 그대로다.

소양궁의 옛 미인이 다시 나타났나
놀란 기러기 날아오르는 듯한 부드러운 저 몸놀림
봄날 동정호수 위를 날고 있는 게 아닐까
양주곡 한 가락에 발걸음은 연꽃 피듯 하는구나
부드러운 바람에 살며시 떠는 꽃잎인가
집 안에 향기 가득하여 봄기운마저 새롭구나

이런 시도 있다.

장단 맞추는 박자 소리에 제비는 바삐 날고
지나던 구름 한 조각 멋진 집 처마 끝에 내려앉네

검은 눈썹 찡긋하니 나그네는 보자마자 한 맺히고

정든 임은 곱고 환한 얼굴 못 잊어 애가 끓네

천금보다 더 귀한 저 웃음 돈으로 어이 사며

버들가지 같은 허리라서 온갖 치장도 필요 없네

춤 다 추고 발 너머 눈길 한 번 건네주니

마음 졸인 초양왕이 그 누구인가

초선이 춤을 다 추자 동탁은 가까이 오라 일렀다. 초선이 발을 제치고 곁에 와 몸을 숙여 두 번 절을 했다.

동탁은 초선의 얼굴에 반해 왕윤에게 물었다.

"이 애가 누구지요?"

"노래 잘 부르는 초선입니다."

"그래요? 한 곡 불러보지."

왕윤이 초선에게 한 곡 부르도록 했다. 초선이 박자를 맞추는 판을 두드리며 나직한 목소리로 노래를 부르니, 바로 이런 모습과 마음이었다.

앵두같이 붉은 입술 살짝 열어

두 줄 흰 백옥 사이로 봄노래 흘러난다

정향나무 향기 품은 혀는 한 자루 칼이 되어

마귀 같은 역적을 베어 없애리

초선이 노래를 마치자 동탁이 칭찬을 아끼지 않았다. 왕윤이 초선에게 술을 따라 올리라 했다. 동탁이 기꺼이 술잔을 받아들었다.

"나이는 몇이나 되었느냐?"

"열여섯 살입니다."

동탁이 빙그레 웃었다.

"정말이지 하늘에서 내려온 듯하구나."

이때 왕윤이 자리에서 일어나더니 동탁에게 정중히 말했다.

"이 애를 태사께 바치려는데 받아주시겠습니까?"

"허허, 이토록 마음을 써주시는데 은혜는 어떻게 갚아야 할지 모르겠소."

왕윤이 짐짓 너스레를 떨었다.

"저는 이 애가 태사를 모시게 되면 그것만으로도 크나큰 복입니다."

동탁은 고맙다는 말을 몇 번이나 했다.

왕윤은 곧바로 수레를 오게 하여 초선을 태워 상부로 먼저 보냈다. 그러자 동탁도 자리에서 일어났다. 왕윤은 몸소 상부까지 동탁을 따라가 배웅했다.

왕윤은 다시 말을 타고 돌아왔다. 채 반도 못 왔을 때였다. 붉은 등불이 길 양쪽을 밝히더니 여포가 창을 든 채 말을 내달려왔다. 왕윤 앞에 오자 여포가 말을 멈추더니 다짜고짜 왕윤의 옷깃을 부여잡고 소리 질렀다.

"사도는 나한테 초선을 주기로 약속했지 않소? 그래놓고 왜 태사께 보냈소? 나를 놀리는 겁니까?"

왕윤이 급히 손을 내저었다.

"여기서 이럴 게 아니라 우리 집으로 갑시다."

여포는 왕윤을 따라갔다. 두 사람은 말에서 내려 뒤채로 들어갔다.

겉치레로 인사를 다시 나누고 나자 왕윤이 먼저 말했다.

"장군은 무엇 때문에 이 늙은이한테 그런 말을 하시오?"

"누가 나한테 와서 이르기를, 대감이 초선을 수레에다 태워 상부로 보냈다고 했소. 도대체 어떻게 된 일이오?"

왕윤은 애써 차분하게 말했다.

"장군은 아직 일이 어떻게 돌아가는지 모르는구려. 어제 태사께서 나를 보시더니 나랑 의논할 일이 있어 집으로 오시겠다고 했소. 그래서 준비를 조금 해서 태사를 모셨소. 태사께서 술 몇 잔을 드시더니 이러셨소. '초선이라는 딸을 내 아들 여포한테 주기로 했다던데, 그 말이 사실인지 어쩐지 내 눈으로 직접 확인하고 싶소. 딸을 한번 보여주시오.' 그래서 이 늙은이는 그 말을 거절할 수 없어 초선을 나오라 해서 인사를 시켰던 게요. 그랬더니 태사께서, '오늘이 운수가 괜찮은 날이니까 이 애를 아예 데리고 가서 여포랑 짝을 맺어주어야겠소'라고 했소. 장군도 이 늙은이 처지를 생각해 보시오. 태사께서 직접 오셔서 그렇게 하시는 걸 어찌 안 된다고 할 수 있었겠소?"

"사도께서는 저를 용서해주시기 바랍니다. 제가 잘못 알고 그랬습니다. 내일 다시 와서 진심으로 용서를 구하겠습니다."

"초선이 쓰던 물건들도 그대로 다 있소. 그 애가 장군 집으로 가면 그때 다 보내드리겠소."

여포는 거듭 고마움을 나타낸 뒤 돌아갔다.

다음 날 여포는 상부에 들어가 요모조모를 살폈으나 아무런 낌새가 없었다. 여포는 곧장 안채로 들어가 여자들에게 물어보았다.

"간밤에 태사께서는 새 여자를 데리고 와 같이 잠자리에 들었습니다. 아직도 일어나지 않으신 모양입니다."

여포는 눈알이 뒤집혀 동탁이 잠자는 곳으로 살며시 들어가 엿보았다.

초선은 이미 일어나 창가에서 머리를 빗고 있었다. 우연히 바깥을 보니 연못에 사람 그림자가 어른거렸다. 몰래 방 안을 훔쳐보고 있는 이는 몸집으로 보나 머리 모양으로 보나 틀림없는 여포였다.

　초선은 일부러 두 눈썹 사이를 찌푸리며 걱정거리로 맥이 빠져 있는 표정을 짓고는 수건으로 눈물을 찍어내는 시늉도 했다. 여포는 초선이 그러고 있는 걸 한참 동안 엿본 다음 나갔다. 얼마 지나지 않아 여포가 다시 들어왔다.

　동탁은 일어나 앉아 있다가 여포가 들어오자 물었다.

　"밖에 별일 없지?"

　"아무 일 없습니다."

　여포는 동탁의 곁에 가서 섰다. 동탁은 밥을 먹기 시작했다. 여포는 늘어진 발 너머를 흘금흘금 훔쳐보았다. 여자 하나가 왔다 갔다 하며 이쪽을 보더니 얼굴을 반쯤 내보이며 눈짓으로 정겨움을 나타냈다. 초선이었다. 여포는 심장이 멎는 듯했다. 넋이 반이나 빠져 초선이만 쳐다보았다. 동탁은 여포의 태도가 이상해서 의심스런 말투로 퉁명스레 말했다.

　"너는 별일 없으면 물러가 있거라."

　여포는 속이 부글부글 끓었지만 나기지 않을 수 없었다.

　동탁은 초선이 곁에 있자 초선에게 홀딱 빠져 달포 남짓 업무를 보러 나오지 않았다. 그러던 가운데 병이 났다. 초선은 옷을 갈아입을 새도 없이 동탁을 정성스레 간호해 동탁의 마음을 더욱 사로잡았다.

어느 날 여포는 병문안을 위해 안으로 들어갔다. 마침 동탁은 낮잠을 자고 있었다. 초선이 동탁이 누워 있는 자리 뒤에서 몸을 반쯤 내밀었다. 초선은 여포를 바라보며 손가락으로 자기 가슴께를 가리킨 다음 동탁을 가리키며 흐르는 눈물을 닦아냈다. 여포의 가슴은 찢어지는 듯했다.

바로 그때 동탁은 게슴츠레 눈을 떴다. 그런데 여포가 자신이 누워 있는 뒤쪽을 뚫어지게 보고 있었다. 동탁은 얼른 뒤돌아보았다. 초선이 바로 뒤에 서 있었다.

동탁은 화가 머리끝까지 치밀어올라 여포에게 큰소리로 호통을 쳤다.

"네 이놈! 겁도 없이 내가 사랑하는 여자를 건너다보다니!"

동탁은 여포를 쫓아내도록 했다.

"다시는 안으로 들어오지 말라!"

여포는 가슴에 불이 난 채 돌아갔다. 가는 길에 우연히 이유를 만나자 자기 얘기를 털어놓았다. 이유는 급히 동탁에게 달려갔다.

"태사께서는 앞으로 천하를 얻으실 계획이시면서 어찌 하잘것없는 허물로 여포를 나무라십니까? 만약 여포가 딴 마음을 먹기라도 하면 모든 일이 틀어지고 맙니다."

동탁이 대꾸했다.

"그럼 어쩌자는 얘기냐?"

"내일 아침에 여포더러 오라 하셔서 금에다 비단이나 좀 내리십시오. 그러고 좋은 말로 달래시면 아무 일 없을 듯합니다."

동탁은 이유의 말대로 사람을 시켜 여포를 안으로 불러들였다.

"내 어제는 몸이 좋지 않아 나도 모르게 너한테 좀 심한 말을 한 성싶다. 마음에 두지 마라."

동탁이 금 10근과 비단 20필을 주자 여포는 내키지는 않지만 고마움을 나타낸 뒤 물러났다. 그러나 몸은 전처럼 동탁을 모셨지만 마음은 온통 초선에게 가 있었다.

동탁은 병이 다 낫자 나랏일을 보기 위해 조정으로 들어갔다. 여포는 창을 들고 따라 들어갔다. 동탁이 황제와 이야기를 나누는 사이에 창을 든 채 궁궐을 빠져나와 곧장 상부로 말을 몰았다.

문 앞에 말을 매어놓은 다음 창을 그대로 든 채 안으로 들어가 초선을 찾았다.

초선이 나지막하게 말했다.

"뒤뜰 봉의정에 가서 기다리세요."

여포는 창을 들고 곧장 뒤뜰로 가서 봉의정 밑 움푹한 난간 곁에서 기다렸다. 초선은 한참 뒤에야 꽃나무와 버드나무 가지를 헤치며 나타났다. 달에 사는 선녀 같았다.

초선이 여포를 보자 울먹였다.

"저는 비록 왕사도의 친딸은 아니지만, 친딸이나 마찬가지로 사랑을 받고 자랐습니다. 장군을 뵙는 날 평생 장군을 모시기로 되어 얼마나 기뻤는지 모릅니다. 그런데 동태사가 엉뚱한 마음을 품고 제 몸을 더럽힐 줄 누가 알았겠습니까? 당장 죽어 맺힌 한을 풀어야 했으나, 장군을 한 번이라도 뵙고 이별 인사라도 드려야겠기에 지금까지 참고 살았습니다. 오늘 이렇게 뵈었으니 제 원은 풀었습니다. 제 몸은 이미 더럽혀져 다시 영웅을 모실 수 없습니다. 그러니 차라리 장군 앞에서 목숨을 끊어 제 마음이나 알게 할까 합니다."

초선은 말을 마치자마자 난간을 잡더니 연못 속으로 뛰어 들어가려 했다.

여포가 초선을 확 끌어안고 눈물을 흘렸다.

"나도 네 마음을 이미 오래전부터 알고 있다. 단지 너와 함께 마주하고 한마디라도 할 기회가 없었던 게 한이었다."

초선이 여포에게서 빠져나오려 애쓰며 말했다.

"저는 이 세상에선 장군을 모실 수 없게 되었으니 저세상에나 가서 만나고자 합니다."

"내 이 세상에서 너를 내 곁에 두지 못하면 영웅이 아니다!"

"저는 하루가 마치 일 년이나 되듯 길고 깁니다. 장군께서는 저를 불쌍히 여기셔서 빨리 구해주십시오."

"나는 지금 몰래 빠져나왔다. 늙은 도적놈이 나를 의심할지 모르니 오늘은 이만 돌아가야겠다."

초선은 떠나려는 여포의 옷자락을 끌어 잡았다.

"장군께서 이토록 늙은 도적을 무서워하시니 저는 영영 햇빛 볼 날이 없겠습니다."

여포가 돌아서려다 잠깐 발길을 멈추었다.

"차차 좋은 방법을 생각할 테니 조금만 더 기다리다오."

여포가 다시 창을 들고 가려 하자 초선이 또 앞을 막았다.

"저는 집안 깊숙이 있을 때부터 장군의 이름을 천둥처럼 들어 이 세상에서 으뜸가는 영웅인 줄 알았습니다. 그런데 남에게 매여 이처럼 꼼짝 못 하시다니! 그럴 줄은 꿈에도 생각하지 못했습니다."

초선의 눈에서 눈물이 비 오듯 흘러내렸다.

여포는 스스로 부끄러운 마음이 들어 얼굴이 붉어졌다. 창을 다시 난간에 기대어놓고 몸을 돌려 초선을 껴안은 채 달래었다. 두 사람은 차마 떨어지지 못하고 계속 그러고 있었다.

궁에서 동탁은 문득 한 생각이 떠올라 주위를 둘러보았

다. 여포가 보이지 않았다. 동탁은 마음에 짚이는 데가 있어 서둘러 황제와 헤어져 수레를 타고 상부로 달려왔다.

문 앞에 여포의 말이 매여 있어 문지기에게 어찌 된 일인지를 물었다.

"여포가 안으로 들어갔습니다."

동탁은 모두 물러가게 하고 안으로 들어가 여포를 찾았으나 보이지 않았다. 곧바로 초선을 찾았다. 그러나 초선도 보이지 않았다. 시중드는 여자 하나가 일렀다.

"뒤뜰에서 꽃구경을 하고 있습니다."

동탁은 잰걸음으로 뒤뜰로 갔다. 여포가 창을 봉의정 난간에 세워놓고 초선하고 얘기를 나누고 있었다. 동탁이 화가 머리끝까지 치솟아 고함을 있는 대로 질렀다. 여포는 동탁을 보자 깜짝 놀라 몸을 돌려 달아났다. 동탁은 여포의 창을 들고 쫓아갔다. 그러나 여포가 워낙 날쌔게 도망을 치는지라 뚱뚱한 동탁으로선 따라잡을 수가 없었다. 그래서 여포를 향해 창을 던졌다. 여포는 날아오는 창을 쳐서 땅에 떨어뜨리고 그대로 도망쳤다. 동탁은 다시 창을 집어들고 뒤쫓았다. 그러나 여포는 이미 멀리 달아나버렸다.

동탁은 그대로 뒤뜰 문밖으로 쫓아 나왔다. 그때 앞에서 급히 달려온 사람 하나가 동탁의 가슴을 그대로 들이받았다. 동탁은 그 자리에서 그만 발랑 자빠지고 말았다. 바로 이런 꼴이다.

　　분통 터지는 기운은 하늘을 찌르며 천 길 높이 치솟는데
　　뚱뚱한 몸뚱이, 통나무 넘어지듯 하니 볼 만하구나

　　과연 동탁과 부딪친 사람은 누구인지……

마침내 거꾸러진 동탁

여포는 사도 왕윤을 도와 흉악한 역적을 죽이고
이각은 가후의 말을 듣고 장안을 치다

뒤뜰 문 앞에서 동탁과 부딪친 사람은 이유였다. 이유는 동
탁을 일으켜세운 뒤 안으로 함께 들어갔다. 동탁이 잔뜩 찌
푸린 얼굴로 이유를 쳐다보았다.

"무슨 일로 급히 뛰어들었느냐?"

"제가 상부 문 앞에 왔을 때 태사께서 화를 잔뜩 내시며
여포를 찾아 뒤뜰로 가셨다는 말을 듣고 뛰어오던 길이었
습니다. 마침 여포가 달려나오면서 '태사께서 나를 죽이려
하신다'기에 무슨 일인가 싶어 놀랐지요. 저는 어떡하든지
화를 가라앉혀드리려 급히 뛰어들다가 그렇게 되었습니다.

죽을죄를 지었습니다. 잘못을 용서하여주십시오."

"고 역적 같은 놈이 내 사랑하는 여자를 넘겨다보았으니 참을 수 없다. 반드시 그놈을 죽이고 말겠다!"

"그러시면 안 됩니다. 옛날에 초나라 장왕은 잔치 때 촛불이 꺼진 틈을 타 왕비의 옷자락을 끈 신하 장웅을 용서했습니다. 왕비가 재빨리 자신의 옷자락을 건드린 장웅의 갓끈을 끊어놓고 왕에게 불을 켜서 범인을 찾아 벌을 내려달라 했으나 왕은 그렇게 하지 않았지요. 오히려 왕은 모든 신하의 갓끈을 끊게 한 다음 다시 불을 밝히도록 했지요. 그렇게 죄를 묻지 않고 넘어갔기에 뒷날 장웅은 진나라와 싸울 때 죽을힘을 다해 왕의 목숨을 지켰습니다. 초선이로 말하자면 한낱 여자에 지나지 않습니다. 그러나 여포는 바로 태사의 가장 씩씩하고 믿을 만한 부하입니다. 차라리 태사께서 이번 기회에 아예 여포에게 초선이를 내어주면 여포는 감격해서 반드시 목숨을 걸고 태사를 받들어 모실 겁니다. 그러니 다시 한 번 생각해보시기 바랍니다."

동탁은 한동안 생각을 하다가 입을 열었다.

"네 말도 옳은 말이기는 하나, 그건 좀 더 생각해보고 결정하겠다."

이유가 예의를 갖춘 다음 물러가자 동탁은 안채로 들어가 초선을 불러 앉혔다.

"너는 어찌하여 여포랑 몰래 만나느냐?"

초선이 훌쩍거렸다.

"제가 뒤뜰에서 꽃구경을 하고 있는데 그놈이 갑자기 뛰어들었습니다. 저는 깜짝 놀라 몸을 피하려고 했습니다. 그랬더니 그놈이 '나는 태사의 아들이다. 그러니 피할 필요 없다.' 그러면서 창을 들고 봉의정까지 쫓아왔습니다. 아무래도 그놈이 나쁜 마음을 품은 듯싶어 저는 차라리 연못에 몸을 던져 죽으려 했습니다. 그랬더니 나를 껴안고 놓아주지를 않았습니다. 마침 그때 태사께서 들이닥쳐서 제 목숨을 구해주셨습니다."

"내 너를 아예 여포에게 내어줄까 하는데 네 생각은 어떠하느냐?"

초선이 놀라 자빠지며 아예 목을 놓아 울었다.

"저는 이미 귀하신 몸을 섬겼습니다. 그런데 갑자기 종 같은 놈한테 내어준다니 그게 무슨 말씀이십니까? 저는 차라리 죽으면 죽었지 그렇게는 못 합니다."

초선은 말을 끝내자마자 벽에 걸려 있는 칼을 내리더니 스스로 목을 찌르려 했다. 동탁이 놀라 급히 칼을 빼앗아 내던진 뒤 초선을 끌어안았다.

"내 잠깐 너를 놀리느라 한번 해본 소리다."

초선은 그대로 동탁의 품에 쓰러져 얼굴을 묻고 마구 울었다.

"이건 틀림없이 이유가 꾸민 일입니다. 이유하고 여포가 친하다는 건 세상 사람이 다 알잖아요. 그래서 태사의 체면이나 저 같은 여자의 목숨은 하찮기만 할 거예요. 저는 그놈의 살이라도 생으로 씹어먹어야 분이 풀리겠습니다."

동탁은 울고 있는 초선을 계속 달랬다.

"울지 마라. 내 너를 버릴 일이 어디 있겠느냐?"

"태사께서 아무리 저를 예쁘게 봐주신다 해도 여기는 무서워서 더 못 있겠습니다. 이대로 있다가는 어쩌면 여포 손에 죽을지도 모릅니다."

"내일 너를 데리고 미오로 가서 함께 즐거움을 누릴까 한다. 그러니 아무 걱정 마라."

그제야 초선은 눈물을 거두고 절을 하며 고마움을 나타냈다.

다음 날 이유가 들어왔다.

"오늘이 마침 운이 괜찮은 날입니다. 초선을 여포한테 보내도록 하시지요."

동탁이 시큰둥한 표정을 지었다.

"어찌 됐든 나와 여포는 아비와 자식 사이다. 그런 처지에 어찌 초선을 내줄 수 있겠느냐? 여포의 잘잘못은 더 따지지 않을 테니까 내 뜻을 잘 전하고 달래주어라."

이유가 애타게 말했다.

"여자에게 너무 빠져서는 안 됩니다."

동탁이 벌컥 화를 냈다.

"너 같으면 네 여자를 여포한테 줄 수 있겠느냐? 초선이 얘기는 다시는 꺼내지 마라. 그랬다간 네 목숨은 끝이다!"

쫓겨나듯 밖으로 나온 이유는 하늘을 쳐다보며 긴 한숨을 내쉬었다.

"우리 모두 여자 손에 다 죽게 생겼구나."

훗날 이때의 일을 읊은 시가 있다.

치마 두른 여자 마음 하나 믿은 왕사도의 묘한 꾀

창칼 한 번 쓰지 않고 군사 하나 필요 없네

호뢰관의 세 번 싸움 헛심만 쓰는 일이었지

승리의 노랫소리는 봉의정에서 울렸다네

동탁은 바로 그날 미오로 떠날 준비를 했다. 조정의 모든 벼슬아치들이 나와 절을 하고 배웅했다.

초선은 수레 안에서 밖을 둘러보았다. 저 멀리 사람들 틈에서 여포가 자기만 뚫어져라 보고 있었다. 초선은 얼굴을 가린 채 우는 시늉을 했다. 수레가 멀어지자 여포는 말을 타고 언덕 위로 가 수레 뒤에 이는 먼지를 하염없이 바라보며 한숨지었다.

그때 등 뒤에서 누군가가 말을 걸었다.

"장군은 왜 태사를 따라가지 않고 여기서 한숨만 내쉬고 있소?"

돌아보니 사도 왕윤이었다. 인사를 마치자 왕윤이 다시 말했다.

"이 늙은이가 요새 병이 들어 집에 처박혀 있느라 여러 날 장군을 뵙지 못했소. 오늘은 태사께서 미오로 가신다기에 겨우 일어나 나왔는데 장군을 만나 반갑소. 그런데 장군은 왜 여기서 한숨만 내쉬고 있소?"

"그게 다 대감 따님 때문입니다."

왕윤이 짐짓 놀라는 체를 했다.

"내 딸이 장군한테 가 있지 않소?"

"저 늙은 도적놈이 차지하고서 내놓지를 않습니다."

왕윤은 더욱 놀라는 체를 했다.

"아니 그럴 수가!"

여포는 그동안 있었던 일을 일일이 왕윤에게 털어놓았다. 왕윤은 아무런 말을 못 하고 안타까운 표정을 지은 채 하늘을 쳐다보며 발만 굴렀다.

왕윤이 한참 만에야 입을 열었다.

"태사가 짐승 같은 짓을 할 줄이야!"

왕윤이 여포의 손을 잡아 끌었다.

"일단 우리 집으로 가서 의논합시다."

여포는 왕윤을 따라갔다. 왕윤은 여포를 깊은 방으로 들이고 술상을 내오도록 했다. 여포는 봉의정에서 초선을 만났던 일을 자세히 이야기했다.

이야기를 듣고 난 왕윤이 한숨을 내쉬었다.

"태사가 내 딸을 더럽히고 장군의 아내를 빼앗은 거나 마찬가지니 세상의 웃음거리요. 물론 사람들은 태사를 비웃는 게 아니라 이 늙은이와 장군을 비웃을 테지요. 나야 늙고 힘도 없으니 비웃음을 받아도 할 수 없지만, 이 시대 영웅인 장군이 웃음거리가 되는 게 분하고 안타깝소."

그 말에 여포가 화를 참지 못하고 주먹으로 술상을 내리치며 소리 질렀다.

왕윤이 얼른 여포를 달랬다.

"늙은이가 말을 잘못했소. 진정하시오."

여포가 이를 뿌드득 갈았다.

"내 반드시 그 늙은 도적놈을 죽이고 웃음거리 되었던 걸 털어내겠소."

왕윤이 손을 뻗어 서둘러 여포의 입을 막았다.

"장군은 그런 말 함부로 하지 마시오. 자칫하면 이 늙은이까지 다 죽게 되오."

그러나 여포는 더욱 거세게 나왔다.

"대장부가 세상에 태어나 언제까지 남의 밑에서 숨도 제
대로 못 쉬고 죽어 지내야 하오!"

왕윤이 슬며시 거들었다.

"그야 물론이지요. 장군 같은 재주가 있으면 남의 간섭을
받을 까닭이 없지요."

"사실은 진즉부터 그 늙은 도적놈을 죽이고 싶었소. 하지
만 아비·자식 사이라는 정을 어쩔 수 없었소. 나중에 사람
들이 헐뜯는 소리를 하는 게 듣기 싫었지요."

왕윤이 빙그레 웃었다.

"장군의 성은 여이고 태사의 성은 동이오. 태사가 장군한
테 창을 던졌다는 건 부모·자식의 정이 없기 때문에 그랬겠
지요."

여포는 그 말에 더욱 흥분했다.

"맞습니다! 사도께서 깨우쳐주지 않으셨다면 제가 일을
그르칠 뻔했습니다."

왕윤은 여포가 마음속으로 이미 결정을 한 듯싶어 내친
김에 할 말을 다 했다.

"장군이 쓰러져가는 한나라를 다시 일으켜세운다면 바로
충신이 되오. 그리하면 이름은 역사에 길이길이 남아 두고

두고 향기를 내뿜을 거요. 하지만 장군이 동탁을 돕는다면 바로 역적이 될 터이니, 만년을 두고 냄새나는 이름으로 남겠지요."

여포가 자리에서 일어나 절을 했다.

"저는 이미 뜻을 세웠습니다. 제 뜻을 조금도 의심하지 마십시오."

"혹시라도 일이 잘못되면 도리어 화를 불러일으키게 될 텐데 그게 염려스럽소."

여포는 칼을 뽑아 든 뒤 한쪽 팔을 찔러 피를 내며 다짐했다. 왕윤이 꿇어앉아 고마움을 나타냈다.

"한나라를 이어갈 수 있느냐 없느냐는 모두 장군의 어깨에 달려 있소. 절대 비밀이 새나가지 않도록 하시오. 때가 되어 계획이 다 짜여지면 알려드리겠소."

여포는 애써 화를 삭이며 돌아갔다.

왕윤은 곧바로 복야 사손서와 사예교위 황완을 불러 의논했다.

사손서가 말했다.

"황제께서 병석에서 일어나셨으니 말 잘하는 사람 하나를 미오로 보내 '황제께서 의논할 일이 있으니 들라고 합니다'라고 하여 동탁을 불러들입시다. 여포에게는 황제의 비

밀 조서를 내려 무장한 병사들과 함께 궁궐 문 앞에 숨어 있
으라 합시다. 동탁이 궁으로 들어오면 곧바로 해치워야 합
니다."

황완이 물었다.

"누굴 보낼까요?"

사손서가 대답했다.

"여포랑 같은 고향 사람인 기도위 이숙이 좋겠습니다. 동
탁이 벼슬을 올려주지 않는다고 불만이 많은 모양입니다.
이 사람이 가면 동탁도 의심하지 않을 듯합니다."

왕윤도 좋다고 했다. 이어 왕윤은 여포를 불러 의논했다.

여포가 말했다.

"옛날에 나보고 정원을 죽이라고 한 사람이 바로 이숙입
니다. 만약 가지 않겠다고 하면 내가 그 사람 목부터 베어버
리겠소."

왕윤은 곧바로 사람을 몰래 보내 이숙을 불러왔다.

여포가 말했다.

"옛날에 공은 나를 꾀어 정원을 죽이고 동탁에게 오도록
했소. 지금 동탁은 위로는 황제를 속이고 아래로는 백성을
못살게 굴어 그 죄가 하늘과 땅에 가득 차서 사람이고 귀신
이고 모두 분한 마음뿐이오. 공이 미오로 가서 황제의 명령
을 전하며 궁궐로 들어오게 하시오. 군사들을 숨겨두었다

해치울 생각이오. 모두들 한나라를 붙들어세워 충신이 되자는 뜻이오. 공의 생각은 어떻소?"

이숙이 대답했다.

"나 역시 그 도적놈을 오래전부터 없애고 싶었으나 마음을 같이할 사람을 찾지 못한 게 한이었네. 장군의 뜻이 그렇다면 이는 하늘이 내린 기회일세. 내 어찌 다른 마음이 있겠는가?"

이숙은 화살을 꺾으며 다짐했다.

왕윤이 말했다.

"공이 이번 일을 잘 해내면 벼슬자리 높아지는 것은 당연한 일이오."

다음 날 이숙은 말 탄 군사 여남은 명을 거느리고 미오로 갔다. 황제의 조서가 왔다는 보고가 들어가자 동탁이 그를 안으로 불러들였다. 이숙이 들어가 동탁에게 절을 했다.

"황제께서 무슨 명령이신가?"

이숙이 공손히 말했다.

"황제께서 병이 나으셨습니다. 그래서 모두들 미앙전에 모아놓고 태사께 황제 자리를 넘겨주시는 일을 의논하시기 위해 궁으로 들어오시라 이른 걸로 알고 있습니다."

"왕사도는 뭐라 하던가?"

"왕사도께서는 벌써 황제 자리를 주고받는 의식을 치를 수선대를 쌓으라 명령하고 태사께서 들어오시기만을 기다리고 있습니다."

동탁은 무척 기뻐했다.

"엊저녁 꿈에 용 한 마리가 나타나 몸을 친친 둘러감더니만, 오늘 기쁜 소식을 들으려고 그랬나보다. 때를 놓쳐선 안되겠지!"

동탁은 믿을 만한 부하 장수인 이각·곽사·장제·번조 네 명에게 날아다니는 곰이라 할 만큼 날래고 듬직한 비웅군 3천 명으로 미오성을 지키도록 했다. 이어 곧장 장안으로 갈 채비를 하다가 이숙을 돌아보았다.

"내가 황제 자리에 오르면 너에게는 궁을 지키는 집금오 벼슬을 주마."

이숙은 고맙다고 절을 하며 동탁 앞에서 특히 자기를 낮춰 '신하'라는 말을 많이 썼다.

동탁이 늙은 어머니에게 인사를 드리기 위해 안으로 들어갔다. 나이가 90실쯤인 이머니기 동탁에게 물었다.

"어디 가려고?"

"지금 황제 자리를 물려받으러 갑니다. 어머니는 머지않아 태후가 되실 겁니다."

어머니가 걱정스레 말했다.

"내 요새 괜히 살이 떨리고 가슴이 두근거린다. 아무래도 느낌이 좋지 않다."

동탁이 아무렇지도 않게 받아넘겼다.

"머지않아 나라의 어머니가 되실 터라 미리 느낌이 오는지도 모릅니다."

동탁은 어머니에게 떠나는 인사를 하고 초선에게 갔다.

"내가 황제가 되면 너를 황후 다음가는 귀비로 삼겠다."

초선은 드디어 일이 어떻게 돌아가는지 짐작을 할 수 있었다. 애써 기뻐하는 척하며 동탁에게 절을 함으로써 고마움을 나타냈다.

동탁은 수레를 타고 앞뒤로 보호를 단단히 받으며 미오를 떠나 장안으로 향했다. 채 30리를 못 갔을 때 수레바퀴 하나가 부러졌다. 동탁은 수레에서 내려 말로 갈아탔다. 다시 10리도 못 갔을 때였다. 말이 갑자기 울며 날뛰더니 고삐를 끊어버렸다.

동탁이 이숙에게 물었다.

"수레바퀴가 부러지고 말고삐가 끊어지니 이 무슨 일인고?"

이숙이 얼른 둘러댔다.

"태사께서 한나라의 황제 자리를 물려받으시어 옛것을 버리고 새것으로 바꾼다는 뜻입니다. 곧 옥으로 꾸민 수레와 금으로 만든 안장을 타신다는 뜻이지요."

동탁은 그 말을 아주 마음에 들어 하며 좋아라 했다.

다음 날엔 갑자기 바람이 휘몰아치더니 짙은 안개가 하늘을 온통 가려버렸다.

동탁이 이숙에게 또 물었다.

"이것도 좋은 일이겠지?"

이숙이 대답했다.

"주공께서 용의 자리에 오르려 하니 바람이 일고 안개가 피어 황제의 의젓함과 묵직함을 보여주는 현상입니다."

동탁은 또 기뻐하며 마음에 두지 않았다.

동탁이 장안성에 이르자 모든 벼슬아치들이 다 나와 맞았다. 이유는 아파서 누워 있어 나오지 못했다. 동탁이 상부에 들어가자 여포가 축하를 했다.

"내가 황제 자리에 오르면 너는 천하의 모든 군사를 다스리게 된다!"

여포는 절을 하며 고마움을 나타내고 물러나왔다.

그날 밤 멀리서 아이들 여남은 명이 부르는 노랫소리가 바람에 실려 날아 들었다.

천 리에 뻗은 풀 어찌 푸르기만 하겠는가
열흘 넘도록 마냥 살 수는 없으리라

노랫소리는 꽤나 구슬펐다.

동탁이 이숙에게 노래의 뜻을 물었다.

"저 노래는 좋은 뜻인가, 나쁜 뜻인가?"

이숙이 얼른 눙쳤다.

"저 노래 역시 유씨는 망하고 동씨가 일어난다는 좋은 뜻입니다."

사실 노래에 담겨 있는 숨은 뜻은 이숙이 말한 바와는 달랐다. '천리풀(千里艹)'은 동탁의 성 동(董) 자를 풀어놓은 것이고, '열흘 넘도록(十日上)'은 그의 이름 탁(卓) 자를 풀어놓은 것으로, 결국 동탁은 죽는다는 뜻이 담겨 있었다.

다음 날 아침 동탁의 한껏 꾸며댄 행렬이 궁으로 들어가고 있는데, 푸른 도포에 흰 두건을 쓴 도인 차림의 노인이 하나가 기다란 장대를 들고 서 있었다. 장대 끝에는 베(布)를 한 발이나 되게 매달고 있었고, 위아래엔 입 구(口) 자가 하나씩 쓰여 있었다. 그 뜻을 애써 새겨보면 여포(呂布)가 되었다.

동탁이 이숙에게 물었다.

"저 사람은 왜 저렇게 서 있느냐?"

이숙이 망설이지 않고 얼른 대답했다.

"미친놈이겠지요."

이숙은 군사들을 시켜 그 노인을 쫓아버리라 했다.

동탁이 궁으로 들어가자 모든 벼슬아치들이 관복 차림으로 나와 맞았다. 이숙은 손에 칼을 꼭 쥐고 수레를 따라 들어갔다.

북액문 앞에 이르자 군사들은 문밖에 있고, 수레를 모는 군사들 20명 남짓만 안으로 들어갔다. 동탁이 보니 왕윤을 비롯하여 모두들 칼을 든 채 문 앞에 서 있었다.

동탁이 놀라 이숙에게 물었다.

"왜 모두들 칼을 들고 있지?"

이숙은 동탁의 말에 대꾸하지 않고 수레를 몰아 곧장 안으로 들어갔다.

바로 그때 왕윤이 소리쳤다.

"역적놈이 들어왔다. 나와 쳐라!"

눈 깜짝할 새에 양쪽에서 무장한 군사 1백 명이 넘게 튀어나와 칼과 창으로 동탁을 치고 찔렀다. 동탁은 속에 갑옷을 입고 있어서 창끝이 잘 들어가지 않았다. 겨우 팔 하나에 상처를 입고 수레에서 굴러떨어졌다.

동탁이 소리를 크게 길렀다.

"내 아들 여포는 어디 있느냐?"

수레 뒤에서 여포가 뛰어나오며 소리 질렀다.

"황제의 명령을 받들어 역적을 치노라!"

여포가 창을 들어 동탁의 목을 찌르자 이숙이 머리를 베어 손에 들었다.

이어 여포가 왼손에 창을 쥐고 오른손으로 품속에서 조서를 꺼내더니 큰소리로 읽었다.

"황제의 어명을 받들어 역적 동탁을 죽였다! 나머지 사람들의 잘못은 묻지 않는다."

군사와 벼슬아치 모두 소리 높여 만세를 불렀다.

훗날 동탁을 한탄하는 시가 쓰였다.

칼의 힘으로 세상을 잡으면 제왕이 되고
그리되지 못하더라도 재산은 긁어모았으련만
하늘의 뜻은 미치지 않는 곳이 없어
미오성 쌓자마자 잡아가버리는구나

여포가 큰소리로 외쳤다.

"동탁을 도와 온갖 못된 짓을 하게 한 놈은 이유다. 누가 가서 그놈을 잡아오겠느냐?"

이숙이 썩 나섰다. 이때 문밖에서 외침 소리가 나더니 군사 하나가 뛰어들어와 이유 집 종들이 이유를 묶어서 끌고 들어온다고 알렸다. 왕윤은 이유를 큰길가로 끌고 가 머리를 베라고 명령했다. 아울러 동탁의 시체도 큰길가에 내다 놓고 백성들이 볼 수 있도록 했다. 동탁의 시체는 살이 쪄

엄청나게 뚱뚱했다. 시체를 지키는 군사가 배꼽에 심지를 꽂고 불을 켜자 기름이 흘러내려 바닥을 적셨다. 지나가는 사람마다 시체를 발로 차고 머리를 때렸다.

왕윤은 여포에게 황보숭·이숙과 함께 군사 5만 명을 이끌고 미오로 가서 동탁의 재산을 거두고 식구들을 잡아 죽이라 하였다.

한편 동탁의 부하들인 이각·곽사·장제·번조는 동탁이 이미 죽고 여포가 쳐들어온다는 보고가 들어오자 곧장 비웅군을 이끌고 밤낮없이 달려 양주로 도망쳤다.

여포는 미오에 이르자마자 초선부터 찾았다. 황보숭은 미오로 끌려왔던 일반 백성의 자녀들을 모두 집으로 돌려보냈다. 동탁의 피붙이는 늙고 어리고를 가리지 말고 하나도 남김없이 모두 죽이라 하였다. 동탁의 늙은 어머니 역시 죽음을 맞았다. 동탁의 아우 동민과 조카 동황 모두 목을 베어 죽였다. 미오성 안에 쌓인 재물도 거두어들였는데, 황금이 수십만이요 백금이 수백만이었으며, 비단과 온갖 보물, 그릇과 식량 등은 이루 헤아릴 수 없을 정도로 많았다.

임무를 마치고 돌아와 왕윤에게 보고하자 왕윤은 군사들에게 잔치를 베풀며 위로했다. 또 벼슬아치들에게도 술자리를 베풀어 이번 일을 축하했다.

한창 술을 마시며 즐기고 있을 때였다.

여포가 동탁을 죽이다.

"동탁의 시체에 엎드려 큰소리로 우는 사람이 있습니다."

왕윤이 화를 냈다.

"배운 사람이고 못 배운 사람이고 동탁의 죽음을 기뻐하지 않는 이가 없는데 슬퍼하다니, 도대체 누구란 말이냐?"

왕윤은 그 사람을 당장 잡아오라 했다. 얼마 지나지 않아 붙들려 온 사람을 보고 모두들 놀랐다. 그는 바로 시중 채옹이었다.

왕윤이 그를 꾸짖었다.

"역적 동탁이 죽은 건 나라를 위해 무척 다행스런 일이다. 너는 한나라 신하로서 나라를 위해 기뻐하지 않고 도리어 역적놈을 위해 슬퍼 울다니 말이 되느냐?"

채옹이 엎드려 죄를 빌었다.

"제가 비록 재주는 별로 볼 게 없으나 큰 뜻을 헤아릴 줄은 압니다. 어찌 나라를 배반하고 동탁을 감싸겠습니까? 지난날 한때 그 사람이 나를 알아주고 대우를 해준 바 있어 저도 모르게 울었을 뿐입니다. 저의 죄는 제가 알고 있으니 대감께서는 굽어 살펴주십시오. 얼굴에 검은 글자나 새기고 발이나 자르는 벌을 내리시어 한나라 역사를 계속 써서 죄를 갚게 해주면 더 바랄 게 없겠습니다."

자리에 모인 벼슬아치들 모두 채옹의 재주를 아끼기에 목숨을 구해주려 애썼다.

태부 마일제 역시 왕윤에게 조용히 말했다.

"채옹은 세상에 보기 드문 재주꾼입니다. 만일 한나라 역사를 계속 이어 쓰게 해서 끝마치게 한다면 참으로 대단한 일이 될 터이지요. 또 그 사람은 효자로도 널리 알려진 사람입니다. 만약 그 사람을 죽인다면 세상 사람들의 마음을 잃을지도 모릅니다."

그러나 왕윤은 엄격했다.

"옛날 효무제께서 사마천을 죽이지 않고 살려두시어 《사기》를 쓰게 하시는 바람에 결국은 나랏일을 비난하는 글을 써서 남기지 않았소? 지금은 나라의 기운이 아주 약해져 있는 때여서 나랏일이 여러 가지로 어지럽기 짝이 없소. 나이 어린 황제 곁에 저런 넋 빠진 사람을 두어 붓을 놀리게 한다면 틀림없이 우리를 욕하는 글을 써서 나중 세상에까지 남길지 모르오."

마일제는 입을 다물고 물러나와 몇 사람에게 조용히 말했다.

"왕윤은 후손을 두지 못할 듯하오. 착한 사람은 나라의 으뜸가는 주춧돌이요, 역사를 기록하는 일은 나라의 틀을 만들어가는 일이나 마찬가지인데, 주춧돌을 캐내고 틀을 부수려 하니 어찌 오래 갈 수 있겠소?"

끝내 왕윤은 마일제의 말을 듣지 않고 채옹을 옥에 가두었다가 목을 매어 죽였다. 이 소식이 알려지자 뜻있는 이들은 다 눈물을 흘렸다.

훗날 어떤 사람이 "채옹이 동탁의 시체를 안고 운 일은 바람직하지 않았다. 그러나 왕윤이 채옹을 죽인 일도 지나친 일이다"라고 한 뒤 아쉬움을 시로 읊었다.

동탁은 모든 힘을 손에 다 쥐고

제멋대로 못 할 짓 다 했는데

채옹은 어쩌자고 스스로 제 앞길 망쳤던고

그때 제갈량은 융중에 틀어박혀 세상을 등진 채

올곧지 못한 사람들을 애써 피하였느니라

한편 이각·곽사·장제·번조는 섬서로 달아났다. 거기서 그들은 장안으로 사람을 보내 용서를 바라는 글을 올렸다.

왕윤이 말했다.

"동탁이 설친 건 바로 이 네놈이 곁에서 도와주었기 때문이다. 이번에 비록 모든 죄를 묻지 않는 대사령을 세상에 내렸지만, 그놈들만은 절대로 용서할 수 없다."

글을 가지고 갔던 이가 다시 돌아가 이각에게 자신이 들은 대로 보고했다.

이각이 말했다.

"용서해달래도 안 된다 하니 우리는 저마다 살길을 찾는 수밖에 없겠소."

모사 가후가 말했다.

"여러분이 군사를 버리고 흩어진다면 한낱 지푸라기 묶을 정도의 힘이나 쓰는 벼슬아치도 여러분을 잡아 묶을 수 있소. 차라리 여기 섬서 사람들을 잘 구슬려 모은 뒤 우리 군사와 힘을 합쳐 장안으로 쳐들어가 동태사의 원수를 갚읍시다. 성공하면 황제를 받들어 천하를 바로잡고, 만일 성공하지 못하면 그때 도망쳐도 늦지 않습니다."

이각을 비롯해 모두들 그 말을 옳게 여겼다. 그래서 그들은 서량주 근방에 헛소문을 퍼뜨렸다. 그 헛소문은 "왕윤이 이쪽 사람들을 죄다 없애버리려 한다"는 말이었다. 백성들은 크게 놀랐다. 그래서 그들은 더욱 부추겼다.

"이대로 앉아 있다 멍청하게 죽느니 우리와 함께 힘을 합쳐 쳐들어가자!"

많은 사람들이 그 말에 따라나섰다. 마침내 그들은 10만 명이 넘는 군사들을 이끌고 네 길로 나눠 장안으로 쳐들어갔다. 가는 길에 동탁의 사위인 중랑장 우보를 만났다. 장인의 원수를 갚는다며 군사 5천 명을 이끌고 오는 길이었다. 이각은 군사를 합친 다음 우보를 앞장세우고, 네 사람은 그 뒤를 따랐다.

왕윤은 서량군이 쳐들어온다는 소식이 들어오자 여포와 의논했다. 여포는 거칠 게 없다는 투였다.

"사도께서는 아무 걱정하지 마십시오. 그깟 쥐새끼들쯤이야 한 주먹거리도 안 됩니다."

여포는 이숙과 함께 군사를 거느리고 나갔다. 이숙은 앞장서 가다가 우보와 맞부딪쳐 한바탕 싸움을 벌였다. 우보가 먼저 견디지 못하고 달아났다. 그러나 그날 밤이 막 깊어갈 때쯤 이숙이 마음을 놓고 잠든 틈을 타 우보가 다시 쳐들어와 영채를 덮쳤다. 이숙의 군사는 크게 져서 30리 밖으로 도망쳤다. 이숙은 군사를 절반이나 잃고 여포에게 왔다.

여포가 몹시 화를 냈다.

"우리 군사의 기운을 꺾어버리다니!"

여포는 곧바로 이숙의 머리를 베어 군문에다 매달도록 했다.

다음 날 여포는 군사를 이끌고 나가 우보와 싸웠다. 그러나 우보는 여포를 해볼 수 없어 달아나버렸다.

그날 밤 우보는 부하 호적아를 불러 의논했다.

"여포는 워낙 날래고 씩씩해서 일만 명이 한꺼번에 달려들어도 해볼 수가 없다. 차라리 이각 무리 네 사람을 속이고 몰래 황금이랑 구슬이나 훔쳐 달아나자. 보물이나 챙겨 서너 명만 데리고 군사들을 버리고 도망가자꾸나."

호적아가 좋다고 했다. 그날 밤 그들은 값진 보물을 훔친 뒤 서너 명만 데리고 도망쳤다. 강을 건널 때쯤 호적아는 보물이 욕심나 우보를 죽인 다음 그 머리를 가지고 여포한테 갔다. 여포는 같이 온 사람들에게 그때까지의 사정을 자세히 물었다.

"사실은 호적아가 보물을 혼자 차지하려고 우보를 죽인 겁니다."

여포는 화를 내며 그 자리에서 호적아를 죽인 다음 군사를 이끌고 나갔다. 이각의 군사가 몰려왔다. 여포는 이각이 미처 진을 벌리기도 전에 창을 꼬나잡고 군사들을 휘몰고 들이쳤다. 이각의 군사들은 해볼 수가 없어 50리 넘게 물러가 산을 뒤로하고 진을 쳤다.

이각이 곽사·장제·번조 등을 불러놓고 의논했다.

"여포는 씩씩하기는 하지만 꾀는 없으니 크게 걱정할 건 없소. 내가 군사를 이끌고 골짜기 어귀에 날마다 여포를 꾀어내 싸울 테니 곽사 장군은 그 뒤를 치시오. 마치 팽월이 초나라 군사를 괴롭히던 내로 하시오. 징 소리가 나면 공격하고 북소리가 나면 물러나시오. 그리고 장제 장군과 번조 장군은 그 틈을 타 군사를 두 갈래로 나누어 장안으로 바로 쳐들어가시오. 여포는 두 곳을 다 막을 수 없어 갈팡질팡하다 제풀에 꺾이게 되오."

그들은 모두 그 계획에 따르기로 했다.

한편 여포는 군사를 거느리고 이각이 있는 산 밑까지 왔다. 이각이 군사를 이끌고 나가 싸움을 걸기 시작했다. 여포가 화가 나서 쳐들어갔다. 그러나 이각은 싸우지 않고 산 위로 올라가 돌과 화살을 마구 쏘아댔다. 여포의 군사들이 쳐들어가지 못하고 있는데 갑자기 뒤에서 곽사의 군사들이 들이쳤다. 여포는 급히 군사들을 돌렸다. 바로 그때 북소리가 크게 울리더니 곽사의 군사들이 물러갔다. 여포는 군사들을 거두라 했다. 그런데 갑자기 징 소리가 시끌벅적하게 울리더니 이각의 군사가 밀고 들어왔다. 여포가 맞서 싸우려 하자 미처 싸우기도 전에 아까 물러났던 곽사의 군사들이 몰려와 뒤를 치기 시작했다. 이에 여포는 이각 쪽을 버리고 뒤돌아섰다. 그러나 북소리가 다시 울리더니 곽사의 군사들은 또 물러나고 말았다. 약이 오를 대로 오른 여포는 가슴이 터질 것만 같았다.

며칠 동안 같은 일이 되풀이되었다. 싸우고 싶어도 싸울 수 없고, 그만두려 해도 그만둘 수 없어 여포의 속은 부글부글 끓었다. 그때 급한 보고가 들어왔다. 장제와 번조가 이끄는 두 갈래 군사들이 장안을 들이쳐서 장안이 위태롭다는 것이었다.

여포는 급히 군사들을 돌려 장안 쪽으로 향했다. 그러자 이각·곽사가 뒤에서 들이닥쳤다. 그러나 여포는 그들과 싸울 뜻이 없어 앞만 보고 달렸다. 그러느라 군사와 말을 많이 잃었다.

장안성 아래에 이르러보니 적들은 이미 구름처럼 몰려들어 성을 에워싸고 있었다. 여포는 그들과 싸웠다. 그러나 이길 수가 없었다. 게다가 평소에 여포가 거칠고 사납게 군 걸 못마땅하게 여겨 적에게 항복해버리는 군사도 많았다. 여포는 속이 탔다.

며칠 뒤, 성 안에 있던 동탁의 패거리인 이몽과 왕방이 적군과 몰래 연락을 해서 성 문을 열어주고 말았다. 이에 사방에서 적군이 물밀듯이 성 안으로 밀려 들어왔다. 여포는 힘껏 싸웠으나 적들을 막아낼 수 없었다.

여포는 하는 수 없어 말 탄 군사 몇백 명만 이끌고 청쇄문 밖으로 가 왕윤을 불러냈다.

"일이 급하게 되었습니다. 사도께서는 빨리 말을 타십시오. 일단 관 밖으로 나가 나시 기회를 보는 게 좋겠습니다."

왕윤이 대답했다.

"나라를 지키는 신들의 보호를 받아 나라가 편안해지는 게 내 소원이오. 만일 그렇게 되지 않으면 이 한 몸 바쳐 죽을 생각이오. 나라가 어려움에 빠졌는데 구차하게 살아 무엇하겠소. 장군은 나 대신 관동의 여러분께 고맙다는 인사를 하고 나라를 위해 힘써달라고 부탁하더라는 말이나 전해주오."

여포가 거듭 같이 가자고 했으나 왕윤은 고집을 꺾지 않았다. 그때 모든 성 문에서 불길이 솟더니 하늘 높이 타올랐다. 여포는 가족마저 버려둔 채 말 탄 군사 1백 명 남짓만 이끌고 관을 빠져나와 원술에게 갔다.

이각과 곽사는 군사들이 사람이든 재물이든 마음껏 짓밟고 빼앗게 내버려두었다. 태상경 충불, 태복 노규, 대홍려 주환, 성문교위 최열, 월기교위 왕기 등이 모두 이때 죽었다.

마침내 적군들은 궁궐 안까지 에워쌌다. 황제를 가까이 모시고 있는 신하들이 황제에게 선평문으로 올라가 난리를 가라앉힐 것을 아뢰었다. 이각의 무리는 황제가 타는 수레의 황색 덮개가 보이자 만세를 불렀다.

헌제가 문 위 다락에 올라가 물었다.

"그대들은 미리 알리지도 않고 함부로 장안으로 쳐들어왔으니 앞으로 어쩌자는 거요?"

이각·곽사가 고개를 들어 황제를 바라보았다.

"동태사는 바로 나라를 지킨 신하인데 아무 잘못도 없이 왕윤에게 죽임을 당했습니다. 저희들은 원수를 갚으러 왔을 뿐이지 반란을 일으킨 게 아닙니다. 왕윤만 만나면 바로 군사들을 거두겠습니다."

황제 곁에서 이 말을 같이 들은 왕윤이 아뢰었다.

"제가 나라를 위해 꾀한 일이 어긋나 이렇게 되고 말았습니다. 폐하께서는 저 하나를 건지려다 나랏일을 그르쳐선 안 됩니다. 제가 내려가서 두 도적놈을 직접 만나겠습니다."

헌제는 머뭇거리며 차마 무어라 말을 하지 못했다. 왕윤이 문 위에서 아래로 뛰어내리며 외쳤다.

"왕윤이 여기 있도다!"

이각과 곽사가 칼을 빼어 들고 따졌다.

"동태사께서 무슨 죄가 있다고 죽였느냐?"

왕윤이 꾸짖듯 말했다.

"동탁 역적놈의 죄는 하늘과 땅 사이에 차고 넘쳐 이루 말로 다 할 수 없다. 그놈이 죽었을 때 장안의 배운 사람이고 못 배운 사람이고 죄다 기뻐서 날뛰었는데, 네놈들은 그 소식도 못 들었단 말이냐?"

이각과 곽사가 다시 따지고 들었다.

"태사는 죄가 있다고 치자. 그럼 우리는 무슨 죄가 있다고 죽이려 들었느냐?"

그 말에 왕윤이 큰소리로 호통을 쳤다.

"역적놈들이 무슨 말이 이리 많으냐? 나 왕윤은 여기서 죽으면 그만이다!"

이각과 곽사가 칼을 들어 왕윤을 쳐죽였다.

역사를 기록하는 사관이 왕윤을 기리는 시를 지었다.

왕윤은 꾀를 내어 간신 동탁을 죽였지만

나라 생각하는 마음 한이 되어 얼굴 펴질 날이 없네

굽힘 없는 의지와 충성스런 마음 하늘에 이르더니

아직도 그의 넋은 봉황루를 싸고돈다네

역적들은 왕윤을 죽인 다음 군사들을 시켜 왕윤의 집안 사람은 어른·아이 가리지 않고 모두 죽이도록 했다. 이에 눈물을 흘리지 않는 백성이 없었다.

이각과 곽사는 다시 머리를 맞대었다.

"이미 이렇게 된 마당인데 아예 황제를 죽이고 큰일을 꾀하는 게 어떻겠소? 이런 기회가 언제 또 있겠소?"

그들은 바로 칼을 빼어 들고 소리를 지르며 안으로 쳐들어가려 했다.

두목이 죽었기에 이제는 조용해지는가 했는데

뒤이어 졸개놈들 날뛰니 다시 난리 닥치네

과연 헌제의 목숨은 어찌 될는지……

서주로 쳐들어간 조조

마등은 왕실을 위해 의로운 군사를 일으키고
조조는 아비의 원수를 갚으려고 군사를 일으키다

이각과 곽사 두 사람이 헌제를 죽이려 하자 장제와 번조가 말렸다.

"그래서는 안 됩니다. 오늘 바로 그렇게 하면 많은 사람이 우리를 따르지 않습니다. 황제는 그대로 두고 제후들을 속여 관 안으로 들어오게 한 다음 마치 날개 자르듯 그 사람들부터 해치웁시다. 황제는 그다음에 없애야 천하를 얻을 수 있습니다."

이각과 곽사는 그 말을 받아들여 칼을 거두어 칼집에 꽂았다.

헌제가 문 위에서 물었다.

"왕윤을 이미 죽였으면서 왜 군사를 거두지 않느냐?"

이각과 곽사가 대답했다.

"저희들은 왕실을 위해 공을 세웠지만 아직 마땅한 벼슬을 받지 못했습니다. 그래서 군사를 거두지 않고 있습니다."

"그대들은 무슨 벼슬을 원하는가?"

이각·곽사·장제·번조 넷은 저마다 하고 싶은 벼슬의 이름을 적어 올리며 꼭 그 벼슬을 하고 싶다고 했다. 헌제는 그들이 바라는 대로 해주지 않을 수 없었다.

이리하여 이각은 거기장군 지양후에 사예교위가 되어 황제의 믿음을 나타내는 기와 권한을 대신하는 도끼를 받았고, 곽사는 후장군 미양후가 되어 역시 기와 도끼를 받아 나랏일을 볼 수 있게 되었다. 번조는 우장군 만년후가 되고, 장제는 표기장군 평양후가 되어 군사를 거느리고 홍농에 머물렀다. 그 밖에 이몽과 왕망 등도 교위가 되었다. 이각의 무리는 그제야 황제에게 절을 한 뒤 군사를 거두어 나갔다.

그들은 동탁의 몸뚱이를 찾는 영을 내려 썩다 만 살점과 뼛조각 몇 개를 찾았다. 몸뚱이 가운데 찾지 못한 부분은 향나무를 깎아 어설프게나마 형체를 갖추어 제사를 지냈다. 이어 좋은 날을 골라 장사 지내기 위해 왕이 입는 옷차림에 관을 씌운 뒤 미오로 옮겨갔다.

장사를 지내려는 날이었다. 천둥 번개가 치고 큰비가 내려 편편한 땅도 금세 깊이가 꽤나 되게 물이 고여버렸다. 이어 동탁의 관은 벼락을 맞아 쪼개지고 시체가 밖으로 튕겨 나갔다.

이각은 날이 개기를 기다려 다시 장사를 지내려 했다. 그러나 그날 밤에도 그런 일이 다시 벌어졌다. 다시 한 번 장사를 지내려 했지만 역시 마찬가지였다. 세 번씩이나 같은 일이 되풀이되자 그나마 거두었던 살점과 뼈가 모두 벼락불에 타 하나도 남지 않았다. 하늘이 동탁을 얼마나 미워하는지 알 만했다.

이각과 곽사는 나라의 힘을 손아귀에 넣자 백성들을 못살게 굴었다. 또 믿을 만한 부하를 헌제 곁에 두고 밤낮으로 움직임을 살폈다. 그래서 헌제는 마치 가시방석에 앉아 있는 듯 불안하기 짝이 없었다.

조정의 벼슬아치들은 두 역적의 마음대로 올라가기도 하고 쫓겨나기도 했다. 그들은 백성들의 마음을 얻는다고, 사람들의 손경을 받는 주준을 불러들여 태복 벼슬을 시키고 나랏일을 함께 다루었다.

어느 날 서량 태수 마등과 병주 자사 한수가 10만 명 넘는 군사를 거느리고 역적들을 몰아내겠다며 장안으로 쳐들어온다는 보고가 들어왔다.

마등과 한수 두 장수는 미리 사람을 장안으로 보내 시중 마우, 간의대부 종소, 좌중랑장 유범 등 세 사람과 몰래 연락하여 역적들을 치기로 하였다. 마우를 비롯한 세 사람은 이 사실을 헌제에게 몰래 아뢰었다. 이에 헌제는 마등을 정서장군, 한수를 진서장군이라 하여 몰래 조서를 내려 서로 힘을 합쳐 역적을 치도록 하였다.

이각·곽사·장제·번조 등은 보고를 받자마자 어떻게 막을 것인가를 의논했다.

모사 가후가 말했다.

"적들은 멀리서 왔습니다. 그러니 도랑이나 깊이 파고 성벽이나 더 높이 쌓은 다음 굳게 지키고만 있으면 됩니다. 아마 백 일 되기 전에 먹을거리가 바닥나 저절로 물러가지 않을 수 없을 겁니다. 그때 군사를 몰고 나가 뒤쫓으면 마등과 한수를 잡을 수 있습니다."

이몽과 왕방이 나섰다.

"그건 별로 좋은 방법이 아닙니다. 우리에게 날랜 군사 만 명만 내주십시오. 곧바로 마등과 한수 머리를 베어다 바치겠습니다."

가후가 머리를 가로저었다.

"지금 싸우면 반드시 집니다."

이몽과 왕방은 계속 고집을 부렸다.

"우리 둘이 지거든 목을 바치겠소. 그러나 만약 우리가 이기고 돌아오면 그때는 공의 머리를 내놓으시오."

가후가 이각과 곽사를 쳐다보았다.

"장안에서 서쪽으로 이백 리 떨어진 데에 길이 매우 험한 주질산이 있습니다. 장제·번조 두 장군을 그곳에 보내 지키게 한 다음 이 두 사람에게 군사를 주어 나가 싸우게 하는 게 좋을 듯합니다."

이각과 곽사는 가후가 이르는 대로 군사 1만 5천 명을 이몽과 왕방에게 주었다. 두 사람은 기뻐하며 바로 길을 떠나 장안에서 280리 떨어진 곳에 영채를 세웠다.

서량군이 가까이 오자 이몽과 왕방은 군사를 거느리고 싸우러 나갔다. 서량 군사들은 길을 막아 진을 쳤다. 마등과 한수가 말 머리를 나란히 한 채 나오더니 이몽과 왕방에게 손가락질을 하며 큰소리로 꾸짖었다.

"나라를 배반한 저 역적놈들을 누가 나가서 잡아오겠느냐?"

미처 말이 끝나기도 전이었다. 기다란 창을 꼬나들고 말 위에 앉아 있던 어린 군사가 진 속에서 뛰쳐나왔다. 얼굴은 옥을 아름답게 빚어놓은 것 같고, 눈은 별처럼 빛났다. 게다가 힘이 넘치는 범의 몸통에 억센 원숭이의 팔이었으며, 부드러우면서도 단단한 표범의 배에 매끈하고 날렵한 이리의 허리였다.

소년은 마등의 아들 마초로, 자는 맹기이다. 나이는 17살인데 씩씩하고 야무졌다. 왕방이 마초를 어린애라고 얕잡아보며 말을 달려나왔다. 그러나 왕방은 몇 합 싸워보지도 못하고 마초의 창에 찔려 말 아래로 고꾸라지고 말았다. 마초는 진으로 돌아가기 위해 말고삐를 돌렸다. 왕방이 죽는 것을 본 이몽이 말을 휘몰아 마초의 뒤를 쫓았다. 마초는 그것을 모르고 있는 성싶었다. 진 문 아래에 있던 마등이 큰소리로 외쳤다.

"등 뒤에 쫓아오는 놈이 있다!"

그러나 외치는 소리가 채 끝나기도 전에 마초는 이몽을 사로잡아 끌어당기고 있었다. 마초는 이몽이 뒤를 쫓아오는 걸 알았지만 짐짓 모르는 체했을 뿐이다. 이몽이 가까이 와서 창을 내지르려는 순간 살짝 몸을 비켜 헛창질을 하게 했다. 그런 다음 말이 서로 닿을 만한 거리에 이르자 잽싸게 팔을 뻗어 이몽을 사로잡았다.

장수 둘이 어떻게 되는가를 지켜본 적군들은 허겁지겁 도망치느라 바빴다. 마등과 한수는 그 틈을 놓치지 않고 뒤를 쫓아 무찔러 크게 이겼다. 그들은 골짜기 어귀까지 밀어붙여 거기에 영채를 세운 다음 이몽의 목을 베었다.

박상률 완역 삼국지 1

이각과 곽사는 이몽과 왕방이 모두 마초에게 당했다는 소식을 들었다. 그들은 가후가 앞날을 내다보는 눈이 있다는 것을 믿게 되어, 가후 말대로 굳게 지키기만 하고 아무리 싸움을 걸어와도 나가지 않았다. 가후 말대로 서량군은 그때부터 두 달이 못 되어 식량과 말먹이가 바닥나 군사를 거두어야 할지 어쩔지를 의논하기에 이르렀다.

그때 장안에서는 마우의 하인 하나가 마우·유범·종소 등이 마등·한수와 몰래 손을 잡고 군사를 일으켰다는 사실을 이각 무리에게 일러바쳤다. 이각과 곽사는 성을 크게 내며 세 집의 사람이면 어른·아이는 물론 하인까지 모두 잡아 죽였다. 그런 다음 마우·유범·종소의 머리는 성 문 위에 매달아놓았다.

마등과 한수는 식량이 바닥난데다 비밀 또한 드러나버려 하는 수 없이 영채를 거둘 수밖에 없었다.

이각과 곽사는 새로 명령을 내려, 장제는 마등의 뒤를 쫓고 번조는 한수의 뒤를 쫓도록 했다. 이에 서량군은 크게 지고 달아나기에 이르렀다. 마초는 뒤에서 주기 살기로 싸워 장제를 물리쳤으나 한수는 번조에게 쫓겨 진창까지 내몰렸다.

한수가 말을 멈추더니 번조에게 큰소리로 외쳤다.

"공과 나는 같은 고향 사람인데 오늘은 어찌 이리도 모질게 하시오?"

달려오던 번조도 말을 멈추었다.

"위에서 내린 명령을 난들 어찌하겠소?"

한수가 다시 말을 받았다.

"그 점은 나도 마찬가지요. 나도 나라를 위해서 여기 왔소. 그런 나한테 이렇게 몰아붙여서야 되겠소?"

그 말에 번조는 아무 말 없이 말 머리를 돌려 한수가 달아날 수 있게 한 뒤 군사를 거두어 돌아갔다. 그런데 이각의 조카 이별이 이 장면을 지켜보고 있다가 돌아가자마자 이각에게 일러바쳤다. 이각이 화를 벌컥 내며 군사를 끌고 가 번조를 치려 했다. 이에 가후가 말렸다.

"아직도 사람들 마음이 안정되지 않았으므로 아무 때나 군사를 몰고 다니는 일은 피해야 합니다. 차라리 장제와 번조의 공을 축하하는 술자리를 열도록 하십시오. 그 자리에서 번조를 잡아 죽이는 일은 어려운 일이 아니잖습니까?"

이각이 그 말을 기꺼이 받아들여 곧바로 잔치를 열어 장제와 번조를 불렀다. 두 장수는 가벼운 마음으로 술자리에 왔다. 술기운이 무르익자 이각이 얼굴빛을 바꾸었다.

"번조는 왜 한수와 짜고 배반하려 하느냐?"

번조가 깜짝 놀라 아무 말도 못 하고 있을 때 무사들이 순식간에 달려들어 번조의 목을 쳤다. 장제 역시 깜짝 놀라 바닥에 엎드렸다. 이각이 장제를 붙들어 일으켰다.

"번조는 배반하려 했기 때문에 죽였지만, 그대는 내가 믿고 있는 장수인데 무얼 그리 놀라나?"

이각은 번조의 군사들을 모두 장제에게 주었다. 장제는 군사들을 거느리고 홍농으로 돌아갔다.

이각과 곽사가 서량군을 물리친 뒤로는 어느 제후도 아무런 소리를 내지 못했다. 가후는 백성들을 안심시키고 어진 사람과 능력 있는 사람을 쓰라고 여러 차례 권했다. 그래서 조정에는 활기가 조금 돌았다.

그때 청주에서 황건적이 또 일어났다. 뚜렷한 우두머리도 없이 수십만 명이 떼를 지어 다니며 백성들을 괴롭혔다.

태복 주준이 이들을 쓸어버릴 사람을 추천하겠다고 했다. 이각과 곽사가 누구인지 물었다. 주준이 말했다.

"산동 지방의 도적 떼는 조맹덕이 아니고선 물리치기 힘들지 모르오."

이각이 물었다.

"맹덕은 지금 어디 있소?

"동군 태수로 있는데 군사를 많이 거느리고 있소. 명령만 내리면 그 사람은 틀림없이 도적 떼를 물리칠 겁니다."

이각은 기뻐하며 그날 밤 곧 조서를 꾸민 뒤 동군으로 사람을 보냈다. 조서 내용은 조조더러 제북상 포신과 함께 도적들을 치라는 것이었다.

조조는 조서를 받자 포신과 의논한 뒤 군사를 일으켜 수양으로 쳐들어갔다. 이때 포신은 너무 깊숙이 쳐들어가는 바람에 적들에게 목숨을 잃고 말았다. 조조는 달아나는 적들의 뒤를 쫓아 제북까지 갔다. 계속 항복을 하는 적들이 수만 명에 이르렀다. 조조는 그들을 앞장세워 다시 공격해나갔다. 항복해오는 적들이 점점 더 늘었다. 1백 일이 넘어가자 항복해온 군사가 30만 명이 넘고 일반 남녀도 1백만 명이 넘었다. 조조는 그들 가운데에서 날래고 씩씩한 이를 뽑아 '청주병'이라는 이름을 붙였다. 나머지 사람들은 모두 고향에 돌아가 농사를 지으라 했다.

이때부터 조조의 이름은 갈수록 널리 떨치게 되었다. 조정에서는 조조에게 진동장군이라는 벼슬을 더해주었다.

조조는 연주에서 능력 있는 인재를 널리 구했다. 어느 날 삼촌·조카 사이인 사람 둘이 찾아왔다. 삼촌 되는 사람은 영천 영음 사람 순욱인데, 자는 문약으로 순곤의 아들이었다. 원래 원소 밑에 있었는데 조조를 찾아왔다.

조조는 순욱과 세상 이야기를 나누어본 뒤 마음에 들어 했다.

"허허, 이 사람은 나의 자방일세. 고조를 도와 천하를 통일시킨 장량 말일세.”

순욱은 곧장 행군사마가 되었다.

순욱의 조카 순유는 자가 공달인데 이미 세상에 널리 이름이 나 있었다. 황문시랑을 지냈으나 벼슬을 버리고 고향에 돌아가 있다가 삼촌과 함께 조조를 찾아온 것이다. 조조는 순유를 행군교수로 삼았다.

순욱이 말했다.

“연주에 어진 분이 한 사람 있다고 들었는데 어디 있는지 잘 모르겠습니다.”

조조가 누구인지 궁금해했다. 순욱이 계속 말했다.

“그는 동군 동아 사람인데, 이름은 정욱이고 자는 중덕입니다.”

조조가 머리를 끄덕였다.

“나도 그 이름을 오래전부터 들어 알고 있소.”

조조는 곧장 그의 고향으로 사람을 보내 찾아보도록 했다. 정욱은 산속에서 글을 읽으며 지내고 있었다. 조조는 정성을 다해 그를 만나고자 했다. 마침내 정욱이 오자 조조는 크게 기뻐했다.

정욱이 순욱에게 말했다.

“나는 보고 들은 게 별로 없어 공의 기대만큼 되지 않는 사람이오. 그런데 공과 같은 고향 사람 가운데 자가 봉효인 곽가라는 사람이 있소. 그 사람이야말로 우리 시대 인물인데 왜 부르지 않았소?"

순욱이 무릎을 탁 쳤다.

"아차, 깜빡했습니다."

순욱은 바로 조조에게 곽가를 모셔오자고 했다. 곽가가 오자 함께 세상일을 의논했다. 곽가는 광무제의 자손 하나를 추천했다. 회남 성덕 사람인 유엽으로 자는 자양이었다. 조조는 곧바로 유엽을 예의를 갖추어 불러왔다. 유엽이 오더니 또 두 사람을 추천했다. 한 사람은 산양 창읍의 만총으로 자는 백녕이고, 또 한 사람은 무성의 여건으로 자는 자각이었다. 조조도 이 두 사람의 이름을 들은 적이 있어 기꺼이 사람을 보내 들게 한 뒤 군중종사로 삼았다. 만총과 여건이 같은 사람을 추천했다. 진류 평구 사람 모개로 자는 효선이었다. 조조는 그도 불러와 종사로 삼았다.

어느 날 한 장수가 군사 수백 명을 이끌고 조조를 찾아왔다. 태산 거평 사람 우금으로 자는 문칙이었다. 그는 활 솜씨와 말 타는 솜씨가 뛰어났다. 조조는 그를 점군사마로 삼았다.

하루는 하후돈이 몸집이 아주 좋은 사람 하나를 데리고 왔다. 조조가 누구냐고 물었다.

하후돈이 대답했다.

"이 사람은 진류 사람으로 전위라 합니다. 힘이 아주 장사입니다. 지금까지 장막 아래에 있었는데 누구랑 다투게 되어 맨주먹으로 수십 명을 때려죽인 뒤 산으로 도망가 숨어 살았답니다. 제가 사냥 나갔을 때 이 사람이 범을 쫓아 계곡을 건너뛰는 걸 보고 데리고 왔습니다. 주공께 특별히 추천합니다."

조조가 말했다.

"사람 생김을 보니 힘깨나 쓸 것 같다."

하후돈이 말했다.

"이 사람이 한번은 친구의 원수를 갚느라고 어떤 사람의 목을 베어 들고 저자로 나가 설치고 돌아다녔지만, 수백 사람이 쳐다보기만 할 뿐 아무도 가까이 오지 못했답니다. 이 사람은 팔십 근이나 나가는 창을 양손에 들고 말을 타도 나는 듯이 가볍기만 하답니다."

조조는 전위더러 재주를 한번 보여달라고 했다. 전위가 창을 양 겨드랑이에 끼고 말을 타고 왔다 갔다 했다. 그때 바람이 몹시 불어 마사 앞에 세워놓은 큰 깃발이 넘어지려 했다. 군사들 여럿이 달려가 그걸 세우려 했지만 워낙 바람이 거세 세우지 못하고 끙끙대기만 했다. 전위가 말에서 내리더니 군사들을 물러가게 한 뒤 한 손으로 깃발을 세운 뒤 가만히 있자 깃발도 전혀 흔들리지 않았다.

한 손으로 깃대를 세우는 전위

조조가 놀라워하며 고개를 끄덕였다.

"이 사람은 옛날 주왕 밑에 있던 장사 악래로다!"

조조는 그 자리에서 전위를 장전도위로 삼고 자신이 입고 있던 비단으로 된 웃옷을 벗어서 주었다. 게다가 좋은 말한 마리와 장식이 화려한 안장까지 같이 주었다.

이리하여 조조는 슬기로움을 갖춘 문신과 씩씩한 장수들이 있어 산동 지방을 다스리게 되었다. 그렇게 되자 조조는 태산 태수 응소를 낭야군에 보내 아버지 조숭을 모셔오게 했다.

조숭은 난리를 피해 진류에서 낭야로 가 숨어 살고 있었다. 조조의 편지를 받자마자 아우 조덕과 함께 40명 넘는 가족과 1백 명 남짓 되는 하인들에 1백 대가 넘는 수레를 이끌고 연주를 바라고 길을 떠났다.

가는 길에 서주를 지나게 되었다. 이때 서주 태수는 도겸으로 자는 공조인데, 성격이 순하고 드세지 않은 사람이었다. 조조와 가까이 지내고 싶었으나 기회가 없어 그러지 못했다. 마침 조조의 아버지가 서주 땅을 지난다는 소식을 듣고 몸소 경계 지점까지 나가 절을 두 번 하며 공손히 맞이했다. 그런 뒤 이틀에 걸쳐 잔치를 열어 정성껏 대접했다. 또 조숭이 떠나는 날에도 직접 성 문 밖까지 나가 배웅한 뒤,

도위 장개에게 군사 5백 명을 거느리고 가 그들을 보호하도록 했다.

조숭 일행이 화현과 비현 근처를 지날 때였다. 여름이 끝나고 가을에 접어들 때였는데 갑자기 많은 비가 쏟아졌다. 그래서 하는 수 없이 어느 절로 찾아 들어가 묵기로 하였다. 절의 스님들은 그들을 기꺼운 마음으로 맞아주었다.

조숭은 가족들을 편히 쉬게 한 다음 장개에게 말해 군사들을 양쪽으로 길게 난 툇마루에 가서 머물게 했다. 그러자 몸이 비에 흠뻑 젖은 군사들은 내놓고 툴툴거렸다. 이에 장개는 부하 몇을 불러 의논했다.

"우리는 본래 황건당으로 어쩔 수 없이 도겸한테 왔지만 지금까지 좋은 일은 하나도 없었다. 지금 조가네 저 수레엔 좋은 물건이 수두룩하다. 우리가 마음만 먹으면 부자가 되는 게 어려운 일이 아니다. 오늘 밤 한밤중에 조가네 살붙이들을 박살 내고 재물을 빼앗아 산으로 들어가 산적이나 되는 게 어떻겠나?"

모두들 그 말을 따르기로 했다.

밤새 비바람이 그치지 않았다. 조숭은 잠이 들지 않고 있었다. 갑자기 사방에서 외침 소리가 일었다. 조덕이 바깥을 둘러보기 위해 칼을 차고 나갔다가 바로 칼을 맞고 쓰러졌다. 조숭은 허겁지겁 일어나 첩 하나만 끌고 방장이 자고 있는 쪽으로 달려가 담을 넘어 달아나려 했다. 그러나 첩이 너무 뚱뚱해서 담을 넘지 못했다. 조숭은 첩을 데리고 뒷간으로 숨었으나 결국 군사들한테 잡혀 죽고 말았다.

이 난리 속에 응소는 가까스로 도망을 쳐 원소한테 가 몸을 맡겼다.

장개는 조숭의 가족을 모두 죽이고 재물을 빼앗은 뒤 절마저 불태운 다음 5백 명의 무리를 끌고 회남으로 도망쳐버렸다.

나중에 어떤 사람이 이때 일을 시로 읊었다.

조조는 스스로 간사스러운 영웅임을 세상에 드러내면서
아무 죄 없는 여씨 집안 사람들 모조리 죽인 적이 있다네
오늘에 이르러 자기 집안 사람 깡그리 죽게 되니
하늘의 이치는 돌고 돌아 저지른 대로 다시 받네

응소의 부하 가운데 하나가 겨우 빠져나가 이날 밤 일을 조조에게 알렸다. 조조는 땅을 치며 큰소리로 울다 그대로 쓰러졌다. 여러 사람이 주무르고 찬물을 끼얹고서야 조조는 정신을 차렸다. 정신이 깬 조조가 이를 뿌드득 소리가 날 정도로 갈았다.

"도겸이 놈이 군사를 보내 우리 아버지를 죽인 거나 마찬

가지다. 이놈은 하늘 아래 같이 살 수 없는 놈이다. 내 이제 군사를 있는 대로 일으켜 서주를 아주 쑥대밭으로 만들어 원한을 풀고 말리라."

조조는 순욱과 정욱에게 군사 3만 명을 내주며 견성·범현·동아 등 세 고을을 지키게 한 뒤 나머지 군사는 모두 거느리고 서주로 쳐들어갔다. 하후돈·우금·전우가 앞장을 섰다. 조조는 성을 칠 때마다 성 안의 일반 백성까지 죽여서 아버지의 원수를 갚으라고 했다.

이때 도겸과 가까이 지내는 구강 태수 변양은 서주가 위험에 빠졌다는 소식을 들었다. 그래서 직접 군사 5천 명을 이끌고 달려오고 있었다. 이 소식을 들은 조조는 화를 몹시 내며 하후돈에게 길을 막고 있다 그를 죽여버리라고 했다.

또 진궁은 동군종사로 있었는데, 그도 도겸과 가까이 지내는 사이였다. 진궁은 조조가 아버지의 원수를 갚는다는 핑계로 군사를 일으켜 일반 백성까지 마구 죽인다는 소식을 듣자 밤낮없이 말을 달려 조조를 만나러 왔다.

조조는 진궁을 만나려 하지 않았다. 도겸 때문에 온 거라고 생각했기 때문이다. 그러나 옛날에 입은 은혜를 아주 모른 체할 수 없어 들라고 했다.

진궁이 말했다.

"지금 공께서 대군으로 서주를 치고, 아버님의 원수를 갚기 위해 백성들까지 닥치는 대로 죽인다는 소문을 들었기에 일부러 찾아왔소. 도겸은 원래 어진 사람이라 자기 이익을 위해 의리를 저버리는 사람이 결코 아닙니다. 아버님께서 그렇게 되신 것은 장개가 나쁜 놈이라서 그런 거지 결코 도겸 탓이 아닙니다. 더구나 여기 백성들은 공과 무슨 원한 관계가 있습니까? 아무 원한도 없는 백성들을 함부로 죽이는 일은 바람직한 일이 아니므로 다시 한 번 깊이 생각해보시기 바랍니다."

그러나 조조는 화를 버럭 냈다.

"옛날에 공은 나를 버리고 가버렸으면서 오늘 무슨 낯짝으로 나를 찾아왔소? 도겸은 우리 집안 식구를 모조리 죽였소. 내 반드시 그놈의 쓸개를 뜯어버리고 염통을 도려내서 원한을 풀고 말겠소. 공이 아무리 도겸을 위해 좋은 말을 해도 듣지 않을 테니 더 떠들지 마시오."

진궁은 조조와 헤어져 나와서 긴 한숨을 내쉬었다.

"이렇게 되니 나 역시 도겸을 볼 낯이 없구나."

진궁은 진류 태수 장막힌데 몸을 맡기기 위해 곧바로 말을 달렸다.

조조의 군사들은 발길 닿는 곳마다 백성들을 죽이고 무덤까지 마구 파헤쳤다.

도겸은 조조가 아버지의 원수를 갚는다며 군사를 일으켜

백성들을 닥치는 대로 죽인다는 보고를 받자 하늘을 우러르며 울부짖었다.

"내가 하늘에 지은 죄가 많아 우리 서주 백성들이 화를 입는구나!"

도겸이 아랫사람들을 불러모았다. 조표가 먼저 입을 열었다.

"이미 조조가 쳐들어왔는데 손을 놓고 가만히 앉아서 죽기만 기다릴 수는 없잖습니까? 제가 태수를 도와 한번 싸워보겠습니다."

도겸은 하는 수 없이 군사를 거느리고 나갔다. 멀리 바라보니 서리가 내리고 눈보라가 이는 것처럼 조조의 군사들이 들을 새하얗게 뒤덮었다. 중군 가운데에서 펄럭이는 하얀 깃발에는 '원수를 갚아 원한을 푼다'라는 글자가 큼직하게 쓰여 있었다.

군사들이 진을 펼치자 조조가 하얀 상복 차림으로 말을 달려나오더니 채찍을 들며 크게 소리쳤다. 도겸은 문기 아래로 나가 몸을 숙이며 예의를 갖춰 인사를 했다.

"나는 원래 공과 가까이 지내기를 원했소. 그래서 장개를 시켜 공의 아버님을 보호하게 한 것이오. 그놈이 도둑놈 버릇을 버리지 못하고 그런 끔찍한 일을 저지르리라곤 꿈에도 생각하지 못했소. 절대로 이 도겸이 시킨 일이 아니니 공께서도 살펴주시오."

그러나 조조는 더욱 화를 돋우며 큰소리만 질렀다.

"늙어빠져 보잘것이라곤 없는 인간이 우리 아버지를 죽여놓고도 무얼 잘했다고 뻔뻔스럽게 주둥이를 놀리느냐? 누가 저 늙은 도적놈을 잡겠느냐?"

하후돈이 곧장 뛰쳐나갔다. 도겸은 재빠르게 말을 돌려 진중으로 들어갔다. 하후돈이 계속 쫓아오자 조표가 창을 꼬나들고 말을 달려나갔다. 두 마리 말이 한데 어우러져 싸우는데 갑자기 세찬 바람이 불었다. 바람은 모래를 하늘로 쓸어올리고 자갈이 마구 굴러다니게 했다. 이에 양쪽 군사들 모두 갈팡질팡 허우적댔다. 할 수 없이 양쪽 모두 군사를 거두어들였다.

도겸이 성 안에서 여러 사람에게 차분하게 말했다.

"조조의 군사가 워낙 많아 해보기 어렵겠소. 스스로 내 몸을 묶어 조조에게 가겠소. 내 목을 베든, 뱃속을 도려내든, 저들 하고 싶은 대로 하게 해서 서주 백성들 목숨이나 건져야겠소."

그 말이 채 끝나기도 전에 한 사람이 앞으로 나섰다.

"태수께서는 오랫동안 서주를 잘 다스리셨습니다. 그래서 백성들은 모두 그 은혜를 고마워합니다. 지금 조조의 군사가 많긴 하지만 우리 성을 쉽게 쳐부수지는 못할 겁니다.

태수께서는 백성들과 함께 성을 굳게 지키시고 나가지 마십시오. 제가 타고난 재주는 시원찮지만, 그래도 꾀를 하나 부려 조조가 죽어도 묻힐 땅이 없게 해보겠습니다."

모든 사람이 놀라 물었다.

"도대체 어떤 꾀요?"

가까이 지내려다 도리어 원수가 되었으나

죽을 자리에도 살 구멍 있을 줄 뉘 알았으랴

과연 그 사람은 누구인지……

박상륭 완역 삼국지 1

제11회

공융을 돕는 유비

유비는 북해에서 공융을 구하고
여포는 복양에서 조조를 치다

조조에 대해 부릴 꾀가 있다고 한 이는 동해 구현 사람인 미축이었다. 그의 자는 자중인데, 집안이 대대로 큰 부자였다.

미축은 장사 일로 낙양에 갔다가 수레를 타고 돌아오는 길에 아리따운 부인 하나를 만났다. 그 부인은 다짜고짜 수레에 태워달라고 했다. 미축은 그 부인에게 자기 자리를 내주고 자신은 수레에서 내려 걸었다. 그러자 부인이 미축더러 같이 타고 가자고 했다. 미축은 마지못해 다시 수레에 올랐지만, 흐트러짐 없이 앉은 채 부인에겐 곁눈질 한 번 하지 않았다. 그렇게 몇 리를 가고 나서야 부인은 수레에서 내렸다.

"나는 바로 불을 다루는 남방의 화덕성군이오. 하늘에서 상제의 명령을 받들어 그대 집에 불을 지르러 가는 길이었소. 마침 그대가 예의를 깍듯이 갖춰 나를 대했기에 미리 알려주는 것이오. 어서 집으로 가서 귀중한 물건들을 집 밖으로 끌어내놓으시오. 이따 밤에 찾아가겠소."

말을 마치자마자 부인은 어디론가 사라져버렸다. 미축은 깜짝 놀라 집으로 달려가 물건들을 집 밖으로 끄집어냈다. 그날 밤 부인이 말한 대로 집에 불이 나 모두 타버렸다. 이런 일이 있자 미축은 무언가 마음에 느끼는 바가 있어, 재산을 풀어 살림이 어려워 고생하는 사람들을 도와주었다. 그뒤 미축은 도겸이 자신을 별가종사로 삼자 그대로 따랐다.

마침내 미축이 자신의 꾀를 풀어놓았다.

"저는 북해군에 가서 공융에게 군사를 일으켜달라는 도움을 청하겠습니다. 곧바로 청주에도 사람을 보내 전해한테 도와달라고 하십시오. 양쪽에서 군사가 한꺼번에 오기만 하면 조조는 물러가지 않을 수 없습니다."

도겸은 그 말에 따라 그 자리에서 편지 두 통을 쓴 뒤 누가 청주를 가겠느냐고 물었다. 곧바로 광릉 사람으로 자가 원룡인 진등이 나섰다. 도겸은 진등을 먼저 떠나보낸 뒤 미축에게도 편지를 주며 다녀오라 했다. 그런 다음 자신은 사람들을 이끌고 성을 지키며 공격을 막아냈다.

북해의 공융은 자가 문거인데, 노나라 곡부 사람이다. 공자의 20대손이고 태산도위 공주의 아들인데 어려서부터 슬기가 뛰어났다. 10살 때 하남윤 이응을 만나러 간 일이 있는데 문지기가 가로막고 들여보내주지 않았다. 공융은 물러서지 않고 거리낌없이 다부지게 말했다.

"우리 집안은 오래전부터 이 집안과 가까운 사이인데 왜 못 들어가게 하는 거요?"

공융이 기어코 안으로 들어가 인사를 올리자 이응이 물었다.

"너희 집안과 우리 집안이 가까운 사이라니, 이 말은 어떻게 된 거냐?"

공융이 머뭇거리지 않고 대답했다.

"옛날에 우리 조상인 공자께서 어르신의 조상인 노자께 예에 대해 물으신 적이 있습니다. 그러니 두 집안은 오래전부터 가까운 사이였던 것이지요."

아닌 게 아니라 노자의 성이 이씨었다. 이응은 어린 공융이 무척 기특하게 여겨졌다. 그때 마침 태중대부 진위가 들렀다. 이응이 공융을 가리키며 말했다.

"보기 드물게 똑똑한 아이입니다."

진위가 그 말에 짐짓 딴전을 부렸다.

"어려서 똑똑하다고 자라서도 반드시 똑똑한 건 아니더군요."

잠자코 있던 공융이 불쑥 나섰다.

"어르신 말씀대로라면, 어르신은 어렸을 때 틀림없이 똑똑했을 겁니다."

그 말에 진위를 비롯해 모두들 크게 웃었다.

"허허, 이 녀석이 자라면 틀림없이 큰 사람이 되겠소."

이리하여 공융은 사람들 사이에 이름이 오르내리기 시작했다. 그는 자라서 중랑장이 되고 이어 벼슬자리가 몇 번 더 바뀐 뒤 북해 태수가 되었다.

공융은 특히 사람이 찾아오는 걸 무척 좋아했다.

"자리엔 늘 손님들이 가득하고, 술독엔 언제나 술이 넘치는 게 내 소원이오."

그러한 까닭에 북해에 6년 있는 동안 사람들의 마음을 많이 얻었다. 그날도 사람들이 찾아와 자리를 함께하고 있다가 서주에서 미축이 왔다는 소식을 들었다. 공융이 미축을 들라 한 뒤 찾아온 까닭을 물었다.

미축은 도겸의 편지를 내놓으며 말했다.

"조조가 성을 에워싸고 공격을 해댑니다. 공께서 우리를 좀 구해주십시오."

공융이 대답했다.

"도공조와 나는 원래 잘 아는 사이오. 게다가 자중이 여기까지 몸소 찾아왔으니 마땅히 가야겠지요. 하지만 조맹덕하고도 서로 원수진 일이 없소. 그러니 맹덕에게 편지를 보내 화해를 먼저 권해보고, 내 뜻을 받아들이지 않으면 그때 군사를 일으키겠소."

그러나 미축의 생각은 달랐다.

"조조는 자기 군사의 힘을 믿고 있는 터라 결코 화해하려 하지 않을 겁니다."

곧바로 공융은 군사를 점검하는 한편, 편지를 써 조조에게 보낸 다음 여러 사람과 의논했다. 바로 그때 황건적인 관해가 자기 무리 수만 명을 이끌고 쳐들어온다는 소식이 날아들었다. 공융은 깜짝 놀라 급한 대로 본부 군사를 거느리고 성을 나가 적을 맞았다.

관해가 말을 달려 앞으로 나서며 소리 질렀다.

"여기 북해에 먹을거리가 넉넉하다는 걸 알고 왔으니 먹을거리 만 석만 빌려주면 물러가겠다. 그렇게 하지 않으면 성을 부숴버리는 건 물론, 늙은이고 젖먹이고 가리지 않고 하나도 남겨두지 않겠다!"

공융이 그 말을 받으며 꾸짖었다.

"나는 대 한나라의 신하로서 나라의 땅을 지키고 있다. 그런데 어찌 도적놈들에게 먹을거리를 내줄 수 있겠느냐?"

화가 잔뜩 오른 관해가 칼을 휘두르며 공융에게 곧장 말을 몰았다. 공융의 장수 종보가 창을 빼어 들고 나가 맞았다. 그러나 몇 합 싸울 새도 없이 종보는 관해의 칼을 맞고 말 아래로 떨어졌다. 이에 공융의 군사들은 허둥대며 성 안으로 도망쳤다. 관해는 군사들에게 성을 빙 둘러싸도록 했다. 포위를 당하자 공융은 가슴이 답답하고 터질 것만 같았다. 도움을 바라고 왔던 미축의 가슴도 마찬가지였다.

다음 날 공융은 성 위에 올라가 적을 살폈다. 적의 무리는 엄청났다. 공융의 가슴은 더욱 답답해졌다. 바로 그때 어떤 사람 하나가 창을 들고 말을 몰아 적군 속으로 달려들더니 마치 사람이 없는 곳을 마구잡이로 휘젓고 다니듯 했다. 그 사람이 성 아래로 달려오더니 성 문을 열라며 소리 질렀다. 공융은 그가 누군지를 알 수 없어 선뜻 성 문을 열어줄 수가 없었다. 그 사이 적 떼가 그를 잡으러 성 바깥을 둘러싸고 있는 도랑 가까이 몰려왔다. 그 사람이 몸을 잽싸게 돌리더니 순식간에 여남은 명을 창으로 찔러 말 아래로 떨어뜨렸다. 그러자 적들이 뒤로 물러났다.

공융은 급히 성 문을 열고 그 사람을 맞아들이도록 했다. 그는 성 안에 들어오자마자 말에서 내리더니 창을 내던지고 곧장 성 위로 올라와 공융에게 절을 했다. 공융이 누구냐고 묻자 그가 숨을 고르며 대답했다.

"저는 동래 황현 사람으로, 이름은 태사자입니다. 그리고 자는 자의라 합니다. 부군께서 늙으신 제 어머님을 돌봐주신 걸 알고 있습니다. 그동안 저는 요동에 있다가 어제 돌아와 성이 공격을 받고 있는 걸 알았습니다. 어머님이 부군의 은혜를 여러 차례 입으셨다며 저보고 가서 도와드리라 하셔서 이렇게 혼자서 말 한 마리 의지하고 달려왔습니다."

공융은 무척 기뻤다. 공융은 태사자를 본 적은 없지만, 그가 보통 사람이 아니라는 건 들어서 알고 있었다. 그래서 그가 집을 떠나 멀리 있는 동안 성 밖 20리에 사는 그의 어머니한테 곡식이며 옷감을 보내주곤 하였다. 그래서 아들에게 그 은혜를 갚으라 한 모양이었다. 공융은 태사자에게 새 갑옷과 안장 얹은 말을 주며 정성스레 대접했다.

태사자가 말했다.

"날쌘 군사 천 명만 내주십시오. 바로 성 밖으로 나가 적들을 물리치겠습니다."

"그대가 씩씩한 줄은 알겠으나 적이 너무 많소. 가볍게 볼 일이 아니오."

"어머님께서 부군의 베푸심에 감동하셔서 저를 일부러 보냈습니다. 만일 적의 포위를 풀지 못하고 돌아가면 저는 어머님을 뵐 낯이 없습니다. 저는 죽을힘을 다해 한번 싸워 볼 마음의 준비가 되어 있습니다."

"음, 유현덕이 우리 시대의 영웅이라 들었소. 만약 그 사람의 도움이 있다면 적의 포위는 쉽게 풀릴 텐데, 그에게 갈 만한 사람이 없어 걱정이오."

"그럼 편지 한 통만 써주십시오. 제가 다녀오겠습니다."

공융은 기꺼이 그 자리에서 편지를 썼다. 태사자는 배불리 먹은 다음 갑옷을 입고 말에 올랐다. 허리에는 활과 화살통을 차고, 손에는 철창을 들었다. 그는 성 문이 열리자 혼자서 쏜살같이 말을 달려나갔다.

성 밑 도랑 가까이 있던 적의 장수가 무리를 이끌고 달려들었다. 태사자는 눈 깜짝할 새에 몇 사람을 무찌르고 앞으로 내달렸다.

관해는 성에서 사람이 나오자 도움을 구하러 가는 자인 줄 알았다. 그래서 곧장 말 탄 군사 수백 명을 직접 이끌고 그를 뒤쫓아가 둥그렇게 에워쌌다. 태사자는 안장에 창을 기대 놓은 뒤 활에 화살을 먹여 사방팔방으로 쏘아댔다. 활시위 소리가 날 때마다 하나씩 말 아래로 고꾸라졌다. 그러자 더는 쫓아올 엄두를 내지 못했다.

태사자는 에워싸인 곳을 벗어나자 밤낮없이 평원으로 달려가 유비를 만났다. 인사가 끝나자 태사자는 북해 태수 공융의 어려운 처지를 말하고 편지를 건넸다.

편지를 읽고 난 유비가 물었다.

"그대는 누구신지요?"

"저는 동해 촌구석 사람 태사자입니다. 공융 태수와는 친척도 아니고 같은 고향 사람도 아닙니다. 오로지 서로 뜻이 맞아 어려운 일을 같이 헤쳐나가기로 했을 뿐입니다. 난리를 일으킨 관해가 북해성을 단단히 에워싸고 있어 언제 무너질지 모릅니다. 공융 태수는 공께서 어질고 의로운 분이라 어려움에 빠진 사람을 모른 체하지 않는다는 걸 알고 있습니다. 그래서 제가 창칼을 무릅쓰며 적이 둘러싼 곳을 뚫고 도와달라고 왔습니다."

현덕의 얼굴에 감격의 빛이 뚜렷했다.

"공북해가 세상에 유비가 있다는 걸 아시다니!"

유비는 곧바로 관우·장비 등과 함께 날쌘 군사 3천 명을 골라 북해군으로 떠났다.

관해는 도와주러 오는 군사가 보이자 직접 군사를 이끌고 싸우러 나왔다. 그러나 유비의 군사가 얼마 되지 않자 대수롭지 않게 여겼다. 유비가 관우·장비·태사자와 함께 군사들 앞에 말 머리를 나란히 하고 서자 관해가 잔뜩 성을 내며 말을 달려나왔다. 태사자가 싸우러 나가려는데 벌써 관우가 뛰쳐나가 관해에게 달려들었다. 말 두 마리가 서로 어우러져 싸우자 양쪽 군사들이 모두 소리를 내질렀다. 그러나 관해는 관우를 해볼 수 있는 사람이 아니었다. 수십 합을 싸우는가 싶었지만, 관우의 청룡도가 한 번 번쩍 하자 관해의 몸은 두 동강이 난 채 말 아래로 떨어져버렸다. 태사자와 장비가 때를 놓치지 않고 창을 든 채 적진을 들쑤시자 유비도 군사를 몰아 적을 덮쳤다.

공융은 성 위에서 태사자·관우·장비 등이 마치 양 떼 속에 뛰어든 호랑이처럼 거침없이 적진을 휘젓고 다니는 걸 지켜보다 자신도 군사를 이끌고 성을 나왔다. 양쪽에서 공격을 받자 적들은 더 버티지 못하고 대부분 항복했으며, 나머지는 뿔뿔이 흩어져 달아나버렸다.

공융은 유비를 성 안으로 맞아들였다. 서로 인사를 마치자 잔치가 벌어졌다. 그 자리에서 공융은 유비에게 미축을 소개하며 장개가 조숭을 죽인 일을 자세히 일렀다.

"조조는 지금 아버지의 원수를 갚겠다고 군사를 풀어 닥치는 대로 짓밟고 빼앗으며 서주를 에워싸고 있어 나한테 도와달라고 왔소."

유비가 고개를 끄덕였다.

"도공조는 어진 사람인데 엉뚱하게 오해를 사 억울한 일을 당하고 있군요."

"조조가 자기 강한 것만 믿고 백성들을 함부로 해치며 약한 자를 억누르는 걸 그냥 보고만 있겠소? 더구나 공은 한나라 황실과는 친척이지 않소? 나랑 같이 가서 도와줄 생각이 없소?"

"뭐 일부러 빼는 건 아닙니다. 보시다시피 저는 군사도 얼마 되지 않고 장수도 몇 안 되어서 가벼이 움직일 수가 없습니다."

"내가 도공조를 도우려는 건 지난날의 정 때문만은 아니오. 옳은 뜻을 저버려서는 안 되기 때문이오. 공도 옳은 뜻을 저버릴 생각은 아니지요?"

"그럼 문거는 먼저 가시오. 나는 공손찬에게 가서 삼천에서 오천 정도의 군사라도 빌려 뒤따르겠소."

"공은 절대로 믿음을 저버리지 마시오."

"이 유비를 어떻게 보시고 그런 말씀을 하십니까? 성인이 말씀하시기를, 예로부터 사람은 누구나 죽으니 믿음을 못 갖추면 세상에 제대로 서지 못한다고 하셨소. 이 유비는 군사를 빌리든 못 빌리든 꼭 따라갑니다."

마침내 공융이 머리를 끄덕였다. 서주에는 미축을 먼저 보내 사정을 알리게 하고, 곧장 군사들을 살펴 길 떠날 채비를 했다.

태사자가 떠나는 인사를 했다.

"저는 어머님의 말씀을 받들어 도와드리러 왔는데 마침내 걱정거리를 없애 다행입니다. 저와 한 고향 사람인 양주

자사 유요가 편지를 보내 저를 불렀습니다. 가지 않을 수가 없어 저는 이만 물러나겠습니다. 다시 뵐 날이 있기를 바랍니다."

공융은 태사자에게 금과 비단을 주려 했으나 그는 끝끝내 받지 않고 돌아갔다.

집에 돌아가자 늙은 어머니가 무척 좋아했다.

"네가 북해의 은혜를 갚고 오니 너무 좋구나!"

그러면서 아들에게 어서 양주로 가라 하였다.

공융이 곧바로 군사를 일으켰음은 더 말할 나위가 없다.

북해를 떠난 유비는 공손찬을 찾아가 서주를 구할 생각을 털어놓자 공손찬이 고개를 갸우뚱했다.

"아우님은 조조하고 원수진 일이 없는데 무엇 때문에 나서려고 그러시나?"

"이미 약속한 일입니다. 믿음을 저버릴 수는 없습니다."

"그렇다면 할 수 없군. 말 탄 군사와 일반 군사를 합쳐 이천 명을 데려가도록 하게."

"조자룡도 같이 갈 수 있게 해주십시오."

공손찬이 두말없이 그러라고 했다. 이에 유비는 관우·장비와 함께 본부 군사 3천 명을 거느리고 앞장서서 서주로 떠났다. 조운은 2천 명을 거느린 채 뒤따랐다.

한편 미축은 도겸에게 공융이 유비에게 도와달라고 해서

그들이 같이 도우러 온다는 걸 보고했다. 청주에 다녀온 진 등도 전해가 기꺼이 도와주러 오기로 했다고 보고했다. 도 겸은 그제야 마음이 좀 놓였다.

공융과 전해의 양 군사는 조조의 엄청난 군사를 보자 어 찌해야 할지를 몰라 멀찍한 산밑에 영채를 세우고 웅크리 고 있었다. 조조는 양쪽 군사가 다다르자 곧바로 군사를 나 누어 자리 잡은 뒤 일단 서주성 공격을 멈췄다. 바로 이때 유비가 군사를 거느리고 공융 앞에 나타났다.

공융이 유비에게 말했다.

"조조의 군사는 엄청나오. 게다가 조조는 군사를 쓰는 재 주가 뛰어나니 가벼이 달려들어서는 안 되오. 일단 저쪽 낌 새를 잘 살핀 뒤 움직여야겠소."

유비가 고개를 끄덕였다.

"하지만 지금 성 안은 먹을거리가 떨어져갈 터라 오래 버 티기가 힘들 겁니다. 운장과 자룡에게 군사 사천 명을 주어 공을 돕게 하고, 저는 장비와 함께 조조의 영채를 뚫고서 곧 장 성 안으로 들어가 도시군을 만나 의논해 보겠습니다."

공융은 마음이 한결 놓였다. 그래서 사슴을 잡을 때 뿔과 뒷다리를 한꺼번에 붙잡듯이 적을 앞뒤에서 몰아치기로 전 해와 의논했다. 관우와 조운은 양쪽을 살피며 그때그때 알 맞게 움직이기로 했다.

바로 그날, 유비와 장비는 군사 1천 명을 이끌고 조조의 영채 가까운 곳을 뚫고 지나갔다. 한참 뒤 영채 안에서 북소리가 시끌벅적하더니 말 탄 군사와 일반 군사들이 물밀듯이 쏟아져나왔다. 앞장선 장수는 우금이었다.

　우금이 말을 멈추더니 큰소리로 외쳤다.

　"이 미친놈들아! 겁도 없이 어딜 가겠다는 거냐?"

　장비가 아무런 대꾸도 하지 않고 바로 달려들었다. 두 마리 말이 서로 어우러져 몇 합을 싸우자 유비가 쌍고검을 처들고 군사를 휘몰고 나왔다. 마침내 우금은 도망치기 시작했다. 장비는 우금의 뒤를 쫓아 닥치는 대로 적을 무찌르며 서주성 아래까지 들이닥쳤다.

　도겸은 성 위에 있다가 붉은 천에 흰 글씨로 크게 '평원 유현덕'이라고 쓴 기가 펄럭이는 것이 보이자 얼른 성 문을 열게 했다. 도겸은 유비를 부 관아로 맞아들인 뒤 인사를 나누자마자 잔치를 열어 군사들을 잘 먹였다.

　도겸은 유비의 몸가짐과 생김이 당당하고 말하는 태도도 거침이 없는 게 무척 마음에 들었다. 도겸은 갑자기 미축에게 서주를 나타내는 패와 도장을 내오라 하더니 유비에게 들이밀며 받으라 했다.

　유비가 깜짝 놀랐다.

　"공의 뜻이 무엇인지를 잘 모르겠습니다."

도겸이 서주를 유비에게 물려주려고 하다.

"지금 세상은 크게 어지러워서 나라의 질서가 엉망이 되고 말았소. 공은 한나라 황제 집안의 친척이니 있는 힘을 다해 나라가 무너지지 않도록 붙들어세워야 하오. 이 몸은 이미 늙고 능력이 달려서 서주를 공에게 맡기고 싶어 이러는 것이니, 공은 이 늙은이의 깊은 뜻을 마다하지 마시오. 물론 내 이런 뜻을 조정에도 알리겠소."

유비는 자리에서 일어나 도겸에게 절을 두 번 했다.

"제가 비록 한나라 황실과 친척이긴 하지만 내세울 만한 업적이 없습니다. 게다가 사람 됨됨이도 보잘것없어 저는 평원상 자리만으로도 벅찰 정도입니다. 제가 지금 여기에 온 까닭은 큰 뜻을 저버릴 수 없어서였습니다. 공께서 지금 하시는 말씀을 듣고 있자니 이 유비가 서주 땅을 넘겨다본다고 생각하시는 게 아닌가 하는 생각이 듭니다. 만일 그런 생각을 눈곱만큼이라도 품고 여기 왔다면 결코 하늘이 가만있지 않을 겁니다."

"이 늙은이 말은 진심이오."

도겸은 거듭 유비에게 권했다. 그러나 유비 처지에서는 쉽게 받아들일 수 있는 문제가 아니었다. 그때 미축이 나섰다.

"지금 적군이 성 턱밑까지 와 있습니다. 우선 적을 물리칠 방법부터 의논하시는 게 좋겠습니다. 지금 말씀하시는 문제는 어려운 일을 마무리한 뒤에 다시 의논하시지요."

유비가 고개를 끄덕였다.

"제가 조조에게 편지를 보내 일단 싸움을 말려보겠습니다. 말을 듣지 않으면 그때 쳐도 늦지 않을 겁니다."

유비는 곧장 세 영채에 움직이지 말고 기다리라는 명령을 내린 다음 편지를 써서 조조에게 사람을 보냈다.

한편 조조는 군중에서 장수들과 함께 싸움 계획을 짜고 있었다. 그때 서주에서 편지가 왔다는 보고가 들어왔다. 받아보니 유비가 보낸 것이었다.

관외에서 뵌 이후로 서로 멀리 떨어져 있어 그동안 한 번도 찾아뵙지 못했습니다. 지난번에 아버님께서 세상을 뜨시게 된 건 흉악한 장개 때문이지 도공조 탓이 아닙니다. 아직도 바깥에선 황건적의 남은 무리가 날뛰고, 안에선 동탁의 남은 무리가 설치고 있습니다. 바라건대 공께서는 나라의 어지러움을 먼저 바로잡으신 뒤 개인적인 원수는 나중에 갚으십시오. 따라서 서주에서 군사를 거두어 나라의 어려움을 돌보신다면 서주를 위해서나 나라를 위해서나 모두 좋은 일이겠습니다.

편지를 읽고 난 조조는 큰소리로 마구 욕을 해댔다.

"유비 제까짓 게 뭐라고 이따위 편지를 보내 주제넘게 나를 타이르고 있느냐? 게다가 나를 비웃기까지 했겠다!"

조조는 편지를 가져온 사람을 죽이고 모두 있는 힘을 다해 성을 공격하라고 했다. 그때 곽가가 나섰다.

"유비가 멀리서 도와주러 왔으면서도 먼저 예의를 갖추면서 싸움은 미루고 있습니다. 그러니 주공께서도 거기에 걸맞은 좋은 말로 답장을 보내 유비가 마음을 놓고 있도록 하십시오. 그런 다음 군사를 몰아 서주를 치면 틀림없이 성을 무너뜨릴 수 있습니다."

조조는 곽가의 말을 따르기로 했다. 그래서 편지를 가지고 온 사람을 잘 대접하면서 답장을 기다리게 하고 앞일을 의논했다. 그때 갑자기 급한 보고가 들어왔다. 여포가 연주를 공격해서 무너뜨린 다음 복양을 차지하고 있다는 소식이었다.

원래 여포는 이각과 곽사가 난리를 일으켰을 때 무관을 빠져나와 원술을 찾아갔다. 그러나 원술은 여포가 여기 붙었다 저기 붙었다 하는 게 맘에 안 들어 그를 받아주지 않았다. 여포는 할 수 없이 원소에게 갔다.

원소는 여포를 받아들여 상산에서 장연을 같이 무찔렀다. 여포는 다시 기가 살아나 원소 아래에 있는 장수들을 깔보며 함부로 굴었다. 그래서 원소는 여포를 죽이려 했다. 눈치를 챈 여포는 다시 도망쳐 장양에게 갔다. 장양은 여포를 받아주었다.

그 무렵 장안에 살고 있던 방서는 몰래 숨겨두었던 여포 가족을 여포에게 보내주었다. 그 사실을 알게 된 이각과 곽사는 방서를 잡아 죽이고 장양에게 편지를 보내 여포를 죽이라 했다. 이래서 여포는 다시 도망쳐 이번엔 장막을 찾아갔다. 이때 장막의 아우인 장초는 진궁을 데려와 장막에게 인사를 시켰다.

진궁이 장막을 부추겼다.

"지금 세상은 어지럽기 짝이 없어 여기저기서 영웅들이 들고일어나는 판입니다. 군께서는 천 리에 걸친 땅과 백성을 다스리고 있습니다. 그런데도 남의 간섭을 받고 있습니다. 아니꼽지도 않습니까? 지금 조조는 서주를 친다며 동쪽으로 가서 연주 땅은 텅 비어 있습니다. 여포는 이 시대의 영웅이라 할 만합니다. 만일 여포의 도움을 받아 연주를 차지하면 온 세상을 차지할 수도 있습니다."

장막은 마음이 들떴다. 그래서 여포에게 연주를 공격하여 무너뜨리게 한 뒤 복양까지 치도록 하였다. 이리하여 조조에게 남은 땅은 견성·동아·범현 세 곳뿐이었다. 그나마 순욱과 정욱이 머리를 쥐어짜고 죽기 살기로 지켜서 세 곳이나마 남은 것이다. 그동안 조인은 여러 차례 싸웠으나 그때마다 지고 말았다. 그래서 급한 보고를 띄우지 않을 수 없었다. 조조는 그 보고를 받자 소스라치게 놀랐다.

"연주를 잃으면 나는 어디로 돌아간단 말이냐? 빨리 대책을 세워라!"

곽가가 나섰다.

"기왕 이렇게 되었으니 유비에게 생색이나 내시지요. 그리고 군사를 돌려 연주를 다시 찾는 게 좋겠습니다."

조조는 그 말을 따라 곧바로 유비에게 답장을 보내고 군사를 거두어 물러갔다.

심부름 갔던 사람은 돌아가자마자 도겸에게 답장을 올리며 조조의 군사가 이미 물러갔다고 보고했다.

도겸은 무척 기뻤다. 곧장 사람을 보내 공융·전해·관우·조운 등을 성 안으로 맞아들인 뒤 잔치를 베풀었다. 잔치가 끝나자 도겸은 유비를 윗자리에 앉힌 다음 두 손을 포개고 여러 사람을 둘러보았다.

"나는 이미 늙은데다 내 아들 둘 다 변변치 못해 나라의 중요한 일을 맡을 만한 그릇이 되지 못합니다. 유공은 황실의 친척인데다 사람 됨됨이도 훌륭하고 재주도 뛰어나 서주를 잘 다스릴 수 있을 겁니다. 이 늙은이는 이제 물러나 조용히 병이나 다스리며 지내고 싶소."

유비가 어찌할 바를 모르며 손을 내저었다.

"공문거께서 서주를 구하러 가자 해서 온 건 큰 뜻을 저버릴 수 없어서였습니다. 그런데 이 몸이 별다른 까닭도 없이 자리나 차지하고 앉아 있으면 세상 사람 모두 의리 없는 사람이라고 혀를 차겠지요."

미축이 나섰다.

"지금 나라의 힘이 약해져서 세상이 더할 수 없이 어지럽습니다. 그러니 공을 세워 큰일을 꾀해야 할 때는 지금이 아닌가 여겨집니다. 서주는 여러 가지 물건이 풍부하게 나고 가구 수도 백만이나 됩니다. 내치지 마시고 물려받아서 다스려보시지요."

유비는 거세게 고개를 저었다.

"아닙니다. 이 일만은 절대로 따를 수가 없습니다."

이번엔 진등이 나섰다.

"도공조께서는 늘 몸이 편치 않으셔서 일을 제대로 살피지 못하고 있습니다. 그러니 명공께서는 가벼이 물리치지 마십시오."

"원술은 사대에 걸쳐 삼공을 지낸 집안 출신으로 늘 세상의 관심을 모으고 있는 사람이오. 마침 가까운 수춘에 있습니다. 차라리 그분께 물려주시지요."

그때 공융이 유비의 말을 잘랐다.

"원술은 무덤 속의 해골이나 마찬가지라 입에 올릴 필요도 없소. 오늘 일은 하늘이 정한 거나 마찬가지요. 그러니 따르지 않으면 뉘우침이 따릅니다."

그러나 유비는 계속 고집을 꺾지 않았다. 도겸의 눈가에 눈물이 비쳤다.

"공이 내 바람을 저버리면 나는 죽어서도 눈을 감지 못할 거요."

관우가 참다못해 한마디 했다.

"도공조께서 진심으로 바라시니 형님은 잠깐만이라도 서주를 맡아 다스리시지요."

장비도 거들었다.

"억지로 빼앗는 일도 아니고 알아서 내주겠다는데 그렇게까지 안 받겠다고 버틸 것까지는 없잖소?"

유비가 두 사람을 꾸짖었다.

"너희들이 끝내 나를 올바르지 못한 사람으로 만들 생각이냐?"

도겸이 다시 권했다. 그러나 유비가 끝까지 뜻을 굽히지 않자 도겸이 힘없이 말했다.

"현덕의 생각이 정 그러시다면, 가까운 곳에 있는 소패라는 읍에 잠시라도 머물면서 서주를 보호해주시는 건 어떻소? 군사가 머물기에 마땅한 곳이오."

여러 사람이 그렇게라도 하라고 권했다. 유비도 그러기로 했다.

도겸이 군사들을 다독거리고 나자 조운이 떠나겠다고 했다. 유비는 그의 손을 잡은 채 눈물을 흘리며 헤어짐을 아쉬워했다. 공융과 전해도 군사를 이끌고 돌아갔다. 유비는 관우·장비와 함께 본부 군사를 이끌고 소패로 가서 성을 고쳐 쌓은 다음 백성들을 잘 다스리며 지냈다.

한편 조조가 군사를 거느리고 돌아오자 조인이 나와 맞았다. 조인은 여포의 군대가 워낙 크고 거센데다 진궁이 돕기까지 해서 연주와 복양을 잃고 말았다고 보고했다. 그나마 견성·동아·범현 세 곳은 순욱과 정욱이 머리를 쥐어짜고 죽기 살기로 힘을 모아 겨우 지키고 있다고 했다.

"내 보기에 여포는 씩씩하기는 하나 꾀가 없는 인간이라 걱정할 까닭이 없다."

그러면서 조조는 우선 영채를 세우고 나서 다시 의논하자고 했다.

여포는 조조가 군사를 되돌려 이미 등현을 지나갔다는 보고를 받자 부장인 설란과 이봉을 불렀다.

"오래전부터 너희 둘이 쓰일 자리를 찾았다. 너희 둘은 군사 만 명을 거느리고 연주를 굳게 지켜라. 나는 직접 군사를 이끌고 가서 조조를 쳐부수겠다.”

두 사람이 그렇게 하겠다고 하는데 진궁이 급히 들어오며 물었다.

“장군께서는 연주를 놔두고 어디로 가시려 합니까?”

“나는 복양으로 직접 군사를 거느리고 가서 솥발처럼 셋이 맞서게 해볼 생각이오.”

진궁이 말렸다.

“그렇게 하시면 안 됩니다. 설란은 연주를 지켜내지 못할 겁니다. 여기서 남으로 백팔십 리를 가면 태산이 있는데 길이 좁고 험합니다. 그곳에 날랜 군사 만 명을 숨겨두십시오. 조조는 연주를 잃었다는 소식을 듣자마자 급히 달려올 겁니다. 험한 길을 반쯤 지나도록 지켜보다가 들이치면 단번에 조조를 사로잡을 수 있습니다.”

여포가 고개를 거세게 가로저었다.

“내가 복양으로 가서 머무르려 하는 까닭은 나름대로 좋은 생각이 있기 때문이다. 그대가 어찌 알겠는가?”

여포는 진궁의 말을 듣지 않고 설란에게 연주를 지키게 한 다음 떠났다.

마침내 조조의 군사가 태산 길에 이르자 곽가가 말했다.

“잠깐 멈춥시다. 적이 숨어 있을지도 모릅니다.”

조조가 피식 웃었다.

"여포는 멍청한 놈이야. 그러니까 설란한테 연주를 맡기고 복양으로 간 거야. 이런 데에 군사를 숨길 줄도 몰라!"

이어 조조는 조인을 바라보며 군사를 이끌고 가서 연주성을 에워싸라고 했다.

"나는 복양으로 바로 가서 여포를 재빠르게 쳐야겠다!"

진궁은 조조의 군사가 가까이 왔다는 보고를 받자 여포에게 말했다.

"조조의 군사들은 멀리서 오느라 몹시 지쳐 있을 겁니다. 머뭇거리지 말고 즉각 쳐야 합니다. 기운을 다시 찾을 틈을 주면 안 됩니다."

그러나 여포는 이번에도 진궁의 말을 내쳤다.

"나는 홀로 말을 달리며 세상을 누볐다. 조조 정도는 우습지도 않다. 영채를 세울 때까지 기다렸다가 반드시 사로잡을 테다."

조조는 복양 가까운 곳에다 영채를 세웠다. 다음 날 조조는 여러 장수들과 함께 들판으로 나가 진을 펼친 다음 문기 아래에 말을 세우고 여포의 군사들을 바라보았다. 둥글게 펼친 진 안에서 여포가 말을 달려나오자 양옆으로 몸집 좋은 장수 8명이 나란히 펼쳐 섰다.

여덟 장수 가운데에서도 앞에 나선 이는 안문 마읍 사람으로 자가 문원인 장료와, 태산 화음 사람으로 자가 선고인 장패였다. 두 장수 뒤에 따라나온 장수 6명은 학맹·조성·성렴·위속·송헌·후성이었다. 마침내 여포의 5만 군사가 북소리를 둥둥 울리기 시작했다.

조조가 여포에게 손가락질을 하며 외쳤다.

"나는 너와 원수진 일이 없는데 왜 내 땅을 빼앗았느냐?"

"한나라 땅은 누구나 차지할 수 있다. 너 혼자만 가지라는 법이 있느냐?"

여포는 곧장 장패에게 나가 싸우도록 했다. 조조 쪽에서는 악진이 달려나왔다. 두 마리 말이 서로 어우러지고 두 자루 창이 서로 불꽃을 튀기며 30합을 넘게 싸워도 이기고 짐을 가르지 못했다.

조조 쪽에서 하후돈이 달려나오자 여포 쪽에선 장료가 뛰쳐나갔다. 싸움을 지켜보던 여포는 바라보고만 있기가 답답해 마침내 화극을 꼬나들고 말을 달려나가니 하후돈과 악진 모두 도망쳤다. 여포가 그 뒤를 쫓아 덮치자 조조의 군사는 크게 져서 3, 40리 밖으로 달아났다. 그제야 여포도 쫓던 걸 멈추고 군사를 거두었다.

첫판을 지고 난 조조는 영채로 돌아와 여러 장수들을 둘러보았다.

우금이 먼저 입을 열었다.

"오늘 산에 올라가 살펴보니 복양 서쪽에 여포의 영채가 하나 있더군요. 군사가 별로 많아 보이지는 않았습니다. 오늘 밤에 적들은 우리가 져서 달아났다고만 여겨 분명히 아무런 준비도 하지 않을 겁니다. 그때에 군사를 몰고 가서 영채를 덮치면 적들은 모두 겁을 먹게 됩니다. 지금으로선 그리하는 게 가장 나은 방법입니다."

조조는 그 말을 좇아 조홍·이전·모개·여건·우금·전위 등 여섯 장수와 함께 군사 2만 명을 뽑아 그 밤에 작은 길을 따라 떠났다.

여포는 영채에서 군사들을 다독거리고 있었다.

진궁이 걱정스레 물었다.

"서쪽 영채는 아주 중요한 곳입니다. 만약에 조조가 덮치기라도 하면 어찌시렵니까?"

"첫판에 깨진 놈들이 무슨 정신이 있어서 또 쳐들어오겠느냐."

"조조는 군사를 잘 부릴 줄 아는 사람이라 우리가 마음 놓고 있는 틈을 노릴지도 모릅니다. 공격하지 못하도록 준비를 해야 합니다."

그래서 여포는 고순·위속·후성에게 군사를 거느리고 가서 서쪽 영채를 지키라고 했다.

조조는 해질 무렵 서쪽 영채에 이르렀다. 사방에서 한꺼번에 들이닥치자 영채에 있던 군사들은 사방으로 흩어져 달아나기에 바빴다. 조조는 그다지 힘을 들이지 않고 영채를 차지했다. 한밤중이 지날 무렵이 되어서야 고순이 군사를 이끌고 쳐들어왔다.

조조는 몸소 군사를 이끌고 싸우러 나가 고순과 직접 맞닥뜨렸다. 싸움은 먼동이 틀 때까지 이어졌다. 서쪽에서 갑자기 북소리가 크게 났다. 여포가 군사를 이끌고 온다고 했다. 조조는 영채를 버리고 달아났다. 고순·위속·후성 등 세 장수는 달아나는 조조를 뒤쫓았다. 앞을 보니 여포가 직접 군사를 이끌고 다가오고 있었다. 우금과 악진이 한꺼번에 여포에게 달려들었으나 여포를 해볼 수가 없었다.

조조는 북쪽으로 달아나기 시작했다. 그러나 산 뒤에서 사나운 범 같은 군사 한 무리가 또 쏟아져나왔다. 왼쪽에는 장료가 있고 오른쪽에는 장패가 있었다. 조조는 여건과 조홍을 내보내 싸우게 했으나 쉽지 않았다.

조조는 이번엔 서쪽으로 달아나기 시작했다. 그러나 바로 앞에서 외침 소리가 크게 일더니 군사들이 또 쏟아져나오고 학맹·조성·성렴·송헌 등 네 장수가 앞을 막아섰다. 아랫장수들이 죽기 살기로 싸우는 틈을 타 조조는 앞을 헤치듯 뚫고 나아갔다.

그때 갑자기 나무막대기로 만든 딱딱이 소리가 나면서

화살이 빗발치듯 날아들었다. 조조는 앞으로 더 나아갈 수가 없었다. 앞뒤 어디를 둘러봐도 빠져나갈 구멍이 없었다. 조조는 하는 수 없어 있는 대로 소리를 내질렀다.

"아이고! 누가 나 좀 살려다오!"

말 탄 군사들 속에서 장수 하나가 뛰쳐나왔다. 전위였다. 전위는 쌍철극을 뻗쳐들고 외쳤다.

"주공은 걱정 마시오!"

전위는 말에서 몸을 날리듯이 내리더니 쌍철극은 말 등에 꽂고 짧은 칼 크기의 창 여남은 개를 꺼내 들었다. 그런 다음 뒤따르는 사람에게 일렀다.

"적이 열 걸음 정도 따라붙으면 소리를 질러라!"

전위는 머뭇거리지 않고 쏟아지는 화살을 아랑곳하지 않은 채 앞으로 나아갔다. 여포의 말 탄 군사 수십 명이 바짝 뒤를 쫓아왔다. 뒤따르던 사람이 외쳤다.

"열 걸음이오!"

전위가 대꾸했다.

"다섯 걸음 정도 따라붙으면 소리를 질러라!"

금세 뒤따르던 사람이 외쳤다.

"다섯 걸음이오!"

전위는 휙 돌아서더니 작은 창을 뿌리듯 날리기 시작했다. 하나에 한 사람씩 말에서 떨어져내렸다. 하나도 빗나가는 것 없이 바로 그 자리에서 여남은 명을 고꾸라뜨리자 나머지는 모두들 도망치기에 바빴다.

전위는 다시 말 위로 몸을 날려 올라탄 뒤 쌍철극을 부여잡고 적군들 속을 파고들었다. 학맹·조성·성렴·송헌 네 장수가 전위를 피해 도망쳤다. 전위는 적을 마구 무찌른 뒤 조조를 구해냈다. 다른 장수들도 몰려왔다. 영채로 돌아가기 위해 길을 잡아 앞으로 나아갔다.

해가 지기 시작했다. 갑자기 등 뒤에서 외침 소리가 일더니 여포가 화극을 쳐들고 헐떡이며 말을 달려왔다.

"조조 이놈! 어디로 달아나느냐?"

조조의 군사와 말은 모두 지칠 대로 지쳐 있었다. 그래서 서로 얼굴만 쳐다보다가 저마다 살길을 찾아 도망칠 생각만 했다.

어렵게 적들이 에워싼 데를 벗어나는가 싶었는데
더 강한 적이 뒤꼭지를 노리고 있네

과연 조조의 목숨은 어찌 될는지…….

제12회

조조와 여포의 싸움

도겸은 세 번이나 서주를 물려주려 하고
조조는 여포와 싸움을 크게 벌이다

조조는 죽을힘을 다해 달아났다. 얼마 가다 보니 남쪽에서 군사 한 떼가 몰려왔다. 하후돈이 이끌고 온 군사였다. 하후돈은 여포 앞을 가로막고 한바탕 크게 싸웠다. 해가 지면서 억수 같은 비가 쏟아지자 그제야 양쪽은 군사를 거두어 돌아갔다.

조조는 영채로 돌아오자 전위에게 큰 상을 내리고 벼슬도 영군도위로 높였다.

여포는 영채로 돌아오자 진궁에게 의견을 물었다.

진궁이 생각 끝에 대답했다.

"복양성 안에 전씨라는 부자가 있습니다. 부리는 사람만
도 천 명이나 될 정도로 고을 안에서는 가장 큰 부자지요.
그 사람더러 조조한테 편지 한 통을 보내게 하시지요. '여온
후는 사납고 거칠기 짝이 없어 백성들이 모두 이를 갈고 있
습니다. 가만 보니 고순만 성 안에 남겨두고 그는 군사를 이
끌고 여양으로 옮겨가려 합니다. 밤을 틈타 성으로 오십시
오. 안에서 맞이하겠습니다'라는 내용으로 쓰게 하면 됩니
다. 조조가 편지를 보고 그대로 따르면 성 안으로 끌어들인
다음 네 곳 성 문에 불을 지르고 성 밖에 군사를 숨겨두시지
요. 그러면 조조가 제아무리 날고 기는 재주를 가졌다 하더
라도 빠져나갈 수 없을 겁니다."

여포는 진궁이 이른 대로 전씨에게 그리하도록 시키자
전씨는 곧바로 조조에게 사람을 보냈다.

조조는 싸움에 지고 난 뒤라 뒤숭숭한 마음을 다잡지 못
하고 있었다. 마침 그때 전씨한테서 사람이 왔다. 전씨 집에
서 온 심부름꾼이 조조에게 편지를 바쳤다.

**여포는 이미 여양으로 떠나 성은 지금 텅 비어 있습니다. 이리
오시기를 천만 번도 더 바랍니다. 물론 안에서 맞이하겠습니
다. 성 위에다 옳을 의(義) 자가 크게 써진 흰 깃발을 꽂아놓겠
습니다. 그걸 신호로 삼으십시오.**

"하늘이 내게 복양을 안겨주는구나!"

조조는 무척 기뻐하며 심부름 온 사람에게 상을 듬뿍 내리고 군사를 일으킬 준비를 했다.

유엽이 조심스럽게 말했다.

"여포 머리는 비었지만 진궁은 꾀가 많은 사람입니다. 우리를 속이는 편지일 수도 있습니다. 그러니 제대로 준비해야 합니다. 명공께서 가시려면 군사를 셋으로 나누어 두 부대는 성 밖에 남아 일이 돌아가는 형편에 따라 움직이게 하고 한 개 부대만 성 안으로 들어가게 하시지요."

조조는 그 말을 좇아 군사를 세 부대로 나누어서 복양성 아래까지 갔다. 조조는 앞장서서 살펴보았다. 성 위에 여러 가지 깃발이 나부끼고 있는데 과연 서쪽 문 귀퉁이에 의(義) 자가 쓰인 흰 깃발이 꽂혀 있었다. 조조는 속으로 좋아했다.

한낮이 되자 성 문이 열리더니 장수 둘이 군사를 이끌고 나왔다. 앞선 장수는 후성이고, 뒤따른 장수는 고순이었다. 조조는 전위를 내보내 후성과 싸우게 했다. 후성은 전위를 해보지 못하고 성 문 쪽으로 달아났다. 전위는 성 밑 도랑 위에 들어올렸다 내렸다 할 수 있게 달아맨 다리 있는 데까지 쫓아갔다. 고순 역시 전위에게 대들지 못하고 성 안으로 들어가버렸다. 이러는 틈을 타서 군사 하나가 빠져나와 조조의 군사들 속으로 끼어든 뒤 조조를 만나게 해달라고 했다. 그는 조조에게 전씨가 보냈다는 편지를 바쳤다.

오늘 밤 초저녁에 성 위에서 징 소리가 나거든 신호로 알고 군사를 이끌고 오십시오. 제가 성 문을 열어드리겠습니다.

조조는 하후돈더러 왼쪽으로 군사를 이끌고 가게 하고, 조홍은 오른쪽으로 군사를 이끌고 가게 했다. 자신은 하후연·이전·악진·전위 등 네 장수와 함께 성 안으로 군사를 몰고 가기로 했다.

이전이 말렸다.

"주공께서는 잠깐 성 밖에서 기다리십시오. 우리가 먼저 성 안으로 들어가보겠습니다."

조조가 큰소리로 나무랐다.

"내가 앞장서지 않으면 누가 앞으로 나가고 싶겠느냐?"

조조는 맨 앞에서 군사를 이끌었다. 초저녁 무렵으로 달은 아직 밝지 않았다. 서문 위에서 소라 부는 소리가 나는가 싶더니 갑자기 외침 소리가 떠들썩하고 횃불이 어지러이 일렁거렸다. 이어 성 문이 열리고 매달려 있던 다리가 내려져 도랑 위에 걸쳐졌다. 조조는 말을 달려 성 안으로 들어갔다. 곧장 관아 있는 데까지 내달렸으나 길에서 사람 하나 볼 수 없었다. 조조는 그제야 속은 줄 알고 소리 질렀다.

"군사를 뒤로 빼라!"

바로 그때 관아 안에서 쾅 하고 터지는 소리가 크게 나더니 네 곳 문마다 불길이 솟아 하늘을 찔렀다. 징 소리, 북소리가 한꺼번에 터지고 외침 소리 또한 강물이 뒤집히고 바닷물이 끓는 듯했다. 동쪽 길에서 장료가 군사를 몰고 나오고, 서쪽 길에서는 장패가 군사를 몰고 나와 조조 군사를 가운데에 몰아넣고 마구 무찔렀다. 조조는 북문 쪽으로 내달리는데 갑자기 학맹과 조성이 뛰쳐나와 또 마구 무찔러댔다. 조조는 다시 방향을 틀어 남문 쪽으로 급히 달아났다. 그러나 이번엔 고순과 후성이 나타나 길을 막았다. 이때 전위가 두 눈을 부릅뜨고 이를 바드득 갈며 무찔러나가니 고순과 후성이 견디지 못하고 성 밖으로 쫓겨갔다. 전위는 적을 닥치는 대로 치며 달아맨 다리까지 달려갔다. 그러나 조조가 보이지 않았다. 다시 몸을 돌려 성 안으로 쳐들어가다 성 문 아래에서 이전을 만나자 헐떡거리며 물었다.

"주공은 어디 계신가?"

"나도 찾고 있는데 보이지 않네."

전위가 다시 다급히 말했다.

"성 밖으로 가서 우리 군사를 이끌고 오게. 나는 성 안으로 가서 주공을 찾아보겠네."

이전이 밖으로 나가자 전위는 다시 성 안으로 들어갔다. 그러나 조조가 보이지 않아 다시 성 밖으로 달려나왔다. 성 밑 도랑가에서 마주친 악진이 먼저 물었다.

"주공은 어디 계신가?"

전위가 대답했다.

"내가 두 번씩이나 드나들며 찾았으나 보이지 않네."

"그럼 우리 둘이 같이 쳐들어가서 찾아보세."

두 사람은 다시 성 문 가로 달렸다. 성 위에서 쏘아대는 화포에서 불덩이가 쏟아져내리는 바람에 악진의 말은 지나가려 하지 않았다. 전위만 연기와 불덩이를 헤치고 성 안으로 들어가 이리저리 조조를 찾아 헤맸다.

한편 조조는 전위가 적을 마구 무찌르며 밖으로 나가는 걸 보았지만, 사방에서 밀려드는 적군 때문에 남문으로도 나가지 못하고 다시 북문 쪽으로 방향을 틀었다. 그때 불길 속에서 창을 들고 말을 달려 쫓아오는 여포와 딱 마주쳤다. 조조는 얼른 손으로 얼굴을 가리고 말에 채찍질을 하며 여포 곁을 슬쩍 지나쳤다. 그러나 내달리던 여포가 말을 돌려 쫓아오더니 창끝으로 조조의 투구를 탁 쳤다.

"조조는 어디 있느냐?"

조조는 슬쩍 손을 들어 엉뚱한 쪽을 가리키며 둘러댔다.

"저 앞에 누런 말을 타고 달아나고 있습니다."

여포는 그 말을 곧이듣고 누런 말을 쫓아갔다. 조조는 얼른 말 머리를 돌려 동문 쪽으로 달아나기 시작했다. 가다가 마침 전위를 만났다. 전위는 조조를 보호하며 성 문 앞까지 뚫고 나갔다. 성 문은 이글거리는 불덩이였다. 게다가 성 위에서 마른 나무와 풀더미를 계속 던지는 바람에 바닥까지 온통 불바다를 이루었다.

전위는 창끝으로 불더미를 헤치며 앞장서 불길을 뚫고 나갔다. 조조는 그 뒤를 바짝 따라붙었다. 막 성 문 밑을 지나려 할 때였다. 불이 활활 타고 있던 들보 하나가 조조가 탄 말의 엉덩이께로 툭 떨어져 말이 고꾸라지고 말았다. 조조는 불붙은 들보를 손으로 밀어냈다. 그 바람에 손과 팔을 데고 머리털과 수염도 그슬리고 말았다. 전위가 말을 돌려 조조를 구하러 왔다. 마침 하후연도 와서 두 사람은 함께 불길을 뚫고 나갔다. 조조는 하후연의 말을 같이 탄 채 뒤따르고, 전위는 앞에서 적을 무찌르며 큰길로 길을 열어 나갔다.

싸움은 먼동이 틀 때까지 이어졌다. 조조가 겨우 살아 돌아오사 장수들이 엎드려 절하며 문안 인사를 했다.

조조가 고개를 뒤로 젖히며 깔깔댔다.

"하잘것없는 놈의 속임수에 걸리다니! 내 꼭 갚아주마!"

곽가가 말했다.

"좋은 생각이 있으시면 바로 쓰도록 하시지요."

여포가 창끝으로 달아나는 조조의 투구를 치다.

"저놈들의 속임수를 거꾸로 이용하는 거다. 내가 불에 데어 죽었다는 소문을 퍼뜨려라. 그러면 여포란 놈은 반드시 군사를 몰고 쳐들어온다. 그때 우리는 마릉산에 숨어 있다가 적들이 반쯤 지나갔을 때 들이치자. 그러면 여포를 사로잡을 수 있다."

곽가가 고개를 끄덕였다.

"좋은 생각이십니다."

군사들은 상복을 입고 장례 준비를 하는 한편, 조조가 죽었다는 거짓 소문을 냈다. 조조가 온몸을 불에 데어 죽었다는 소문은 곧바로 복양의 여포에게 들어갔다.

여포는 바로 군사를 일으켜 마릉산으로 내달았다. 조조의 영채 가까이 이르자 갑자기 북소리가 울리더니 사방에서 숨어 있던 군사들이 뛰쳐나왔다. 여포는 죽을힘을 다해 싸워 겨우 도망쳤으나 군사를 많이 잃고 말았다. 복양으로 돌아간 여포는 성 문을 굳게 닫고 꼼짝도 하지 않았다.

그런데 그 누구도 미처 생각하지 못한 일이 일어났다. 뜻밖에도 메뚜기 떼가 온 들녘을 뒤덮는 바람에 농사를 망치는 일이 일어났다. 그래서 관동 지역에서는 곡식 한 섬을 사려면 50관이나 되는 돈을 내야 했다. 그렇게 되니 굶주린 사람들이 서로 잡아먹는 일까지 벌어졌다. 조조는 군사들 식량이 떨어지자 군사를 이끌고 견성으로 돌아갔다. 여포도 식량을 찾아 군사를 산양으로 이끌고 갔다. 이리하여 싸움은 그치게 되었다.

한편 63살인 서주의 도겸은 앓아누운 뒤로 점점 더 몸이 나빠지자 미축과 진등을 불렀다.

도겸의 뜻을 알아챈 미축이 먼저 입을 열었다.

"조조가 물러간 건 여포가 연주를 쳤기 때문입니다. 지금 흉년이 들어 잠시 군사를 거두었지만, 아마도 내년 봄이면 조조는 또 쳐들어오겠지요. 이미 두 차례나 서주를 유현덕에게 맡아달라고 했는데도 현덕이 선뜻 맡지 않은 건 태수께서 건강해 보이셨기 때문이라고 여겨집니다. 지금은 그때와 상황이 다르므로 이번엔 현덕도 맡지 않겠다고 더는 못 할 겁니다."

도겸은 얼굴을 펴며 소패로 사람을 보냈다. 유비더러 군에 관해 함께 의논할 일이 있으니 와달라고 했다.

유비는 관우·장비와 함께 군사 몇십 명을 거느리고 왔다. 도겸이 누워 있는 방으로 들어가 인사를 마치자 도겸이 말했다.

"현덕공을 부른 건 다름이 아니라 이 늙은이의 병이 깊어 언제 죽을지 모르기 때문이오. 바라고 또 바라건대 명공은 한나라 땅을 소중하게 여겨 서주를 맡아주시오. 그러면 이 늙은이는 마음 놓고 눈을 감을 수 있겠소."

유비가 대답했다.

"아드님이 두 분이나 있으신데 어째서 아드님들에게 물려주실 생각은 하지 않으십니까?"

"맏이 상이든 둘째 응이든, 둘 다 이런 자리를 맡을 만한 인물이 못 되오. 늙은이가 죽은 뒤에 명공이 잘 보살펴주시기는 바라오만, 고을 일을 맡기지는 마시오."

"그러나 저 혼자서 이런 어려운 자리를 어찌 맡을 수 있겠습니까?"

"공을 도와줄 만한 사람을 추천하겠소. 북해 사람인데 손건이라는 사람이오. 자는 공우인데 곁에 둘 만한 사람이오."

이어 도겸은 미축을 돌아보았다.

"유공은 요즘 보기 드문 인물이다. 잘 모시기 바란다."

유비는 끝까지 이런저런 핑계를 대며 사양했다. 그러는 사이 도겸은 손으로 자기 가슴을 가리키더니 그만 숨을 거두고 말았다. 군사들 모두 슬피 울면서, 이어 유비에게 서주의 패와 도장을 바쳤다. 그러나 유비는 끝내 받지 않았다.

다음 날 서주 백성들이 무리를 지어 몰려와 땅바닥에 엎드려 울면서 소리 질렀다.

"유사군께서 우리 고을을 맡지 않으시면 우리는 어떻게 살아야 합니까!"

관우와 장비도 거듭 권했다. 유비도 더는 어쩔 수 없어 잠시만 맡겠다고 했다.

유비는 손건과 미축은 가까이서 자신을 돕게 하고 진등은 참모로 삼았다. 이어 소패에 있는 군사들을 서주성으로 불러들였다. 또 방을 붙여 백성들을 안심시키고 장례 준비를 서둘렀다. 유비와 군사들 모두 상복을 입고 제사를 정성스레 지낸 뒤 황하 언덕에 장사 지냈다. 아울러 도겸이 죽기 전에 서주를 유비에게 다스리게 한다는 뜻을 적어놓은 글을 조정에 올렸다.

견성에 있는 조조는 도겸이 죽고 유비가 서주를 이어받았다는 소식을 듣자 화가 머리끝까지 치밀어올랐다.

"내가 원수를 갚기도 전에 네놈은 화살 반토막도 쓰지 않고 가만히 앉아서 서주를 차지했단 말이지! 내 유비를 꼭 먼저 죽이고 도겸의 시체까지 쳐서 아버님의 원한을 갚으리라!"

조조는 펄펄 날뛰며 서주를 치러 간다고 곧장 군사를 일으키라고 했다. 그때 순욱이 들어와 말렸다.

"옛날에 고조께서는 관중을 굳게 지키고 광무제께서는 하내에 흔들림 없이 자리 잡고 앉아 밑바닥을 단단히 다졌기에 천하를 바로잡을 수 있었습니다. 나가면 싸워서 이기고 물러서면 굳게 지킬 수 있었기에 온갖 어려운 일도 떨치고 끝내 큰 뜻을 이루었습니다. 명공께서는 원래 연주에서 일어나셨습니다. 황하와 제수는 아주 중요한 자리입니다. 옛날의 관중이나 하내만큼 중요한 곳입니다. 만약 여기에 군사를 많이 남겨두고 서주를 치러 가면 끌고 갈 군사가 얼마 안 됩니다. 그렇다고 군사를 많이 끌고 가고 조금만 남겨두면 이번엔 여포가 틈을 노리고 쳐들어올 테니 자칫하면 연주를 잃게 됩니다. 그러고 나서 서주를 얻지 못한다면 명공께서는 어디로 가실 겁니까? 도겸은 죽었지만 이미 유비가 지키고 있습니다. 게다가 서주 백성들은 유비를 스스로 마음이 우러나서 떠받들고 있으니, 싸움이 일어나면 유비를 도와 죽기 살기로 달려들 테지요. 명공께서 연주를 버리고 서주를 가지려 하시는 건 큰 걸 버리고 작은 걸 얻으려하시는 일이고, 뿌리를 버리고 곁가지를 얻으려 하시는 일이고, 안정을 위험으로 바꾸려는 일입니다. 바라건대 깊이 생각하시기 바랍니다."

조조가 시큰둥하게 대꾸했다.

"그렇다고 흉년이 들어 먹을거리도 없는데 군사들을 마냥 이러고 앉혀두는 것도 좋은 일은 아니지."

순욱이 다시 말했다.

"그렇다면 동쪽에 있는 진 지방을 치고 여남과 영천으로 나가 군사들 먹을거리를 거두시지요. 여남과 영천엔 아직도 황건적의 남은 무리인 하의와 황소 등이 근처 고을들을 털어서 금이며 비단이며 먹을거리들을 많이 쌓아놓고 있습니다. 도적 떼는 쳐부수기도 어렵지 않습니다. 그들을 무찔러서 먹을거리를 빼앗아 군사들을 먹이면 나라에서도 좋아하고 백성들도 기뻐할 겁니다. 이거야말로 하늘의 뜻에 따르는 일입니다."

조조는 그 말을 좋아 하후돈과 조인에게 견성을 지키게 하고 직접 군사를 거느리고 나갔다. 먼저 진 지방을 치고 곧바로 여남과 영천으로 나아갔다.

하의와 황소 무리는 조조군이 쳐들어오자 양산으로 싸우러 나왔다. 황건적 무리는 수는 많지만 훈련을 받은 군사가 아니어서 제대로 줄지어 서 있지도 않았다.

조조는 먼저 크고 센 활과 연거푸 화살이 나가는 노로 적진을 마구 헤집은 뒤 전위를 내보냈다. 하의는 부원수를 내보냈다. 그러나 3합도 채 못 싸우고 전위의 창에 찔려 말 아래로 고꾸라졌다. 조조는 힘을 몰아 적을 무찌른 뒤 양산을 지나서 영채를 세웠다.

다음 날 황소가 직접 군사를 거느리고 나와 둥그렇게 진을 쳤다. 곧 한 장수가 싸우러 나왔다. 머리에는 누런 수건을 쓰고 녹색 웃옷 차림에 쇠몽둥이를 들고 있었다.

"내가 바로 하늘도 무서워하는 귀신 하만이다! 어떤 놈이 나랑 싸우겠느냐?"

조홍이 소리를 지르며 칼을 들고 말에서 뛰어내린 뒤 걸어나갔다. 둘은 4, 50합을 싸우도록 이기고 짐을 가르지 못했다. 조홍은 진 척하며 달아났다. 하만은 그 뒤를 바짝 쫓았다. 한참 그렇게 쫓고 쫓기는 듯하더니 조홍이 갑자기 비켜섰다. 하만이 미처 멈출 새도 없이 조홍은 칼로 하만의 등을 내리쳤다. 조홍은 하만을 한 번 더 찔렀다. 이어 이전이 쏜살같이 적진으로 말을 달려 들어갔다. 황소는 미처 피할 새도 없이 이전에게 사로잡히고 말았다. 조조군은 하늘을 찌를 듯한 기운으로 적을 마구 무찌르고 금이며 비단이며 식량을 닥치는 대로 빼앗았다.

하의는 싸움을 해볼 수 없게 되자 말 탄 무리 몇백 명만 겨우 이끌고 갈피로 달아났다. 한창 달려가는데 갑자기 산 뒤에서 군사들이 쏟아져나왔다. 앞장선 사람은 키가 8자나 되어 보이고 허리 굵기도 열 뼘은 되어 보이는 장사였다. 그가 큰 칼을 들고 길을 막았다. 하의가 창을 뻗쳐들고 덤벼들었다. 그러나 막 싸우려 하는 그 순간에 사로잡히고 말았다. 우두머리가 잡히는 걸 본 졸개들은 서둘러 말에서 내려 항복했다. 장사는 그들을 갈피의 산채 안으로 몰아넣어 버렸다.

하의를 뒤쫓던 전위는 하의 대신 장사와 맞닥뜨렸다.

전위가 물었다.

"너도 황건적이냐?"

장사가 대답했다.

"황건적 몇백 명을 잡아다가 산채 안에 가두어놓았다."

"왜 끌어내다 바치지 않느냐?"

"네가 내 보배로운 칼을 견뎌내면 그놈들을 내주마."

전위는 화가 나서 쌍철극을 부여잡고 장사에게 달려들었다. 두 사람은 아침부터 한낮까지 싸웠으나 이기고 짐을 가르지 못해 잠깐 싸움을 멈췄다. 조금 쉬고 나자 이번엔 장사가 먼저 싸움을 걸었다. 전위도 다시 그를 맞아 싸웠다. 둘은 해가 질 때까지 싸웠으나 역시 이기고 짐을 가르지 못하였다. 그쯤 되자 사람보다 말이 더 지쳐 더는 싸울 수가 없어 또 쉬기로 했다. 그 틈에 전위의 군사 하나가 조조에게 달려가 보고했다. 조조는 깜짝 놀라 여러 장수들을 거느리고 싸움을 보러 왔다.

다음 날 그 장사는 또 나와서 싸움을 걸었다. 조조는 그 사람이 전혀 머뭇거림이 없고 생김도 당당한 걸 보자 속으로 기분이 좋아 나름대로 생각 끝에 전위더러 오늘은 일부러 지는 척하라고 일렀다. 전위는 나가 싸운 지 30합 만에 진으로 도망쳐 들어왔다. 장사는 진 문 앞까지 쫓아왔으나 화살을 쏘고 돌을 날리자 되돌아갔다.

조조는 재빠르게 군사들을 5리 뒤로 끌고 가 몰래 구덩이 하나를 크게 판 뒤 가까운 곳에 갈고리를 쥔 군사들을 숨어 있게 하였다.

다음 날 전위는 말 탄 군사 1백 명 남짓 이끌고 가서 싸움을 걸었다.

장사가 껄껄 웃었다.

"싸움에 진 장수가 볼일이 뭐 있다고 또 왔느냐?"

장사가 곧장 말을 달려왔다. 전위는 몇 합 싸우는 척하다가 갑자기 말 머리를 돌려 달아났다. 장사는 전위를 놓치지 않으려고 부리나케 쫓아오다가 그만 말을 탄 채 구덩이 속으로 빠져버렸다. 숨어 있던 군사들이 갈고리로 장사를 끌어올린 뒤 꽁꽁 묶어 조조에게 끌고 갔다.

조조는 자리에서 얼른 내려와 군사들을 물러가게 한 뒤 묶인 몸을 직접 풀어주었다. 이어 옷을 가져다 갈아입게 한 뒤 자리에 앉히고 고향이며 이름 따위를 물었다.

"나는 초국 초현 사람으로, 이름은 허저고 자는 중강입니다. 얼마 전 황건적이 난리를 일으키자 일가붙이 수백 명을 모아 산채를 단단히 세우고 지켜왔습니다. 어느 날 황건적이 쳐들어오기에 사람들이 모아놓은 돌멩이로 돌팔매질을 했지요. 하나도 빗나가지 않고 돌 하나에 하나씩 고꾸라졌습니다. 그러자 모두들 도망쳐버리더군요. 나중에 또 쳐들어왔습니다. 그때는 먹을거리가 없어 할 수 없이 서로 협상을 했습니다. 우리한테 있는 소를 저들이 가져온 쌀하고 바꾸기로 했지요. 그런데 놈들이 몰고 가던 소들이 중간에 다도망쳐 다시 돌아와버렸습니다. 나는 양손에 소꼬리 하나씩을 쥐고 소를 잡아끌어서 다시 그놈들한테 갔지요. 그런데 놈들은 소를 가볍게 끌고 온 나를 보자마자 소를 넘겨받을 생각도 못 하고 도망쳐버리더군요. 그래서 그때부터는 아무 일 없이 지낼 수 있었습니다."

조조가 부드럽게 말했다.

"내 그대의 이름은 이미 들어 알고 있소. 나랑 같이 지낼 생각은 없소?"

"바라던 바입니다."

허저는 일가붙이 수백 명과 함께 조조에게 항복했다. 조조는 그를 도위로 삼고 상을 내리며 잘 대접했다. 이어 하의와 황소를 끌어내 목을 벴다. 이리하여 여남과 영천 모두 조용해졌다.

조조가 군사를 거두어 견성으로 돌아오자 조인과 하후돈이 마중을 나왔다.

"연주의 설란과 이봉이 군사를 이끌고 마구 빼앗느라 밖으로 나도는 바람에 성 안이 거의 비어 있다 합니다. 싸움에 이겨 기운이 오른 군사로 들이치면 단번에 무찌를 수 있겠습니다."

조조는 그 말을 좇아 곧바로 연주로 달려갔다. 뜻밖의 공격을 당한 설란과 이봉이 군사를 이끌고 성 밖으로 싸우러 나왔다.

허저가 나섰다.

"제가 저 둘을 잡아다 첫 선물로 바치겠습니다."

조조가 기꺼이 그러라고 했다. 이봉이 창을 뻗쳐들고 달려나왔다. 그러나 말 머리를 서로 맞대고 싸운 지 겨우 2합만에 이봉이 허저의 칼을 맞고 말 아래로 고꾸라졌다. 이를 본 설란은 말을 돌려 성 안으로 도망치려 했다. 그러나 어느새 이전이 달아맨 다리 가에 와서 막아섰다. 설란은 성 안으로 들어가지 못하자 거야 쪽으로 달아나려고 했다. 그러나 나는 듯이 말을 달려온 여건의 화살에 맞아 말 아래로 굴러 떨어졌다. 장수를 잃은 나머지 군사들은 뿔뿔이 흩어지고 말았다.

조조가 연주를 다시 손안에 넣자 정욱이 내친김에 복양도 무찔러버리자고 했다. 이에 조조는 허저와 전위를 앞장세운 다음 하후돈과 하후연은 왼쪽에, 이전과 악진은 오른쪽에 거느리고 자신은 가운데에서 군사를 이끌며 복양으로 쳐들어갔다.

조조 군사가 가까이 이르자 여포가 직접 싸우러 나가려 했다. 이에 진궁이 막았다.

"지금 싸우러 나가면 안 됩니다. 장수들이 모두 돌아온 다음에 싸우러 가시지요."

"나는 무서운 놈이 하나도 없다!"

여포는 진궁의 말을 듣지 않고 군사를 이끌고 나가 창을 높이 들며 소리 질렀다. 그러자 허저가 달려나왔다. 20합을 넘게 싸웠으나 싸움의 끝이 나지 않자 조조가 전위를 돌아보았다.

"여포는 혼자서는 해보기 힘들어."

전위가 곧장 뛰쳐나가 싸움을 거들었다. 두 장수는 여포를 가운데 두고 공격하기 시작했다. 이어 하후돈과 하후연은 왼쪽에서, 이전과 악진은 오른쪽에서 덤벼들었다. 여섯 장수가 한꺼번에 공격을 해대자 힘이 달린 여포는 말 머리를 돌려 성 안으로 들어가려 했다. 이때 성 위에서 싸움을 지켜보던 전씨는 여포가 가까이 오자 도랑에 매달려 있던 다리를 급히 들어올리게 했다.

여포가 소리를 질렀다.

"문 열어라!"

전씨가 대꾸했다.

"내 이미 조장군에게 항복했다!"

여포는 마구 욕을 해댄 다음 군사를 끌고 정도로 달아났다. 일 돌아가는 꼴이 어렵게 되었음을 안 진궁은 여포의 가족을 데리고 동문을 열어 성을 빠져나갔다.

복양을 손안에 넣은 조조는 전씨를 용서해주었다.

유엽이 말했다.

"여포는 몹시 사나운 범이나 마찬가지입니다. 똥끝이 타게 도망칠 때 끝까지 쫓아 무찔러야 합니다."

조조는 유엽더러 복양을 지키게 한 다음 자신은 군사를 이끌고 다시 여포의 뒤를 쫓아 정도로 갔다.

여포는 장막·장초 들과 함께 성 안에 있었다. 바닷가로 식량을 구하러 간 고순·장료·장패·후성 들은 아직 돌아오지 않았다.

조조는 정도에 왔지만 싸우지 않고 있다가 40리 뒤로 물러나 영채를 세웠다.

마침 제군에는 보리가 익어가고 있었다. 조조는 보리를 베어다가 군사들 뱃속을 채우도록 했다. 이러한 사실을 안 여포는 군사를 이끌고 나왔다. 조조의 영채 가까이 와서 보니 왼쪽에 숲이 우거져 있었다. 여포는 그곳에 군사들이 숨어 있겠다 싶어 군사를 거두어 돌아가버렸다.

여포가 가까이 왔다가 돌아간 걸 안 조조는 곧바로 장수들을 불러모았다.

"여포는 숲속에 군사들이 숨어 있을 줄 알고 돌아갔을 터이다. 숲속에 깃발을 많이 꽂아 진짜로 군사들이 숨어 있는 모양새로 꾸며라. 그리고 영채 서쪽을 보니 물이 마른 긴 도랑이 있더군. 그 둑 아래에 군사들을 숨어 있게 하라. 여포는 내일 다시 와서 틀림없이 숲에 불을 지를 거다. 그때 숨어 있던 군사들이 물러날 길을 막아버리면 여포를 사로잡을 수 있다."

조조의 말을 따라 영채 안에는 북 치는 군사 50명만 남겨서 북을 치게 했다. 또 가까운 마을에서 끌고 온 사람들은 때에 맞춰 소리를 지르도록 이르고, 군사들은 모두 둑 아래로 가서 숨어 있게 하였다.

여포는 성으로 돌아오자 진궁과 마주 앉았다.

"조조는 속임수를 잘 쓰는 인간입니다. 그러니 쉽게 생각하면 안 됩니다."

그러나 여포는 여전히 거들먹거렸다.

"내기 불로 공격하면 숲속에 숨어 있는 놈들을 다 무찌를 수 있소."

다음 날 여포는 진궁과 고순은 성에 남아 있으라 하고 군사를 이끌고 나갔다. 멀리 보니 숲에 깃발들이 꽂혀 있었다. 곧장 군사를 몰고 가서 사방에 불을 질렀다. 그러나 어느 곳에서도 불길을 피해 튀어나오는 군사가 하나도 없었다. 여포는 조조의 영채로 방향을 틀었다. 그 순간 북소리가 온 사방을 울리고 아우성치는 소리가 하늘을 찔렀다. 여포가 갈팡질팡하는 사이 영채 뒤에서 사나운 범 같은 군사 한 무리가 뛰쳐나왔다. 여포가 말을 달려 그들을 쫓아가는데 쿵 소리가 크게 났다. 이어 그 소리에 맞춰 둑 아래에 숨어 있던 군사들이 마구 쏟아져나왔다. 하후돈·하후연·허저·전위·이전·악진 들이 앞서거니 뒤서거니 말을 몰아 들이쳤다. 여포는 그들을 해볼 수가 없어 말 머리를 돌려 달아나기 시작했다. 부하 장수 성렴이 악진의 화살을 맞고 죽는 등, 여포는 군사 3분의 2를 잃었다.

쫓기던 군사 하나가 성으로 돌아와 이러한 사실을 진궁에게 알리자 진궁이 서둘렀다.

"빈 성을 지킬 방법이 없다. 어서 성을 빠져나가자."

진궁은 곧바로 고순과 함께 여포의 가족을 데리고 성을 빠져나갔다.

조조가 싸움에 이겨 기운이 오른 군사들을 몰아 아무도 막는 이 없는 성 안을 들이쳤다. 장초는 스스로 목숨을 끊고, 장막은 원술한테 달아났다. 마침내 산동 지방 모두 조조의 손안에 들어갔다. 조조는 백성들을 안심시키고 성을 고쳤다.

여포는 달아나던 길에 아랫장수들을 만났다. 진궁도 찾

아왔다. 여포가 장수들을 둘러보았다.

"우리가 비록 수는 적지만 아직도 조조 정도는 깨부술 수
있다."

여포는 다시 군사를 이끌고 쳐들어가고자 했다.

싸움에 이기고 지는 일은 싸움터에선 늘 있는 일

졌지만 다시 힘을 내 일어나니 그다음을 어찌 알리

과연 여포는 싸움을 어떻게 끝낼지…….

박상률 완역 삼국지 1

ⓒ 박상률, 백남원, 2025

초판 1쇄 인쇄 | 2025년 10월 29일
초판 1쇄 발행 | 2025년 11월 6일

옮긴이 | 박상률
책임편집 | 배상현
콘텐츠 그룹 | 배상현, 김다미, 김아영, 박화인, 기소미
표지 디자인 | design R 이보람
본문 디자인 | STUDIO 보글

펴낸이 | 전승환
펴낸곳 | 책 읽어주는 남자
신고번호 | 제2024-000099호
이메일 | bookpleaser@thebookman.co.kr

ISBN
979-11-93937-86-0 (세트)
979-11-93937-87-7 (04820)

- 북플레저는 '책 읽어주는 남자'의 출판 브랜드입니다
- 이 책의 저작권은 저자에게 있습니다.
- 저작권법에 의해 보호를 받는 저작물이므로 저자와 출판사의 허락 없이 무단 전제와 복제를 금합니다.
- 이 책의 일부 또는 전부를 재사용하려면 반드시 저작권자와 출판사 양측의 동의를 받아야 합니다.
- 책값은 뒤표지에 있습니다.